幻肢

[日] 岛田庄司 著
郑世凤 译

图书在版编目（CIP）数据

幻肢 /（日）岛田庄司著；郑世凤译 . — 青岛：青岛出版社，2022.3
ISBN 978-7-5736-0046-2

Ⅰ.①幻… Ⅱ.①岛… ②郑… Ⅲ.①推理小说—日本—现代 Ⅳ.① I313.45

中国版本图书馆 CIP 数据核字（2022）第 029715 号

GENSHI by SHIMADA Soji
copyright © 2014 SHIMADA Soji
All rights reserved.
Original Japanese edition published by Bungeishunju Ltd. in 2014
Chinese (in simplified character only) translation right in PRC reserved by Qingdao Publishing House Co., Ltd., under the license granted by SHIMADA Soji, Japan arranged with Bungeishunju Ltd., Japan through Hanhe International(HK) Co., Ltd.

山东省版权局著作权合同登记号　图字：15-2019-324

书　　名	HUANZHI 幻　肢
作　　者	（日）岛田庄司
译　　者	郑世凤
出版发行	青岛出版社
社　　址	青岛市崂山区海尔路 182 号（266061）
本社网址	http://www.qdpub.com
邮购电话	（0532）68068091
责任编辑	刘　迅
特约编辑	黄俊凯
封面设计	仙境书品
照　　排	青岛新华出版照排有限公司
印　　刷	山东临沂新华印刷物流集团有限责任公司
出版日期	2022 年 3 月第 1 版　2022 年 3 月第 1 次印刷
开　　本	大 32 开（880 mm×1230 mm）
印　　张	11
字　　数	230 千
印　　数	1-8000
书　　号	ISBN 978-7-5736-0046-2
定　　价	55.00 元

编校印装质量、盗版监督服务电话　4006532017　0532-68068050
本书建议陈列类别：外国文学　推理　畅销

幻肢

目 录

楔子 / 1

上　事故 / 9

中　TMS / 72

下　幻肢 / 163

尾声 / 337

楔子

吉祥寺医科大学的阶梯教室里,丝永遥正在全神贯注地聆听宫泽教授讲课。宫泽教授的脑科学课深受学生欢迎,偌大的教室里座无虚席。稍远处,能看到神原雅人的身影。此时两人尚未开始交往。

宫泽教授身旁放着一个人脑模型,他解说道:

"神经科学研究者拉马钱德兰博士在他的著作中写了这样一个他亲身经历的研究事例。他的患者当中有一位叫约翰·马格拉斯的业余网球选手。他在三年前做了左臂肘部以下的切除手术。但是约翰坚持跟博士说,他的左手至今还在。

"拉马钱德兰博士和约翰隔桌而坐。此时,距离约翰左手断臂处约几十厘米的地方有一个咖啡杯。"

教授说着,将一个放在讲桌上的咖啡杯端起来演示道:

"拉马钱德兰博士便命令约翰用左手拿起这个咖啡杯,然后在估计约翰'看不见的左手'到达杯子那里的一瞬间,博士突然用力把杯子拽了过来。

"约翰'哇'的一声大叫起来,表情十分痛苦。'你怎么啦?'博士问道。约翰回答道:'我的手指在刚抓到杯子把儿的一瞬间,突然被你用力拽了一下,所以感觉很疼啊。'

"约翰的手也好,指头也好,都是幻觉,但是他的疼痛却是真实存在的。博士突然把他'看不见的手指'里抓着的杯子强行拽出来的时候,他感到非常疼痛。拉马钱德兰博士在他的研究著作中写道:'因为他看起来特别痛苦,以至于我都不忍心再做一次试验了。'这就是幻肢,也被称为幻觉四肢,分为幻觉上肢和幻觉下肢。"

教授转过身去,在黑板上写下"幻肢"二字,然后转向学生,继续说道:

"即使闭上眼睛晃动手臂,我们也能清楚地感觉到自己手臂的位置。这是因为我们的关节和肌肉当中埋有感觉接收器。"

教授转身在黑板上写下"感觉接收器"几个字后,又转过身来说道:

"但是约翰没有这种感觉接收器,因为他的胳膊已经不存在了。那么,他的胳膊在动的感觉究竟来自哪里呢?颇具讽刺意味的是我们从和约翰同样拥有幻肢却无法像约翰那样自由活动幻肢的'幻肢患者'那里发现了答案。"

"感觉接收器。"遥在自己面前的笔记本上抄下了这几个字。

宫泽教授继续讲道:

"拉马钱德兰博士负责的有幻肢的患者当中,这种幻肢无法活动的'幻肢患者'大约占了所有患者的三分之一。他们都说自己那只看不见的手处于麻痹状态,而且,即便医生命令他们动也无济于事,还是动弹不了。于是,博士通过对当事人的询问,来探究他们那只看不见的手的形状,发现患者的手奇妙地被固定在了一个扭曲的位置上,并且了解到他们从脊髓通往手腕的神经原本就有病变。"

教授转向黑板,写下"罗素·布莱恩"和"亨利·海德"这两个名字。

"这两位是英国著名的神经科医生,他们提出了'身体印象'的概念,日语叫'身体像'。"

教授接着又在黑板上写下"身体像"这个词。

"为了说明身体在时间和空间中的内在形象和记忆,他们经过考量,创造了这样一个词语。

"比如人们在活动手的时候,就会在人脑的前额叶和运动皮层产生这一连串动作的印象。运动皮层就在大脑的前额叶和顶叶之间的沟槽前面,是个狭长的区域。"

教授走到身旁的脑模型处,从支架上拿起脑模型,向学生指出运动皮层的位置。

"很多人都知道,初级运动皮层是参与手指的前后摆动、嘴唇的上下分合等活动的。和它前面的前运动皮层一起,由运动皮层利用神经脉冲将动作指令发送给肌肉,手脚的肌肉在收到这些信号后便开始活动。

"与此同时,内容完全相同的拷贝信号也被传送到小脑和顶叶,通知它们运动皮层刚刚做出了什么指示。

"另一方面,肌肉接收到指令信号后,产生反响回路环并开始做出动作。肌肉在按照指令完成动作之后,其所进行的运动内容的信号就会从肌梭和关节返回小脑和顶叶。小脑和顶叶在这里将二者进行对照,并判断肌肉是否按照指令正确完成了动作。同时,判断动作是否过快或过慢,根据必要性,还会做出补充完成的指令。

"那么,幻肢现象究竟是怎么回事呢?如果幻肢也是像刚才所讲的那样运行的话,该如何解释呢?

"所谓幻肢,实际上是构成这一网络的脑本身对手臂已经失去这一事实并不知情。因为断臂附近的肌肉很神奇地代替了已经不存在的肌肉或关节,向小脑和顶叶反馈了虚假的信息。于是小脑和顶叶完全上当受骗,'看'到了已经失去的手臂的幻影,也就是'幽灵'了。"

教授用眼神示意坐在左边椅子上的助手,让他准备一件道具。

"那么,就像我刚才所讲,可以认为,要有幻肢体验,至少需要两个信号源发出的信号。其一是地图的重新布局。这个我在以前的课堂上曾经讲过。脑的小矮人——赫蒙克鲁斯,就是前面所说的来自面部或者上臂的感觉,会使手所对应的大脑领域活性化。

"其二是每当从运动指令的中枢向已经失去的手臂发送信号的时候,该指令的拷贝信息也会被传送到保持身体印象的顶叶。这两个信号互相统合,就形成了随时能动的栩栩如生的幻肢印象了。这个印象会随着手臂的活动不断更新。

"在有现实的手臂的情况下,脑会产生来自手臂的关节、韧带和肌梭传来的脉冲这个第三信号。当然,若是幻觉手臂,这个组织和由其传送的信号都不存在,但是不可思议的是这一事实貌似并不能成为幻觉手臂在动这一臆想的障碍。至少在截肢后几个月内、几年内会是这样。

"这是何故呢?这是因为身体的运动与更强大的第四种信号有关。那是什么呢?我们一起来看一下。"

助手把一个箱子搬上了讲台。宫泽教授接过来,将它放在讲台中央的桌子上,说道:

"这是镜箱。想近距离观看的同学可以到前面来。"

很多在前排就座的同学离开座位,纷纷穿过通道,向教授身边靠拢。坐在后排的神原雅人和丝永遥也起身走向讲台。

"在声称自己的幻觉手臂麻痹、动弹不得的人当中,有些患者向医生诉说幻觉手臂处总有强烈的阵痛频频袭来,疼痛难耐。拉马钱德兰博士在治疗这些人的时候就使用了这个仪器。这个箱子里面,有一面垂直立在中央的镜子。把右手伸进去,右手的主人就会在镜子中看见自己的左手。明白了吗?来,你来,把手伸进去试试看。"

一名学生战战兢兢地把右手伸进教授指示的洞内,果然,左手仿佛也伸了进来。

"左手也能看见了吧?"

"是的,能看见。"学生应声道。

"博士让那些患者,也就是左侧有麻痹的幻肢且称此幻肢经常疼痛的患者们,坚持使用这个镜箱,每天使用十分钟左右,让他们做一些摊开手掌或合上手掌、弯曲手指或用手指合圈之类的动作。他们只看左手的镜像,就好像看见左边的幻肢正在按照主人的指令做出动作一样。令人吃惊的是不到一周的时间,所有患者都说他们幻觉的手变得能动了。不仅如此,他们还说连疼痛也消失了。"

将右手放进镜箱的学生做了一个 V 字手势。丝永遥见状笑了起来。在她抬头的一刻,碰上了神原雅人的目光。瞬间,两人四目相对,微微一笑。

教授环视了一下同学们。

"这意味着什么呢?也就是说,这第四种信号的力量是压倒性的。这第四种信号就是视觉信号。视觉信号的力量有可能超越前面三种信号的力量。

"在战争中,有一个士兵因为手中的手榴弹爆炸而失去了手臂。他时常感到有剧烈的疼痛袭击自己。那种疼痛是从那个已经不存在了的手掌传来的。还有一个少女,说她能够一边数那只已经不在了的手指头,一边进行计算。这是幻觉。

"可以这么认为,那些幻肢麻痹、无法动弹的患者,其手臂扭曲、动弹不得的视觉记忆已经长时间固化下来,它们就像印在了相片纸上一样印在了患者的脑海里。被手里握着的炸弹炸飞一只手的士兵就是这样。

"这些患者之所以能够从疼痛中得到解放,其麻痹的幻肢变得能动起来,是因为通过使用这个镜箱一段时间之后,患者原来脑海中印在相片纸上的图像消失了。也就是说,扭曲固定的手的视觉记忆被自由活动的幻觉之手的活动体验取代了,后者变得更为强大了。好啦,大家回到座位上去吧。"

教授说完,学生们各自归位了。看到他们回到自己的座位上,教授接着说道:

"脑这个器官,实在是一个不可思议的装置。有科学家说它是宇宙中最为精密、最为精致的器官。确实如此。但与此同时,就像我们刚才所了解到的那样,它又是一个非常容易上当受骗的器官。"

上 事故

1

伴随着猛烈的撞击声,ER①的双开门像被炮弹炸开一样打开了,两扇门猛地撞到左右两侧的墙上,发出巨大的声响。

原来是担架床猛地撞到门上,将门撞开了。在神色仓皇的急救队员的推动下,一张担架床冲了进来。在灰色水泥地面上发出吱吱的脚轮声,急促的喘息声在冷森森的空间里回荡。

担架床上躺着的女患者不断发出的呻吟声,时而化作凄厉的悲鸣。那声音在担架床粗暴地撞到急救室的床上时戛然而止。

就在此时,忽然有什么东西从担架床上飞了出来,滚落到地上。那是一只苹果。绿色的苹果向屋子的角落滚去,撞到墙壁停住了。

一位护士以间不容发之势扑到急救室的床上,摆出跪坐的姿势,身体向前倾,伸手去拿床单。

包含医生在内的急救队员全都冲到担架床周围,把床单往上

---

① Emergency Room 的缩写,急救室,急诊室。

一卷,异口同声地大喊道:

"一、二、三!"

大家合力将患者连同床单一起抬到了急救室的床上。为了救回垂危病人的生命,他们必须分秒必争,刻不容缓。

满身鲜血的女患者身旁,"嗖"地围上了一群护士。

一个人打开患者胸口的衣服,将心电图电极端贴在她胸口的三个地方。

另外一个人在她的手腕上缠上袖带,开始测量血压。

贴好电极的护士大声读着生命体征指数。

另一个护士把装着生理盐水的药瓶挂起来,推上点滴,然后冲过来,以最快的速度给患者鲜血淋漓的手腕内侧消毒并扎上针,确保输液管畅通,然后连上点滴瓶。

医生大叫:

"升压剂,快!"

"是!"护士应道。

此时,丝永遥忽然睁开眼睛,左右环视,她看到的是一片朦胧的景象,仿佛战场。

在急救室的强光下,白衣医生和护士围着她不停忙碌。

"雅人……雅人……"

她低声嘟哝着,再次失去了意识。

2

"啊,遥,你醒了?"

传来一个女人的声音。

丝永遥睁开眼睛,清晨的光线照射进来。这是一个她从未来过的地方。她转动颈部,将视线转向声音传来的方向。

这时,她看到窗外的光线从一个悬挂着的点滴瓶的后方射过来。朝阳的光芒穿透瓶里的液体,使点滴瓶中心部位白得刺眼,整瓶液体散发出金黄琥珀般的光芒。

点滴瓶的旁边依然被阴影笼罩的地方,有一张女人的脸。那张脸像一个形状奇怪的黑洞,遥既看不清她的长相,也看不清她的表情。

"嗯……"遥有气无力地回应道。

"太好啦!"陌生女人说道。

"她是医生吗?"遥想,"我醒来,她发自内心地松了一口气,那样子让人感觉不出有任何虚假的成分,应该是个可以信赖的人吧。"

"请问,这是哪里啊?"遥礼貌地问道。

能看出来,她似乎是在医院。可这是哪里的医院呢?她大概给医护人员添了不少麻烦吧。他们救了她,她必须要道谢。说不定还要道歉。然而,无论她怎么绞尽脑汁,也回忆不起自己这两天到底发生了什么,自己到底做了些什么。

"这里是 ICU[①],是吉祥寺医科大学医院的重症监护室。"女人用很随意的口吻说道。

遥倒吸了一口凉气:"果然如此。"虽然她有所察觉,但是听女人这么一说,还是有点震惊。遥觉得自己好像正处于一个大悲剧之中。她希望造成这个悲剧的责任不在自己,至少责任不要太大。

"听说二九九号线和沿新青梅路线的医院急救室碰巧都满了。可把我吓坏了!听说你被抬进大学医院的急救室,我就飞奔过来了。"

女人一边说,一边轻轻走动。光照在她的脸上,遥能看清她的表情了。遥的视力也逐渐恢复过来,可那是一个记忆中没有的人。

遥盯着女人的脸,问道:

"请问,这里是……"

听到问话,女人大笑一声。

女人的举动让遥感到一种近乎绝望的自卑。那种粗犷且爽朗的笑声,让遥感到一股无论如何也模仿不来的强大能量。

"你怎么了?这里是你所在大学的医院啊!"她的声音里夹杂着刚才的笑意。

"我所在大学的……医院……"遥断断续续地嘟哝道。

"我所在的大学?我是大学生吗?大学的医院?这所大学是

[①] Intensive Care Unit 的缩写,重症加强护理病房,又称重症监护室。

医科大学吗？我是打算当医生还是当护士呢？"一连串的疑问萦绕着遥，可惜无论她多么努力，也无法从脑海中找到答案。

女人仿佛没有听到遥的嘟哝。遥又稍稍加大音量，用尽所有力气问道：

"您是医生？是医生吗？"

闻听此言，女人笑意顿消，表情变得严肃起来，用焦急的声音问道：

"不会吧？遥，你不认识我了？"

没办法，遥依然不知道她是谁。遥无言以对，因为完全不认识她，若是实话实说，一定会伤到她的感情。遥觉得她好像比自己年长一些。

沉默了一会儿，遥感觉有必要改变一下话题，便将此时占据脑海的事脱口而出了。她到底是没能忍住。

"雅人呢？雅人……"

遥条件反射地想要站起来。女人慌忙弯下腰，扶住遥的双肩制止她。女人的身体不小心碰到了挂点滴瓶的杆子，杆子及上面悬挂的点滴瓶摇晃起来。

女人用强硬的口吻责备道：

"不行啊，遥，你正在打点滴呢！你浑身多处骨折啊！左手和左脚，还有肋骨，都受伤了。你可是重伤啊！你就给我老老实实地待着吧！"

骨折？这话出乎遥的意料，差点儿让她陷入恐慌。为什么会骨折呢？她明明感觉不到任何疼痛。

"我怎么了？"遥情绪激动地问，"请问为什么我会身受重伤呢？"

女人也情绪化起来，她生气地说：

"不要用那么见外的口气跟我说话好不好！我不是你的医生啊！"

遥一直盯着对方的眼睛，等着她后面的话。直觉告诉遥：保持沉默才能尽快得到更多自己想了解的信息。

"是交通事故啊！车从悬崖上掉落下来……"

"啊！"

遥哑然失声。

"掉进河里了，你不记得了吗？"

遥轻轻摇了摇头。怎么回事呢？头只能轻轻摇动。她嘟哝道：

"为什么会发生那样的事呢？"

"我还想问你呢！到底为什么呢？"

女人弯下身子，将双手放到遥的双肩上，定睛凝视着遥的眼睛。

这是一个遥回答不了的问题，她对此完全没有概念。

"雅人呢？不在这里吗？"遥不死心，又竭力问道。

她的脑海中，只剩下这一个名字了。

见女人摇了摇头，遥又追问道：

"不在吗？他不在吗？"

"是的,不在这里。"女人说道。

"在哪里?请问他在哪里?"

"我可不知道!"她回答,"现在先不要管这些,好好休息,恢复体力要紧!"

但是遥无视她的话,嘴里开始嘟哝:

"雅人、雅人……"

"你还记得雅人?那么你知道你自己是谁吗?"女人问道。

遥停止嘟哝,失神不语了。

女人的表情严肃起来,她似乎觉察到事情要比自己想象的严重,问道:

"说说你自己的名字,你叫什么?"

女人急切的心情溢于言表。但是,遥无法回答她,只是呆呆地看着她。

"不记得了吗?名字,你自己的名字啊!你只记得雅人的名字吗?"女人追问道。

遥连点头都不会了。她的身体突然剧烈颤抖起来,颤抖愈演愈烈,很快遍及全身。

遥咬紧牙关,颤抖演变为痉挛。女人慌乱地弯腰按住遥的身体,大声喊起来:

"护士!护士!"

ICU里没有门,床位之间用墙壁分割开来,一个护士绕过分割空间的墙壁,冲了进来。

"出什么事了?"护士问道。

女人一边按住遥的身体,一边大喊道:

"快喊医生来!痉挛!她开始痉挛了!"

"痉挛!"护士也跟着惊叫起来。

受到身旁两个女人喊叫的刺激,遥也发出尖叫声,狂躁起来。护士的脚步声随即远去。

女人大声对遥喊道:

"遥!振作!你要振作啊!想不起我是谁了吗?不记得名字了吗?喂,你振作一点啊!"

闻讯赶来的医生,开始准备注射器。

3

遥瞪大了双眼,完全无法入眠。深夜,遥躺在 HCU① 的病床上。

剧烈的疼痛开始了,疼痛遍及全身,遥甚至无法确定具体是哪里在疼。她想翻个身,却疼得无法动弹。点滴正滴答地淌着。她的头根本无法转动。

剧烈的疼痛无法抑制,不知不觉地让她发出呻吟,泪水肆虐地溢流不止。那泪水似乎并不只是源自疼痛。思考已经不能正常进行了,她的脑袋不正常了。

---

① High Care Unit 的缩写,指特护治疗室。

她闭上眼睛,被泪水扭曲的视野里,出现了清晰的景象,那些景象开始急速变化。

风景像闪光灯一样时亮时灭,将遥的精神世界照得煌煌如昼,但是并没有将她的内心照亮。它照亮的只是原因不明的罪恶感,显示其存在的重要性。遥被赶往那个如同白昼里的沙漠一样亮得让人痛彻心扉的世界。她的情绪亢奋起来,意识逐渐狂乱。

森林、山路、水池、天空、白云、河流、红叶、神社——风景如同静止的一张张画片一般,又像是被刚刚洗过的扑克牌,乱无章法地浮现在她的眼前。她第一次体验这样的感觉。

遥不记得见过这些风景,但是那种陌生感就跟人们没见过自己的内脏构造类似。遥本能地感觉到,这些陌生的风景都来自她的记忆。

正是它们给她带来了锥心的疼痛。陌生的风景不断地穿梭变换,倾诉着它们压倒性的存在感,让人忍不住想大声叫喊。

4

遥躺在病床上,护士用遥控器将她的床头部分抬了起来。

在护士的帮助下坐起来的遥,因为睡眠不好,下眼睑处眼袋明显。这个护士看上去比遥大十岁左右。她瞅了一眼遥的眼袋,唇上瞬间闪过一丝笑意。

遥迷糊的神情依然没有变化,头疼还在继续,一直觉得不舒服,没有力气跟人说话。

护士将附着在床上的细长小桌旋转90度,在遥的面前停了下来,在上面摆上了早饭。

"你知道这是什么地方吗?"护士问遥时的开心似乎有些莫名其妙。

"嗯。"

遥虽然觉得麻烦,但还是简短地回应了一下。

"这里是普通病房啊。因为你的伤现在只有骨折和皮外伤,所以被转移到这里了。你可真是幸运啊!正好有一个单间空房。你看,还有电视呢。"护士指着电视跟遥说。

遥却觉得有没有电视都无所谓。

"要打开电视吗?"护士问道。

遥忽然回过神儿来:

"啊……好。"

之所以这样回答,是因为她觉得这样回答会比较好。护士走到电视那里,打开电源开关后走出了病房。

遥愣愣地呆坐着,盯着盘子里的炒蛋看了一会儿,目光并没有转向电视。但是,让人觉得烦躁的音乐一直响个不停,她便忽然看向电视画面。

蜿蜒曲折的山路上,一辆汽车正疾驰而下。一人独坐的遥,用勺子舀了一小勺汤,一边往嘴里送,一边看着电视画面。

画面从远景转向汽车内部,从疾驰的驾驶室里展开去。前窗玻璃处固定着一个摄像机，右侧是从对面高速逼近、接二连三地疾驰而过的车辆。

司机握着方向盘的手在镜头中闪现，能看出来，车速在不断提升，前方扑面而来的景色正以越来越快的速度映入眼帘。

突然，尖叫声撕裂宁静。遥自己还没有察觉，尖叫声已从喉咙里迸发而出，完全停不下来。她的脑袋好像被一条湿淋淋的毛巾"吧嗒"一下盖住了一样，受到一种毫无缘由的剧烈的精神冲击。那冲击一浪接一浪地袭来，持续不断。

遥的视野陡然变暗，无力感使她无法抗争，上身顺势瘫倒在桌上。沙拉、汤汁、装满食品的塑料容器全都飞散出去。器皿滚落到地上，发出很大的声响。遥哭喊着，又开始全身痉挛。

听到遥的哭喊声，护士冲进病房。她看到眼前的情形也跟着大叫起来，并按住遥的身体。遥大声哭喊，全身哆嗦个不停。

几个小时之后，遥坐起来，身体倚在床头被抬高的病床上，耷拉着脑袋，躺在宫泽教授的面前。她的左手打着石膏，吊在脖子上，上半身和左脚也打着石膏。

"我是神经学专业的宫泽，认识我吗？"

"嗯，给您添麻烦了。"

"我对你有印象啊，你上过我的课吧？"

遥的脑袋耷拉下来：

"对不起，我不记得了。"

"没有印象了啊!"

"是的,没有。"

"你是医科大学的学生这一点,还记得吗?"

"嗯,模模糊糊地记得。"

"被抬到这里时的记忆还有吗?"

"完全没有。"

"醒来时的记忆呢?"

遥想了一会儿,答道:

"没有。"

"是吗?病情发作期间没有记忆啊。"教授点头道。

"睡不着吗?"教授继续问道。

"是的,完全睡不着。"遥小声答道。

"还没有恢复一些记忆吗?特别是值得纪念的记忆。"教授问道。

"值得纪念的记忆……"

"不是那种像自己的名字啦、自己是医大的学生啦、汽车的驾驶方法啦、交通信号灯颜色所表示的意思啦之类的记忆,而是今年的某个月去过哪些值得纪念的地方之类的记忆。"

"嗯,那种记忆完全没有。"

"没有恢复?"

"嗯,没有恢复。"

遥微微点头。因为脖子疼,她无法做大幅度的动作。

"你自己的名字呢?还记得吗?"

"不记得了。"

"能想起来的只有那个跟你交往过的男人的名字?"

被教授这么一问,遥不禁陷入沉思。

"我感觉应该是曾经交往过的……"

"这点也搞不清楚?你们是否是恋人关系也不确定吗?"

"是的。"遥点了点头。

"但是,名字从脑海里冒出来了吧?"

"是的。"

一阵沉默之后,一种强烈的不安感突然涌上遥的心头。

"请问,我的记忆……我是不是已经失忆了?"

教授摇摇头,回答道:

"不会的,我认为是暂时的遗忘。"

遥的眼前似乎又开始变暗了。

"大概是因为受到了巨大的惊吓。人遭遇巨大的悲伤后,变成这样的例子很多,所以,有关记忆的事你不要太放在心上,过一段时间记忆就回来了。"

"是这样啊。"

教授轻轻点点头,说道:

"不过,如果一直这样下去,记忆无法恢复的话,就要怀疑脑部是否受到损伤了。有必要用MRI①观察一下大脑是否有损伤、是否有动脉硬化等症状,在那之前不能妄下断言。你看到刚才电视里的汽车觉得很难过,是吧?"

"是的,身体不自觉地颤抖起来。"

"你的伤是交通事故造成的吧?"

"是的……我想是这个原因吧。"

教授点头,接着说道:

"不过,一般的交通事故是不会造成这么大伤害的,又不是死亡事故。"

宫泽教授说得很随意,而遥却觉得心脏像被一只冰冷的手忽然用力揪住了一般,说不出话来。

"不是死亡事故吗?"遥用很小的声音嘀咕道。

她多么希望那不是死亡事故啊。

宫泽教授好像没有听到,继续很随意地说道:

"当然,这东西是有个人差异的。当时是你男朋友开着车,还是你自己开着车呢?"

遥低头沉思,过了好一会儿,说:

"我不记得了。"

这个回答一出口,她的脊柱嗖嗖发冷,心跳加速。驾驶,如果

---

① Magnetic Resonance Imaging 的缩写,即我们常说的磁共振成像,是一种利用核磁共振原理的医学影像技术,对脑、甲状腺、肝、胆、脾、肾、胰、肾上腺、子宫、卵巢、前列腺等实质器官有绝佳的诊断功能。与其他辅助检查手段相比,磁共振具有成像参数多、扫描速度快、组织分辨率高和图像清晰等优点。

当时是她自己驾驶着车辆的话……

如果是那样的话,她是不是剥夺了一个男人的人生？那样前途光明的他,她能担得起这样的责任吗？

"事故发生时的情况还记得吗？"

遥默默无语。这些事情,她哪里能回答上来？

"如果当时开车的是我,即使记得,也无法说出口吧。"她心想。

"不记得了吗？"

"是的,完全不记得了……"遥有气无力地回答道。

"到底是发生了怎样的事故呢？想不起来吗？"

"是的……"

"那么关于男朋友的事呢？"

"不知道,都已经消失了……"

"消失了？"教授眉头一皱。

"是的,不知道去了哪里。"

"你不知道吗？"

"是的。"

"住处什么的呢？应该知道吧？"

遥默默摇头。

"不知道吗？"

"也想不起来了。"

"长相还记得吗？"

遥沉思起来,然后答道:

"不太记得了……"

"是在事故中看到了非同寻常的可怕的东西了吧?"教授问道。

沉思中的遥听教授那么一说,顿觉毛骨悚然,可最终还是一个问题都没回答上来。

"受到了打击啊,非同小可的沉重打击。"教授说。

遥默默点头。

"难道是初期的PTSD①吗?"宫泽教授嘟哝道。

"还是再接受一下MRI检查比较好,我想给你查一查脑部有没有其他外伤。"

"好的……"

"川端医生那里,我跟他说一下。"

教授说罢,站起身来。

"那么,你好好休息吧。"他最后说道。

---

① 创伤后应激障碍的缩写,是指个体经历、目睹或遭遇一个或多个涉及自身或他人实际死亡,或受到死亡威胁,或严重受伤,或躯体完整性受到威胁的事件后,所导致的个体延迟出现和持续存在的精神障碍。

5

遥失神地坐在病床上。她伸出右手抓起拐杖,将身体倚靠在拐杖上,慢慢站立起来,笨拙地使用着尚未用惯的铝制拐杖,一点点地蹭到窗边,只挪动了一两米的距离,就花费了好长时间。

遥把拐杖夹在腋下,抬起右手,把窗帘拉开了一道小缝,看向窗外,虽然有点疼,但只有右手是能动的。

窗外一片黑暗,夜幕已经降临。

"太阳落山了啊,没注意呢。"遥小声嘀咕道。

从这里向外看,看到的尽是医大地界的边缘。因为附近没有路灯,只有从窗子里倾泻出去的微光,外面看起来黑魆魆的,水泥地面上,孤单地停放着一辆汽车。

她的视线被正面的树丛挡住了。这些树丛起着围墙的作用,其中不只有低矮的灌木,中间也有几棵较高的树。不过它们都已经叶落殆尽。

它的对面貌似是公交车道。从枯枝的缝隙之间能看到一辆像是公交车的大型车辆,正亮着灯缓缓前行。公交车后方,私家车和出租车等小型汽车如串珠一般紧跟其后。虽然路上汽车数量不多,但是每当公交车出现,它的后方必定会有其他汽车排队随行。

遥从长长的缝隙里往外看了一会儿,独脚站立渐渐吃不消了。虽然左脚填满了石膏支撑,但她也没有勇气将身体重心往左脚上压。她的身体只要稍稍往左边一偏,剧痛马上就会袭来。

刚想回到床上,她忽然发现床边桌上的小抽屉微微弹出了一点。

迄今为止,她还没有注意过这样的事情,想都没有想过。也许是因为从入院到现在已经两天,疼痛也减轻了一些,精神也稍稍安定下来的缘故,她开始注意周围的事物了。

遥刚要把抽屉推进去,手却停了下来。原来她从开了仅有五毫米的缝隙中,看到里面放着一件东西。

她俯视了一会儿,一种不祥的预感冻住了右手,一时动弹不得。

就这样犹豫了一会儿,她缓缓地将右手的指尖伸进那个缝隙,一点点地拉开了抽屉。

一块有裂缝的厚玻璃出现在眼前,她索性猛地拉开抽屉看去,那是一只男表。

她伸手拿起那只手表,放到眼前,发现完全没有印象。不是她自己的东西。

秒针已经停止走动。她把它拿到耳旁仔细听,没有声音,完全坏掉了。

她的心跳加速。手表指针指向九点十九分。九点十九分,那可能正是事故发生的时间。

她左思右想,却依然想不起任何事情。

她将表拿得更近一些,一直凝视着它,突然觉得后脑勺像是被人敲了一下。因为她注意到一道白色裂纹的旁边,零星点缀着几个褐色的小点。

遥条件反射地立刻把表从自己眼前拿开,她意识到了那是血,甚至能闻到一丝血腥。她的脸扭曲了。

血痕。

她赶紧把手表放回抽屉,用腰部将抽屉顶了回去。

她徐徐走近床边,缓缓坐下来。

她的心跳突然加速。明明想把拐杖靠在床边,却只听见"哗啦"一声,拐杖倒在地上。

手表,男表,还有血痕,是谁的血痕?

是雅人。那是雅人的东西。

雅人,雅人……

她冥思苦想良久,依然回忆不起他的样子。但是从医生的谈话和迄今为止的各种片段可以推知,她有一个名叫雅人的恋人。可是,他已经不见踪影了。

他和我一起去兜风,然后我身受重伤,被救护车送进了医院。

是交通事故吗?

还有这只溅上血迹的手表……也就是说,他也身负重伤。看来事故相当严重。

然而,他在哪里?

不知道。

是什么事故呢?是什么原因造成了那样严重的事故呢?

事故是在哪里发生的呢?车是在十字路口还是在一般车道

上,与对面车相撞?

遥右手按住脑袋,手指插入头发中,指甲使劲儿掐头皮,想让疼痛刺激自己,勾起记忆。可是记忆完全没有复苏的迹象,她什么也想不起来。

既然如此,为何会这般恐惧呢?一往这方面想,她就感觉到那种使身体忍不住发抖的恐惧。那是已经超乎颤抖、几近痉挛的恐惧。

她抬起头,从床上又开始盯着窗的方向看。刚才拉开的窗帘缝隙里,可以看到黢黑的玻璃。

玻璃上,映出她半边苍白的脸。她久久凝视着它。

"丝永小姐。"

一个女人的声音打断了她的思绪。她回头一看,护士站在门口。

"量体温的时间到了。"说完,她走了过来。

于是遥慢慢地在床上躺下。

"那只手表……"护士给她量体温时,遥试着说道。

"啊。"护士得意地说,"那个啊,那是只男式手表啊。"

她果然知道啊。

听她一说,遥也在考虑。男式手表——从别人口里说出来的那个词语果然具有意想不到的新鲜效果,然而,无论把它放在脑海里怎么搜寻,还是想不起任何事。

"那只表为什么会在这里呢?"她战战兢兢地问道。

"好像是你被抬进急救室的时候,握在手里的。"护士冷冷地说。

遥又一次感受到无声的冲击。

这并非完全出乎意料,有一点点在意料之中。她把表握在手里。是的,表是她一直握在手里的。

"你呀……"比遥年长的护士好像挺愉快地说道。

她看起来似乎很享受遥的悲剧,是因为遥受到了沉重的打击吗?

"你手里紧握着手表和苹果,还记得吗?"

"苹果?"遥吃了一惊。

"是呀,绿色的苹果,看样子还没怎么熟的那种。"

"苹果,绿色的……"遥轻轻念叨。

这完全在她的预料之外。她的脑海里完全没有这只苹果。

"是手表和苹果,好奇怪的组合啊。为什么会拿着那两样东西呢?你想不起来吗?那可是你自己做的啊。"护士说道。

遥茫然失神,缓缓地摇了摇头:

"不知道。"

6

遥躺在 MRI 的床上,川端医生正在旁边的房间里通过监测器观察她的脑部。他一边看一边对站在旁边的彩说:

"大脑没有异常,没有什么外伤。"

"嗯。"

"也没有动脉硬化的症状。"

"太好了。"

两人站起来,走进隔壁的器材室。

"可以起来了。"医生对遥说。

彩走了过来,弯腰把遥从MRI的床上扶起来,然后递给她拐杖,半抱着她满是石膏的身体,扶她坐到了旁边的椅子上。

"我叫川端,放射科医生,也是教授。"

医生一边在眼前的椅子上坐下,一边介绍自己。

"嗯,对不起医生,我叫丝永,给您添麻烦了。"

遥用她吊着左臂伤肢的不自由之躯,向医生行了个礼。川端教授的助手正在收拾床和其他器械。

"嗯,我也负责MRI。怎么样?你认识她吗?"

医生用手示意站在一旁的人,就是那个遥在重症监护室的床上刚苏醒时见到的女人。她也缓缓地在旁边的椅子上坐下。

"是的,在重症监护室里见过。"遥答道。

"哦,在重症监护室啊。她的名字是什么呢?"

"名字是……"

"不记得了吗?"

遥紧锁眉头,想了好久,摇了摇头。

"不记得了,对不起。"遥说着低下了头。

"佐佐木彩,你的好朋友呀!"彩有点儿生气地说,"我们是大学里最亲密的朋友啊!"

"佐佐木彩……啊!"遥用迷迷糊糊的语气重复着,抬头看向彩。

"想起来了吗?"彩问道。

"嗯,印象有点儿模糊。"

"遥真不靠谱啊!好闺蜜也不过如此啊!"

"佐佐木同学,不要责备她。"

"嗯。"

"一旦给患者心理造成很大负担,就会引发患者的恐慌。"

"啊,知道了。"彩乖乖地点了点头。

医生转身对遥说:

"你的大脑没有异常,没有事故带来的外伤。"

"啊,是吗?太好了。"遥点点头。

"你真的想起她是谁了吗?"医生问道。

"是的,模模糊糊地有点印象。"

"具体想起来什么了?"医生问道。

"具体……"

"我们经常一起在吉祥寺的街上走啊。"看她想得那么艰难,彩提醒她道。

遥默默地思考着,然后轻轻地点了点头,用迷迷糊糊的语气嘟哝道:

"PARCO①百货……"

"是的,PARCO百货!我们一起去过!"

"近江屋……"

"对,是近江屋!有咖啡馆、玻璃墙的近江屋。我们经常一起去那里吃蛋糕,一边看着外面路上的行人一边吃,你想起来了啊!"

"嗯,模模糊糊有印象。"

"太好啦!"

"丝永同学,家人的名字能说出来吗?"医生问。

遥想了一会儿,点点头说:

"能。爸爸叫浩一,妈妈叫德子。"

"浩一和德子……怎么样?对吗?"医生转向彩问道。

"浩一和德子,对。我以前听她说过,这是她父母的名字。"

"状态不错啊,丝永小姐。"医生说。

"遥,你还有个弟弟吧?"彩问道。

"弟弟……"

"是的,你弟弟啊。"

"弟弟……叫太一。"

"答对啦!遥,你的老家在哪里?"

"青森县。"

----

① 一家日本百货公司。

"正确。太厉害了,你想起来了?"

"事故发生时的情况呢?"医生直触核心。

"事故发生时……"

"你是在哪里遭遇事故的?"

医生这一问,让遥陷入了沉默。

"当时和谁在一起?"

"和谁……"遥重复了一遍,语塞了。

"一起坐在车里的人呢?"

"一起……"

医生轻轻叹了口气:

"想不起来?"

"是的。"遥点点头。

"大概是事故的打击造成的暂时性记忆障碍啊。一般来说,等身体康复了,记忆也就自然而然地恢复了。"

"宫泽教授说过,这叫一过性全面性遗忘。"

"对,就是那个。所谓一过性全面性遗忘是哈佛大学名誉教授费舍尔和亚当两人命名的一种记忆障碍。"

"嗯。"

"你们是医科大学的学生,就给你们讲解一下吧。这种记忆障碍的特征,就是对发作时正在经历的事没有任何记忆。"

"啊。"遥点点头。在急救室发生的事情她完全没有记忆。

"并且有情景记忆缺失的倾向。"

"情景记忆……"彩皱眉道。

"就是所谓的回忆啊。个人的一些经历,包括事件的时间、地点之类的记忆。比如去某地旅行、某月某日在某条街的某个店里买了哪件衣服、看了某部电影之类的记忆。"

"嗯。"两个女生一起点头应道。

"人类的记忆通常可以分为三种,情景记忆[①]、程序记忆[②]和语义记忆[③]。情景记忆就是像刚才所说的关于回忆的记忆。程序记忆指的是用身体记住的技术,如驾驶汽车、骑自行车、游泳,对医生而言,就是做手术的技能。语义记忆就是交通信号灯不同颜色的含义、自己和父母的名字以及其他生活所需的一些社会常识之类的记忆。"

两人不约而同地点头。

"老师……"遥低声道。

"有什么问题吗?"

"有关恋人和恋人名字的记忆,该怎么分类呢?"

"嗯,不是这样理解的,分类是从结果来看的。最初,任何记忆都是情景记忆。但是,如果这些记忆一次又一次高频率地进入

[①] 情景记忆,即以时间和空间为坐标对个人亲身经历的、发生于一定时间和地点的事件(情景)的记忆。情景记忆是指记住过去某时某地特定事件的记忆。

[②] 程序记忆,即非陈述性记忆,又称为内隐记忆,指关于技术、过程、某事如何做的记忆。

[③] 语义记忆,即通过语言、文字、数字、算法等抽象思维方式形成的对一般知识与概念的记忆。通常由情景记忆发展而来,是一种客观性的记忆,与个人经验无关。

海马体的话,脑就会得出这些记忆很重要的判断,就会将其挪移到合适的记忆中枢,存储起来。"

"海马体里……"

"准确一点说,视觉和听觉等感觉器官带到脑里的经历会经由顶叶、颞叶、扣带回,进入脑下方的海马体,并且在这里作为情景记忆形成记忆。海马体里的情景记忆一般会保存两年左右。"

"嗯。"

"也就是说,海马体里的记忆也可以认为是暂时性保存阶段的记忆。这个就是情景记忆。不过,经由刚才所说的路径进入海马体这个过程不断重复的话,脑就会判断这些是重要信息,就会将它们从海马体导出送到大脑皮层和小脑,将其升格为语义记忆和程序记忆以便长久保存。

"所以,认识时间不长的话,也可以认为它们或许还处于海马体的情景记忆阶段,也说不定是处在情景记忆和程序记忆的过渡之中。夫妻结婚几十年的话,对方的信息就会变成等同于自己名字的那种语义记忆。"

"啊,这样啊。"遥点点头。

"也就是说,一过性全面性遗忘是存留在海马体里面的记忆消失的现象,它的保存期限是两年以内。"

"嗯,是的。"

"不过,你现在正处于一会儿记起来、一会儿又忘记的混沌阶段,所以不要太把它放在心上,首先是要好好休息,明白吗? 上课之类的事,现在也不要担心。"

"嗯,对不起。"遥说着低下了头。

"佐佐木同学,我还有课先走了,你把她送回病房吧。"

"好的,知道了。"

"好,那我得赶紧走了。"

川端教授站起来,和助手一起离开了器材室。

"谢谢您。"两个女生异口同声地说,她们互看了一眼,会心地笑了。

"遥,太好啦,你想起我来啦!"彩高兴地说,屋里只剩下她们两个了。

"嗯,对不起啊!"遥说。

"太好啦!遥回来啦!"

"嗯,但是还没有完全恢复记忆。"

"明白,不用着急。以后每天想起来一点儿就好了。"

"是啊。"

"连我都想起来了,那雅人呢?能想起关于雅人的事吗?"

"雅人……"

"是的,雅人,记得吧?"

遥沉思良久无语。

"遥,不会吧,想不起来吗?"彩惊讶地问道。

"你说的……是谁呀?"

"遥,你忘了吗?在ICU刚醒过来的时候,遥唯一记得的名字就是雅人啊。雅人、雅人,你一直念叨着呢。"

"真的吗?"

"我和雅人,你只能记住一个吗?想起我,就把雅人忘记了?你可是一个劲儿地问我:'雅人在哪儿?雅人呢?'"

遥默然。

"果然就像川端老师说的啊,一会儿记起来,一会儿又忘记。"

"还处在情景记忆阶段啊……也就是说,我们才认识不久?"

"是的,还不到两年呢。"

"啊。"遥点点头。

"那样的话,大概就是情景记忆了吧。"遥想。

"那部分记忆就像罩上了一层雾霭一样吗?"

"雾霭……"

"模模糊糊的吗?就像在雾里?"

遥摇了摇头。

"不是模糊的问题,是感觉完全不存在,空落落的……"

"不记得了?"

"嗯。"

"唉!"彩长叹一声。

"我和谁?去哪里?为何遭遇了事故?"遥茫然地问。

"和雅人同学啊。"彩耐心地答道,"你和雅人同学一起去看演唱会的时候,出了交通事故。地点在哪里我不清楚。再具体的事我就不知道了。"

"雅人……"

"是的,雅人,你不知道吗?"

遥沉默不语。

"你想起的不是雅人同学,而是我,这一点倒是让我有点儿开心。我已经成为程序记忆了吗?"

"嗯,不过也可能是在海马体阶段……"

"可雅人同学是你的男朋友啊!好可怜,竟然被忘记了。"

"嗯,太对不住了,忘记他了。"遥平静地说。

"模样和体型什么的,还记得吗?"

"模样……"

"是个大帅哥呀!个子也很高。"

遥脸上露出笑容,歪头冥思苦想起来,一直保持着那个姿势不动,也不说话。

"想起来了吗?是个值得骄傲的男朋友吧?"

遥听后无声地笑了。

"我说,照你这个状态,家人的情况能回忆起来吗?"

"嗯……"遥思索着,很没有信心的样子,脸上依然带着苦笑。

"你父母的名字是什么?"彩笑着给她出题。

"爸爸叫浩一。"

"正确。你妈妈呢?"

"德子。"

"嗯,因为是语义记忆了啊。那么,你们家是干什么的呢?"

"干什么的……"

"对,是干什么的?"彩笑着重复道。

遥左思右想,无言以对。

"不知道吗?"

遥缓缓地摇了摇头。

"我来告诉你吧。是经营苹果园的。"

闻听此言,遥脸上的笑容渐渐消失了。

"苹果园……哎?怎么了?"

遥用能自由活动的右手按住脑袋,慢慢低下头来。

"遥,头疼吗?"

遥的脸很快扭曲变形,脸上满是痛苦的表情,泪流不止。

"遥,你不要紧吧?"彩从椅子上站起来,大声喊道,"对不起啊,我不该说苹果园吗?"

但是,遥像是从彩的两只手里滑落下来似的,瘫倒在椅子旁边。她哭着,身子在地板上哆嗦起来,痉挛又发作了。她的整个身体瘫在地上,动弹不得。

彩也赶紧蹲下来,抱起遥的上半身,哭了起来。

"对不起!对不起,遥!"彩喊道。

"我不该给你施加过多压力,对不起!我不该加重你的精神负担,对不起呀,遥!"

在她的喊声中,遥的痉挛越发严重起来。彩朝身后的走廊大声喊道:

"有人吗？有没有人？快救人呀！开始痉挛了！快来人呀！"

7

遥坐着轮椅来到院子里，发出了一声呻吟。

"喂！丝永小姐！你没事吧？"推着轮椅的高平护士担心地问遥。

入院已经一个星期了，遥的脸色十分憔悴，脸颊消瘦。

"到底是谁啊？"遥突然口气强硬地嚷道。

"哎？"

"雅人到底是谁啊？"

护士沉默不语。

"请回答我，高平护士！我给大学里打过电话，他们说神原雅人这个人没有去学校。那么，这个雅人现在究竟在哪里呢？"

遥浑身颤抖。

"丝永小姐！"

遥想抓住护士的手臂，但护士没有让她抓，她很生气，挥舞着能自由活动的右手，躁狂地喊：

"什么嘛！"

"丝永小姐，冷静！"

护士从后面按住遥疯狂摇动的上半身，在她耳边说：

"你问我，我也不知道啊！我什么都不知道。"

"撒谎!"遥喊道,"你们大家一起骗我!"

"你多虑了,丝永小姐!"

"遥!"

远处传来一声呼唤,只见彩穿过花坛旁边的小道,正往这边跑来。

遥坐在花坛旁边,神情落寞地默默望着天空。彩坐在她旁边的长椅上。高平护士已将坐在轮椅上的遥交给了彩,自己回病房去了。

阳光很好,没有风。除了遥和彩,院子里还有几个患者正在晒太阳。

遥取出手机。一位陌生的男性患者坐着轮椅从遥的轮椅旁边经过,擦肩而过之际,他跟遥打招呼道:

"你好!"

"你好。"

遥心不在焉地回应了他。男患者渐渐远去,进入病房大楼。

遥一直盯着有很多碎纹、看不太清楚的手机液晶屏。她打开照片文件夹,正在寻找着什么。

彩从长椅上站起身,慢慢走近轮椅。

"遥,冷不冷?"

"不要紧。晒着太阳很暖和。"遥回答。

"你突然歇斯底里地发作,把高平护士吓了一跳啊。"

"雅人……死了吗？"遥"嗖"地转过头，看着彩问道。

"啊。"彩惊讶地呆立不语。

遥接着说道：

"我给学校打电话，问关于他的事，学校说他没来。从十一月八号事故发生那天起，他就没再去过学校。"

"你打电话了？"彩惊讶地问。

"是呀，所以你告诉我嘛。"遥一脸严肃地逼问。

"告诉你……我说的是……"

遥的视线突然严厉起来。

"怎么回事？你说的是什么意思？"遥惊讶地问。

彩被追问得哑口无言。

瞅了彩一会儿，遥慢慢地说：

"我们不是朋友吗？不是好朋友吗？"

"正因为我们是好朋友啊！遥，我并不了解详细情况，不敢随便乱说！"

"那么谁知道详细情况呢？"

"你呀，遥！只有你知道！你要自己想起来才行！"

听彩一说，遥垂下头，盯着地面沉默不语。

"因为那是你自己的事情，对吧？"

遥沉思了许久，然后拿起放在腿上的手机，用手遮住光线看，屏幕上显示出一张照片。

"这位和我一起合影的是……"

"是雅人同学吧？肯定是。给我看看。"彩说罢靠了过来，将脸凑近遥的手机。

她使劲儿盯着手机屏看：

"哇！液晶屏碎成这样，完全看不出来啊。"

遥脸色凝重，盯着眼前的彩的侧脸。

"遥，你真的记不起来了吗？"彩回头问道。

"记不起来什么？"

"雅人同学的长相啊。"

"嗯……"遥无力地点了点头。

"真的吗？"

遥又点了点头：

"我发生事故那天，是和他在一起的，对吗？"

"嗯，对呀！"彩回答道。

遥盯着地面，沉默许久，然后说道：

"我……也许只有我一个人生还，他已经……"

彩也很长时间没有说话，然后叹了口气：

"你现在管好你自己的身体就好，知道了吗？一切等到身体康复了再说。现在不管你怎么烦恼，已经发生的事情也无法改变了。"

"告诉我，彩！"遥突然喊道，"雅人死了吗？"

彩往后倒退了几步，呆呆立着。

"告诉我，彩！只有我活过来，而雅人，我的男朋友，他已经死了,是吗?"

遥拼命地用手扶着右面的车轮,向彩的方向前进。彩又后退了几步,脚后跟碰到了花坛的石头上。

"大家觉得如果我知道这些就会受到打击,所以你们都瞒着我,故意不说,是这样吧?是这样吧?你说啊!彩!告诉我!是这样吧!"

"你冷静点儿!遥!不要恐慌!免得再痉挛!"

"我也想冷静啊!所以请你告诉我啊!"

"遥!你也理解一下我的心情。我不想成为让你失控的导火索啊!"

"导火索?失控?什么意思?你是说我会歇斯底里吗?"

"不是那个意思!"

"彩,你一定知道一些事的。"

"不知道,我可不知道啊。"

"不可能不知道啊。雅人也是你的朋友吧?你们好像关系很亲密吧?"

"亲密什么啊!是通过你……"

"至少现在,你和他的关系比我和他的关系要亲密,比现在这个我。"

彩沉默了。

"你和雅人,比起我这个没有了记忆、连他长什么样都想不起来的我要亲密。"

遥的泪水簌簌直流。

"雅人同学、雅人同学,叫得那么亲……"

"不是很熟啊!只是通过你认识了,说过几次话而已。"彩辩解道。

"明白了!我已经明白了!"

"啊?"

"大家都想瞒着我,都觉得我知道了真相会情绪失控。我一问,你们就说'不知道、不知道,我是局外人不了解'。彩,连你也这么说!你可不是局外人啊!"

"和雅人同学谈恋爱的是你呀!我就是局外人啊,对吗?"

"够了!我已经明白了!"

"明白什么了?"

"他死了,对吧?"

"哎?"

"雅人已经死了,是吧?如果他还活着,就应该来这里啊。就连我,都能像这样坐着轮椅来院子里散步了呢。"

"也许是在别的医院……"

"那也能取得联系。我的手机里有通讯录,有神原雅人的名字。可是我怎么打电话给他也没人接。人已经不在了啊!"

"是吗?"

"雅人死了。大家都在瞒着我。"

"遥……"

"死了,死了,他死了。我做过什么啊?我对他做过什么?责任在我,是吗?我该承担多大责任?"

"遥,我们进病房吧。"

"不要!"遥哭喊道。

"告诉我啊,彩!我都已经知道这么多了,再多告诉我点儿也是一样的!"

"我真的不知道啊,遥。"彩缓缓说道。

"又说你不知道?"

"真的啊,遥。"

彩的眼泪也慢慢地流了下来。

8

"丝永小姐,宫泽教授的问诊时间到了。我们去教授的研究室吧。"

高平护士边说边走进病房,遥却没有回应。

"丝永小姐!"护士又喊了一声。

"对不起,我动弹不了。"遥用有气无力的声音答道。

"我们坐轮椅去吧,我推着你。"

护士回答着这个比自己年轻十几岁的女孩的问话,她的声音似乎略带不悦。她转到遥的枕边,遥再无回话。

"怎么了?"护士盯着遥的脸看。

"心情不好。"遥缓缓地说。

"心情不好？"

"是的，眼泪扑簌簌地往下流，一直流，完全停不下来。心情很糟糕，下不了床。心脏扑通扑通乱跳，感觉外面很恐怖，心情特别糟糕，一直恶心想吐。"

"说起来，你早上没怎么吃早饭啊。这可不行，不吃饭恢复不了体力。"

"一点也吃不下去。心情一直很糟，恶心，浑身发抖，浑身发冷，后背发冷。害怕看窗外。"

"害怕看窗外？为什么？"

"很痛苦！很痛苦！非常非常痛苦。无法起身。如果这里是高层的话，很想跳下去。"

"啊？"

高平护士一看，遥裹在被子里的身体正瑟瑟发抖。护士把手往她身上一放，赶紧缩了回来。

"能行吗？"

"连轮椅也坐不了了。对不起，请您帮帮忙吧，我实在去不了了。"遥依然背对着高平护士说道。

宫泽教授听到高平护士的报告后，来到病房。但是，遥连把电动床的床头抬起来都抗拒。因此，他只给她稍稍抬起一点点，进行了问诊。

宫泽教授问道：

"听说你害怕看窗外？"

"是的。"

"怎么个害怕法？"

"我没法用语言来描述，没法从这里移动一步，没法从这个被子里迈出去一步。"

"如果勉强移动会怎样？"

"我想会吐吧。心情很不好。"

"心情不好？"

"眼泪一个劲儿地往外流，后背发冷，指尖一直发麻，动不了。"

"从什么时候开始这样的？"

"从昨天开始。"

"一整天，一直是这样的症状？"

"是的。"

"有没有觉得早上特别难受？"

遥默默地在被子里想了一会儿，然后说：

"啊，也许是这样的……是的，早上特别难受，完全起不来。"

"到了中午，到了傍晚，是不是会舒服一些呢？"

"嗯……也许是这样的。"

"早上的时候，脑子里都在想些什么呢？"

遥想了好久，说：

"感觉自己是个废人……给周围的人添了很多麻烦，非常对不住大家，所以……"

"这种想法不断重复?"

"是的,是这样。一遍又一遍地想,焦躁不安……"

"这是自责忧虑啊。必须要避免它向慢性化发展。耳鸣、听力困难、头晕之类的症状有吗?"

"有,头晕。"

"看东西时有东西在转圈的感觉?站着的时候体验到的?"

"是的。"

"那种时候站不住吗?"

"完全站不住,而且有时候看到的事物也会扭曲……"

"有听力困难或者耳鸣的症状吗?"

"有时候会有。"

宫泽教授点了点头。

"还不能转到一般病房去啊。"

"一般病房?是大房间吗?"

"是的,六个人一个房间的一般病房。"

"我不要去。对不起,我任性了。"

"但是,转到一般病房的话,就能去小商店买东西了啊。"

"我才不想去那样的地方呢。"

"还有其他症状吗?"

听到问话,遥沉默了一会儿,然后说道:

"可以说出来吗?"

"当然要说出来。是什么呢?"

"不知道您能否相信,我看到了一个小孩子。"

"小孩子?"

"是的,好像是一个小女孩。她站在床边,一直盯着我看。"

"女孩。"

"是的。"

"大约多大年纪?"

"十岁左右吧。吓得我转身背对她,结果她就来到我的脖子旁边,向我吹气。"

"啊……幻觉?"

"是吗?于是,我就从被子里露出头来一看,她就在床的周围走来走去,嗖嗖地。"

"哦……"

"接着,我就头疼得很厉害……"

"嗯。那么去厕所怎么办呢?"

"厕所……虽然很不想动,但是忍不住的时候就去。"

"去厕所不害怕吗?"

"害怕,但是没有办法。"

"小女孩没出来吗?"

"那时候不出来。但是进了厕所之后,不知为什么,害怕冲水按钮,不敢正眼看。"

"冲水按钮?"

"是的。"

"你说的冲水按钮,是上面写着大小的不锈钢按钮吗?"

"是的,吓得我不敢看,非常害怕看它。所以,我就让眼睛左睽右巡,往天花板或墙壁看,注意不要让冲水按钮进入眼帘。"

"这倒有点儿奇怪啊。"

"嗯。"

宫泽教授沉思良久,然后问道:

"你的身体恢复得还不错啊。"

"嗯。"

"绷带好像少了很多啊。"

"是的。"

"石膏还没拆?"

"嗯。"

"疼痛呢?"

"比以前轻多了。"

"记忆呢?恢复了吗?"

"程序记忆还不行。"

"嗯。不过,包括海马体在内,没有任何脑损伤。我之前担心你在遭遇事故时,脑部受到撞击发生损伤,不过幸好没有。脑部也没有动脉硬化现象。"

"引起记忆障碍的原因主要有这几个。第一个是外压产生的脑损伤,这个你没有。第二个是脑内的动脉硬化,这个你也没有。还有一个是维生素严重缺乏,或者是饮酒过度。这些也不符合你的情况。这么一来,用关掉海马体开关、拉下闸来进行紧急避难这个解释就比较讲得通了。也就是说,你这是一过性全面性遗忘症。但是,这个概念解释起来就有点儿难度了。你没问题吧?想听吗?"

"对不起,现在听不了。"遥颤抖着答道。

"嗯。关于你的好朋友和你的父母的事已经想起来了吧?"

"是的,但只想起了名字。"

"长相之类的呢?"

"那个嘛,嗯,模模糊糊有印象。"

"家乡的房屋外观还记得吗?"

"嗯,那个也模模糊糊地想起来了,这些都是语义记忆吧?"

"你男朋友呢?想起来了吗?"

"那个不行,想不起来。他是个什么样的人呢?"

"哦……长相也想不起来吗?"

"长相也想不起来。我们好像认识不到两年,所以,还是情景记忆。"

"是这样啊。事故呢?"

"完全记不起来。"

"那是一场什么样的事故之类的细节呢?"

"完全没印象。"

"你自己的名字呢?"

"嗯,那个想起来了。"

"说说看。"

"丝永遥。不过,名字也可能是因为大家都那么叫才知道的。"

"你住的公寓呢?"

"也想起来一些。"

"你住在吉祥寺那边吗?"

"嗯,是的。不过不是在中心地区,而是在井之头公园站的站前。"

"从这里能走过去吗?"

"是的,算是能走过去吧,只是稍微有点儿远。"

"一个人也能回去吗?"

"嗯,估计能。"

"你的记忆恢复得很不错啊。"

"是的。"

"也就是说,精神状态有点儿奇怪,是吗?"

"是的。"

"音乐呢?能听吗?"

"不行。躺在这里听音乐,就会感觉天花板慢慢压过来……怎么说呢?无法用语言很好地表述。感觉眼前出现了讨厌的图案,那东西慢慢扩散开去,感觉特别不舒服。"

"哦……能看电视吗?"

"不喜欢,不想看。"

"有没有什么能看的节目?"

"相声之类的节目偶尔能看,但是不能时间太长,很快就会觉得难受。"

"哦……"

9

遥不再坐轮椅。她拄着铝制的拐杖,一个人费力地在走廊上走。她的左手已经康复,不用再吊在脖子上了。

她的面色苍白,始终因痛苦而皱着眉。她因为吃不下饭,所以看起来瘦骨嶙峋。

她进了女厕。这座楼上的厕所只供患者使用,为了应对紧急情况,每个隔断都没有门,只挂着白色布帘作为遮挡。

遥走进一个隔断,大约过了十分钟,一个护士走了进来。她把每个半掩着的布帘逐一拉开认真检查了一遍,然后走到遥所在的隔断前面,因见布帘拉得十分严密,便问道:

"有人吗?"

没人回答。

护士带着疑惑的表情,向布帘底下的缝隙看去,被眼前的情景惊呆了。她看到了一条红线。在白色瓷砖的接缝处出现了一条细细的红色线状物,一直从里面蜿蜒出来。护士脸色大变,一把扯开布帘,大声叫道:

"丝永小姐!"

遥倚靠在盖着盖子的坐便器上,两条腿在瓷砖上随便地伸着,像是睡着了。

她两眼紧闭,左手盖满石膏,放在胸口和坐便器之间,右手伸到了坐便器对面一侧,看不见指尖。护士急忙转到那边一看,鲜血正从无力下垂的指尖处一点点地滴落。

坐便器后面的地板上有一小摊鲜红的血,正是那里的血顺着瓷砖缝呈"之"字形流淌出来,在厕所的外面也能看到一些。

"丝永小姐!"

护士再次呼唤她的名字,蹲下来,抬起她的右手。她从白大褂口袋里拽出纱布给她缠上,又用创可贴结结实实地固定住,做好了应急处理。

护士一边处理一边观察,发现坐便器和墙壁之间有一把水果刀落在那里。"从哪里拿到了这样的东西呢?"她想。她多次进入病房,都没有看到这样的东西。

"丝永小姐,站起来!"

护士一边说,一边抬起她的右手,搭到自己的肩上,并将握她右手的手挪到她的肘部位置,用左手使劲儿扶着遥的腰部,用力一起身,两人都站了起来。

她想把遥先扶到刚才在走廊里看到的那一辆孤零零放着的轮椅上。

10

彩和宫泽教授在谈话。宫泽教授坐在椅子上,彩站着。宫泽教授神色凝重地说:

"抑郁症啊,丝永同学患了重度抑郁症。我已经准备好了帕罗西汀[①]。"

"嗯。"彩点点头。

"她出现自杀冲动了,刚才在厕所里割腕了。"

"啊!"彩抬起头来,神情慌乱,打算冲进遥的病房。

"不要紧的。"教授急忙制止她。

"幸好伤口较浅,护士发现及时,做了应急处理,所以没有大碍。"

"那她……"

"没有生命危险。不过,现在是护士一个人在看护她,你这个好朋友也要多多关心她。"

"好的,知道了。"

"她好像出现了日内变动啊。"教授若有所思地说。

"日内变动?"

"抑郁症有这样一个倾向:一般早上情况比较严重,随着太阳升高,患者会变得越来越轻松。"

[①] 治疗抑郁症的药物。适合治疗伴有焦虑症的抑郁症患者,见效较快,而且长期疗效较好,亦可用于惊恐障碍、社交恐惧症及强迫症的治疗。

"是这样啊。"彩点点头。

"她割腕也是在早上。"

"嗯。"彩一脸失落地低下了头。

"照这样下去,也许得考虑把她转到精神科病房去了。"

"老师,关于一过性全面性遗忘症,之前在进行 MRI 检查时,川端医生也给我们讲过。"

"嗯。"

"这个放着不管也没有关系吗?"

"这个暂时没什么问题,毕竟不是因脑结构受到严重损伤而产生的症状。"

"一过性全面性遗忘症因何而起呢?"彩作为一个医大学生向老师问道。

"简单地说,这是由于海马体受到损伤而引起的,或者说是患者为了保护自己逃离这种打击而引起的。"

"嗯,您的意思是……"

"关于情景记忆、程序记忆和语义记忆形成的过程,已经听川端教授讲过了吧?"

"是的。存留在海马体阶段的记忆叫情景记忆,其中重要的信息将被送入大脑皮层和小脑,升级为程序记忆和语义记忆,得以更加深刻、长久地保存……"

"是的,正是如此。"教授点头道。

"而且,他还说所谓一过性全面性遗忘症,正是这个海马体阶段的情景记忆发生了缺失……"

"嗯,是这样的。海马体里面的内容缺失了,而已经转移到大脑皮层和小脑的信息没有缺失。那么,为何海马体的内容会缺失呢?那是因为作为容器的海马体受到了某种打击。说到这里没问题吧?能听明白吗?"

"嗯。"

"问题是海马体为什么会受到打击?又是从哪里受到的打击呢?况且这个打击还不伴有外伤,不是因为碰撞等外部原因引起的损伤。之所以这样说,是因为 MRI 和 CT 扫描①都没有显示出有外伤,也就是说,是眼睛无法看出损伤的那类东西受到了打击。"

"嗯,那会是什么呢?"

"扩散性抑制②是目前比较普遍的看法。"

"扩散性抑制?"

"嗯,就是海马体的暂时性功能停止。"

"噢。"

"在海马体的内部,神经细胞的突触之间,神经传达物质处分泌出谷氨酸,这些谷氨酸的传递带来了信息的传达。然而有的时

---

① 即电子计算机断层扫描,是用 X 射线等射线来对人体某部一定厚度的层面进行扫描。
② 缺血周边组织发生扩散性抑制样去极化(spreading depression)是组织损害扩大的其中一个原因。正常脑组织,在遭受各种有害刺激(例如局部使用氯化钾)后均可以诱发扩散性抑制。

候,因为受到某些刺激,谷氨酸的分泌就会异常增加。"

"嗯。"

"谷氨酸对记忆来说虽然是不可或缺的物质,但是它又具有容易带来亢奋的特征。这东西要是分泌过剩,就会过度刺激接受它的神经细胞,对结构造成破坏。如果这些破坏不断波及更广范围,神经细胞就会大量坏死,海马体这个器官的功能就会永远无法修复,也就是说,那个人就会永远无法记忆。为避免这种情况出现,脑里面备有一种与电流断路器功能类似的安全装置。

"为了抑制谷氨酸分泌过剩,由别的神经元突触分泌出一种叫氨基甲酸的物质。氨基甲酸具有抑制谷氨酸异常分泌的性质,这些氨基甲酸传达到出问题的突触那里,那里的活动就会暂时停止,这样就能防止脑细胞坏死。

"但是,可想而知,海马体的活动会因此出现暂时性麻痹,里面储存的情景记忆阶段的记忆会立刻消失,而且新的情景记忆也无法形成,这就是扩散性抑制。"

"是这样啊。"

"这跟家庭用电的电流断路器的原理很相似。如果电的使用量过大,过热的电路就会起火,我们为了防止起火,就要暂时切断电流,避免火灾的发生。我们可以认为类似的事情在脑里面的海马体上也在发生。"

"是这么一回事啊!"

"电闸跳了的时候,家电暂时就没法使用了。海马体也是一样。跳闸后,如果合上电闸,家电就又可以使用了。经过一段时间,避开危机之后,海马体也会重新开始分泌谷氨酸,记忆又成为可能。而且,海马体上不会留下伤痕。因为它就是为了不留伤痕而发动的安全装置,所以我之前认为,丝永同学应该没问题。"

"可是,您现在不那么认为了吗?"

"像我前面给你讲的那样,丝永同学的脑部既没有外伤,也没有动脉硬化现象,既不是维生素缺乏,也没有其他问题。这种情况下,我觉得可以理解为出现了扩散性抑制现象。但是一般来说,那种现象一天左右就可以恢复,而她的发作时间太长了,或许她是在反复发作……"

"反复发作?"

"一般来说这是不可能的,因为海马体的构造会依次形成一种耐性。"

"嗯……"

"为什么丝永同学的海马体中会产生扩散性抑制现象呢?可以认为是她巨大的情感变化导致海马体受到了不堪忍受的强烈刺激。但是,这种情感的变化不是我们能预料到的那种程度的东西,那是一种巨大得荒谬绝伦的东西。也许可以这么认为。"

"老师,您说的情感变化是……"

"就是指喜悦、悲伤、不安、愤怒等感情狂澜。"

"喜悦的感情狂澜也算?"

"是啊,发生过这样的例子。这种东西本来就存在很大的个人差异。感性细腻的人受到的刺激也会较大。如此一来,掌管这些感情的脑器官……你知道吧?"

"不知道。"

"是杏仁体啊。人在情感波动的情况下,杏仁体就会受到刺激,增强活性,而且这个杏仁体距离海马体极近。所以,杏仁体的兴奋程度如果过大,就会直接传输到海马体上,并且诱导氨基酸异常分泌,有时候还会迫使这个器官发生功能麻痹,紧急停止工作。"

"啊!"

"丝永同学应该是这种情况。我们可以设想:一般情况下,比平时稍稍强烈一点的情感变化会增强杏仁体的活性。而她遇到的也许完全不是这种程度的状况,而是一种更大、更强、更致命的杏仁体的极端兴奋,像爆发一样的兴奋。因此,她接着又出现了重度的抑郁症。"

"嗯……"

"那也是极其强大的,强大到使她在一两天内突然有自杀的冲动。你学过抑郁症的发病机制吗?"

"还没有。"

"它的发病机制也跟刚才给你讲过的,因为杏仁体兴奋造成海马体一时停止工作的发病机制类似。关于抑郁症的发病原因,最主流的观点是杏仁体的失控。正是它引发了抑郁症。"

"嗯。"

"杏仁体是维持生命不可欠缺的必要器官。对毒蛇猛兽的恐惧、对掉落悬崖和凶器的恐惧,这些都是人类存活下去不可或缺的。人类对这些东西的恐惧就是从杏仁体中产生的。

"但是,抑郁症这东西又不存在一个明确的发病原因。杏仁体大量产生强烈的不安和恐惧,可是又找不到可以让人接纳的相应的发病原因。因为没有原因,所以就是病了。杏仁体无限失控,人们受到原因不明的不安和悲痛的支配,就会形成精神疾病。这就是抑郁症。"

"嗯,明白。"

"但是杏仁体里面,也具有抑制这种情况、使其适当发挥作用的东西,这就是脑的背外侧前额叶皮层(DLPFC)。"

宫泽教授用手指指着自己头部前额叶的左侧。

"这里会抑制杏仁体的活性。也就是说,如果这里的活性降低,人们就很难控制杏仁体的失控,就会陷入抑郁状态。"

"嗯。"

"丝永同学的病是因为这里的DLPFC发生了故障,还是因为杏仁体过度兴奋,连这里这个控制者也难以控制它了呢?这说不准。"

彩听完,深深地吸了一口气。

11

彩走进遥的病房。床边放着一把椅子,高平护士正坐在那里看女性杂志。

"高平护士,方便的话,我在这里就行了。一个小时左右交班,如何?"彩对她说道。

高平护士高兴地拿着杂志站了起来。

"啊,太好啦。正好我还有点儿别的工作要做。"

"您去忙吧。现在开始一个小时,有我在,没问题。我有话跟她说。"

"好的,一个小时后我会回来。有事的话,请按护士呼叫按钮。"

"好的,知道了。"

两人在遥的病床边侧身擦肩而过。彩坐到椅子上,护士走到外面的走廊上。

一坐到椅子上,彩就听到了抽泣的声音。原来她又在哭啊。

"遥,觉得很痛苦吗?"彩轻轻地问道。

遥没有回答。她依然背对着坐在窗边的彩,身上盖着白色的被子,头顶上有一个抽纸盒。

"我说,可以聊聊吗?"

遥没有回答彩的问题,却放声大哭起来。

彩感觉自己被抢先了一步,不再说话。她侧身坐在椅子上,将身体靠在椅背上,透过身后的玻璃窗向外面看去。不知是什么原因,外面的树枝上,麻雀在叫个不停。

"我不知道。"

听见遥断断续续的声音,彩转身面向床。

"什么?遥,你刚才说什么?"彩问道。

"我什么也不知道。"

遥依然背对着彩,被子下面传出她含混不清的声音。她因为长时间的抽泣,所以说话带着浓重的鼻音。

"完全想不起来,怎么也想不起来。"

"遥,现在不用勉强自己。"彩安慰她,"慢慢想起来就行了嘛,不要着急。"

遥继续抽泣着说道:

"我想现在知道。"

"哎?"

"我想现在知道啊,但是我不知道。我想问雅人,雅人一定知道。"

"啊。"彩点点头。

"但是,大家都觉得我是恶人。"

"没有啦,遥,你多虑了。"

"没关系啦!"遥用鼻音说道,"这是事实嘛。但是我想知道到底发生了什么事故。所以,我想见雅人的幽灵。想见幽灵,询问真相。"

"遥,你胸口的石膏很快就能取掉了。"

彩打断遥的话,强行改变了话题,结果遥不说话了。

"肋骨断折的部位做了手术,用螺栓结结实实地固定住了,本来是不需要石膏的,但是,因为很多地方都有裂缝,好像要错位似的……"

遥沉默不语。

"她有没有在听呢?"彩心中暗想。

"所以才用了石膏。手和脚也是这样,有裂缝啊。"

遥又开始抽泣了。

"听说十二月五号,石膏就可以取下来了。住院已经接近一个月啦,不过以你现在的状态,是很难回到你自己的公寓去的。"彩继续说道。

"医生说,即使身体治愈了,如果心理疾病严重的话,住院的时间也要延长啊。"彩看着遥的背影说道,"虽然不用着急想起来,但是住院时间长的话,还要考虑是否转入精神科……我还是希望你能尽快出院啊。"

彩担心长期服用精神药物会导致遥身心虚脱,她可受不了自己的好朋友变成那样。

"你一直没吃饭,是吧?早饭也不吃,午饭也不吃,就晚上才吃一点点。"

"我吃不下去。老是流泪,根本吃不了饭。"

"心情不好吗?"

"嗯,不光因为这个。"

"但是,要是一直这样的话,可是要打点滴的啊。"

沉默片刻,抽泣声又回来了。

"抑郁症必须要治疗啊,遥。好了的话,我们就可以再一起去近江屋,一起去吃蛋糕。"

"才不想吃那玩意呢!"遥说。

彩低头想了一会儿,又抬头说道:

"坦率地说,我不推荐你吃抗抑郁药。要是吃得少的话还好,看你现在的状况,可能要加大药量。

"因为抗抑郁药引发双向情感障碍①的医疗纠纷,已经屡见不鲜了。我认识的人当中就有这种例子。

"遥的抑郁症可是重症啊。这么一来,用药时间就会延长。万一过度依赖药物,离不开了,可就麻烦了。"

然而,遥没有回应她,一直在抽泣。

"要是真的成了重症病人,卧床多年,你也会很苦恼吧?"

但是遥好像没有听到她的话。

"遥,听我说,我有一个提议。"

彩说完,等了一会儿,一直注意听遥的啜泣声。

过了好久,传来遥极其微弱的声音:

"什么提议?"

---

① 双向情感障碍属于心境障碍的一种类型,指既有躁狂发作又有抑郁发作的一类疾病。

彩松了口气,说道:

"遥,我和宫泽医生、川端医生他们都商量过了,你要不要试一试TMS治疗①呢?"

"TMS治疗?"

"是的。"

"那是什么?"

"经颅磁刺激技术治疗,就是用电磁刺激左背外侧前额叶皮层进行治疗。"

"那是什么啊?"

"你不记得了吗?"

遥虽然不记得,但是似乎很感兴趣:

"不记得了。"

"雅人同学一直对这个很感兴趣,一直在研究啊。所以,遥应该也从他那里听说过。这是治疗抑郁症的尖端技术。这个TMS治疗设备,目前在日本的大学医院中,只有我们大学里有。也有人说,很快就会在新宿的精神诊疗所一下子上十三台机器。"

遥默默地吸着鼻子。

"你知道抑郁症的发病机制吗?"

"不知道。"遥说。

"之前听川端医生讲的一过性全面性遗忘症的发病机制,你

---

① 经颅磁刺激技术的简称,是一种无痛、无创的绿色治疗方法。

还记得吗?"

"嗯。"遥立刻回答道。

"嗯,很棒嘛!还记得就是海马体的功能恢复了呀。在一过性全面性遗忘症的发病期,海马体处于瘫痪状态,所以就没有记忆了。"

"哦……"遥发出理解的声音。

"总之,遥的海马体瘫痪是因为离它很近的杏仁体异常兴奋导致。因为距离太近,所以那种兴奋也就传到了旁边的海马体上。"

遥不再回答。彩推测她是因为对脑构造的3D图像没有印象,因此想象不出脑内各器官的位置关系。

"所以,海马体内部的神经元突触之间,会发生谷氨酸分泌异常现象,就会造成脑细胞大量死亡。于是,脑就会产生一种叫氨基甲酸的抑制物质,来迫使海马体功能暂停。这就是一过性全面性遗忘症。"

"哦……"遥应声道。

抽泣声听不到了,但呼吸声急促。

"所以,遥的海马体内的记忆信息才完全消失了,但是因为语义记忆和程序记忆之类的信息已经移出了海马体,进入大脑皮层和小脑中储存了起来,因此这些是没有消失的。"

遥又没有回答,彩接着说道:

"不舒服吗?能明白我说的吗?"

"嗯,大体明白。"遥用鼻音答道。

"但是,杏仁体兴奋带来的影响到此还没有结束。连海马体都被它搞得异常兴奋,眼看就要崩坏了,迫使它用安全装置使其功能暂停。可事情还没结束。它在遥的感情中,引起了强烈的不安、巨大的恐惧等情绪,并逐渐失控。"

"哦……"

"遥,你现在有很强的恐惧和不安吧?"

遥像是在体会自己的心情似的,沉默良久,然后说道:

"嗯,有。"

"但是,有那种情绪却找不出原因,并没有某种具体理由,因此产生了不安或恐惧。没法清楚地说明它,这只是一种茫然的恐惧,心里只有恐惧和不安,而且十分强烈。"

"是的。"

"这就是抑郁症,它是由脑的杏仁体引发的。"

"哦,是这样啊。"遥依然用鼻音回答。

"现在,遥的杏仁体极度兴奋,极度狂暴,它先让海马体紧急停止工作,接着又引起了抑郁症。"

"嗯,明白。"

"但是脑里面也具有抑制杏仁体的机制,它就是背外侧前额叶皮层,叫 DLPFC 的这个地方。这里平时不断发挥作用,将杏仁体的活跃度控制在合适范围内。"

"哦……"

"所以,关键是这个DLPFC。"

"是吗?"

"遥的杏仁体失控,有可能是因为这个DLPFC的活动变弱造成的。"

"变弱了?那是为什么呢?"

"这个不清楚,我怎么可能了解呢?"

"是由于打击或者压力之类的原因造成的吗?"

"嗯,很有可能啊。比如经历过非常糟糕的体验、看到了非常恐怖的东西……"

"啊,是吗?好可怕啊!是看到了什么呢?"

"啊!对不起,把刚才的话忘掉吧!"彩赶紧说道。

彩警惕起来,担心遥会再发生痉挛,但是看到她好像不要紧的样子,就继续说道:

"总之,让这个DLPFC的活动活跃起来是控制抑郁症的一条捷径,至少这样治愈的可能性是很高的。DLPFC的活动活跃了,就会使杏仁体失控的状况得到缓解。这个道理听懂了吗?"

"嗯,基本上懂了。"

"太好啦!所以,直接将电磁对准DLPFC,促进血液流动,使它活跃起来,让这个地方恢复它本来的作用,这就是TMS治疗。明白了吗?"

"明白了。"遥有点犹豫,"不过,这种疗法一定会有效果吗?"

"美国的研究数据显示,这种疗法对七成患者有效,还有一些患抑郁症多年的重症患者,经过一周的治疗,病情就戏剧性地得到了缓解。"

"不疼吗?没有痛苦吗?"

"听说是'哐哐'地敲两下的感觉,没有痛苦的。"

"哦……"

"也有人说这是梦境治疗,说它是使用任何药物都不奏效的患者的最后一根救命稻草。"

"哦……"

"你不需要依赖药物,而且它是没有副作用的。这样的机会就摆在我们的面前,没有不用的道理。"

"确实是啊。"

"那就决定做吧。"

遥沉默了一会儿,说道:

"我考虑一下。"

"嗯,就这样。"彩高兴地说。

彩还想说,如果雅人现在在这里的话,他肯定也会这样劝你的。但是她没有说,因为她不想让遥想起雅人的事。

中　TMS

1

打开位于 TMS 大楼的宫泽教授研究室的门,高平护士推着坐在轮椅上的遥走了进去,彩也跟在后边。

宫泽教授坐在椅子上迎接她们。

"啊,丝永同学,今天感觉怎么样啊?"他关切地问。

护士和彩不约而同地看向遥。

"不好……"遥痛苦地小声说道。

她的脸颊和眼睑都有些浮肿,残留着泪痕。她看起来十分痛苦,缓缓地低下头,用微弱的声音接着说:

"很差。"

她似乎再也无法多说一个字了。

"很差吗?你的头发有点儿乱呢,不想整理一下吗?"

遥徐徐摇头。

"是吗?不过再稍微忍一忍就好了。依我看,这种治疗对你这样的情况有很好的疗效啊。顺利的话,可能会有戏剧性的改善呢。"

"戏剧性的改善?"彩替遥问道。

"嗯。当然我指的是一切顺利的话,丝永同学这种情况,两天左右应该就会有改善的迹象。"

"您是说只用两天?也不用吃药吗?"

"是啊,完全不用吃药。"教授道。

"啊……"彩惊喜万分,"太好啦!遥!"

遥却十分痛苦地沉默着,已经不能发出任何声音了。

"丝永同学,你是医大的学生,我觉得你最好能理解治疗的原理,这样效果会更明显。TMS治疗的原理,你听过讲解了吧?"教授问道。

遥没有回答。

彩替她答道:

"是的,我给她讲过了。"

"啊,是吗?那么,我简单点儿说就行了。所谓TMS治疗,就是经颅磁刺激治疗,是一种先进的抑郁症治疗技术。和你交往过的神原同学也曾经致力于这项研究。"

教授说这些的时候,像戴着能面具一样毫无表情的遥,肩部突然抖动起来。

"许多人认为,抑郁症是由杏仁体失控引起的。杏仁体位于大脑深处,是一个在面对危险时,引起人们不安、恐惧和悲伤等本能反应和情感变化的器官。"

教授拿起一个放在身旁的脑模型,反过来指了指杏仁体的位置。

"杏仁体这个小器官所引起的负面情绪,对人类的生存安全来说,是不可或缺的。但是如果量不合适,就会变成疾病,反而会成为生存障碍。把它控制在适量程度的是一个叫背外侧前额叶皮层的地方,即 DLPFC,就是这里。"

教授又指了指脑模型的前面,额叶的左侧。然后,他不紧不慢地把模型放回了原处。

"额叶左侧的这个地方,是与人类生存的欲望、判断力之类意欲有关的脑区。而且,这里和杏仁体有直接关系,它承担着让杏仁体适度活动的重任。

"也就是说,所谓抑郁症,是因为这个 DLPFC 的活动量下降,使人们欲望降低,同时,变成了无法阻止杏仁体失控的状态,就是说没有阻止它的东西了。那么,活动量下降,究竟是什么原因造成的呢?佐佐木同学?"宫泽教授用讲课的口吻问道。

"活动量下降,没法顺利工作了,所以……是血液吗?"

"是的。研究者通过研究重度抑郁症患者的脑部发现,他们额叶的血流量非常低,特别是这个 DLPFC 部分。"

宫泽教授顿了一下,然后分别看了看遥和彩的脸。

"所以,我们来讲一讲这个 TMS 治疗。它的原理是对 DLPFC 进行电磁刺激,促进血液循环,让它恢复功能。然后,开始工作的 DLPFC 就会抑制杏仁体失控。怎么样?理解了吗?"

"遥,理解了吗?"彩一边自己点头,一边问遥。

遥痛苦地微微点了点头。

"杏仁体的失控被抑制的同时,生的欲望也就涌上来了。好了!"宫泽教授说着,从椅子上站了起来,"我们开始吧,在这边,里面的治疗室。"

他慢慢地踱步进去,后面的三个人也紧随其后走了进去。

宫泽教授推开上面写着"TMS 治疗室"的门,只见助手森川正在准备机器。

那个机器乍一看跟牙医的治疗器材很像,由可移动的大金属臂和一把很摩登的椅子构成。牙医是把这个金属臂调到人的嘴边,这里的医生却把金属臂安放到患者的头部。

"那么,请坐到这边的椅子上来。"森川用手示意道。

"请坐,丝永同学。"宫泽教授也说。

"拜托您了。"彩代替无法言语的遥对森川说道。

高平护士先将轮椅的车轮固定住,然后和彩两人一起配合,将依然打着石膏的遥慢慢扶起来并搀着她走了两步,让她在 TMS 的椅子上慢慢坐下来。

森川走过来,开始在遥的前额贴上印有刻度尺的纸带。

"这个是确定背外侧前额叶皮层位置的标记,因为我们需要知道正确的位置进行照射。"宫泽教授又用讲课的口气跟两位女生说道,"在这个纸带变粗的位置上,抵上金属臂前端的这个治疗用线圈,导出电磁。这么一来,电磁就会穿过皮肤和头盖骨,到达背外侧前额叶皮层,直接进行刺激,促进血液流动。"

在贴纸带期间,护士和彩从左右两边分别按住遥的头部。

遥依然一副痛苦的表情,任由她们摆布。金属臂前端的线圈盒上,写着 NeuroStar 公司的字样。

"准备好了吗?"准备工作进行了一段时间后,宫泽教授问道。

"我这边已经没问题了。"森川答道。

然后,他离开遥,向旁边有操作盘的房间快步走去。

"那么,丝永同学,可以张开你能动的那只手,把它像我这样抬起来吗?"

宫泽教授将自己的右手纵向抬起,以作揖的姿势举到眼前。

遥难掩脸上的痛苦之色,像是没有办法一样,也纵向举起右手,慢慢地举到眼前。

宫泽教授转过身去,向助手森川使了个眼色。森川心领神会,接通了电源。于是,"咔嚓咔嚓"的声音传来,遥的指尖微微颤动。面对这不可思议的场面,彩目瞪口呆。

"这是在寻找电磁该对准的地方。一开始力度不强,不必担心。"教授对遥说。

"对准正确位置了吗?"宫泽教授问身后的助手。

"对准了。"森川答道。

"好,那就开始吧。"宫泽教授说完,转身向右。

遥发出沙哑的声音:

"医生!我好害怕!"

宫泽教授闻言,点头道:

"知道了。那就先做五分钟吧。这期间如果有什么异常感觉或疼痛,你就告诉我,我会给你摘掉的。我不去隔壁房间,就一直站在你的旁边。"

遥一副快要哭出来的样子,微微点头。

于是教授又转身向右,要求彩和高平护士去旁边的房间,然后关上房门,说:

"接通电源。"

给助手下令之后,他便来到了遥的身旁。

彩和高平护士正站在隔壁房间,透过隔壁房间的窗,看着坐在椅子上的遥。森川按下电源开关,只见遥慢慢地闭上了眼睛。

虽然隔壁房间的人听不到,但是现在遥的耳朵里,应该是听到了穿过头骨在叩击额叶的电磁"咔嚓咔嚓"的照射声。

电磁现在正在间歇性地敲击遥的脑。脑因为有头盖骨这样的硬壳保护,所以无法用手进行按摩,只能依靠这种穿过骨头的刺激方法进行治疗。

过了一会儿,站在遥旁边的宫泽教授回过头来,举了举右手。森川看见后,切断了机器的电源。

彩看了看表,五分钟过去了。彩急忙打开门,走进遥和教授所在的房间。高平护士也跟着走进来。

"丝永同学,怎么样?"教授的声音变得尖锐起来。

"嗯。"遥回应道。

沉默了片刻。不知是不是心理作用，她脸上的表情好像舒缓了许多，痛苦似乎减轻了。

"有没有觉得难受啊？"教授问道。

"没有。"遥有气无力地回答道。

"累了吧？"

"有一点……不过，不要紧。"

"那就再来十分钟，可以吗？"

"嗯，可以。"遥道。

彩感觉到治疗开始奏效了。遥昨天和今天的情况那么严重，呼吸好像都很困难，完全不可能像现在这样回答问题。

"那就把间隔时间缩短一些试试，再做五分钟，观察一下情况。"

"好的。"

"要是没有问题的话，我想将间隔时间继续缩短，今天做上三十分钟看看，怎么样？"

"头不会疼吧？"遥有些不安地问道。

"所以，今天就实验一下。你觉得不舒服就马上说，我会一直待在你身边的。"

"好的。"

"如果情况良好的话，咱们以后就每天都做，维持住你调整过来的大脑状态。怎么样？可以吗？"

"好的。"

"好,那就继续做吧。"

教授说罢,跟彩和高平护士示意,让她们去旁边的房间。遥慢慢地闭上眼睛。彩从她的表情中能感觉到,遥并不排斥这种治疗。

2

翌日清晨,彩在早饭时间去了遥的病房。一看见她,原本坐着的高平护士站起来。

"早上好!"彩道。

"早上好!"年长的护士说道,"那么,我可以去吃饭吗?"

"啊,好啊。"彩点头道,"我会在这里待一会儿。"

护士点头致意后,快步走向走廊。

彩坐在椅子上看遥,发现她吃了一些摆在桌子上的早餐。

"遥,你吃早饭了?"彩惊讶地大声说。

"嗯。"遥小声回应道。

"你能吃早饭了?"

"是的,今天早上能吃一点了。"

"哇!"彩十分惊喜,"也太厉害了吧!只过了一天而已啊!太让人惊讶了!昨晚睡得好吗?"

"算不上好,但是还行。"

"睡着了?"

"睡着了。"

"也不觉得恶心了,是吧?"

"嗯,现在不觉得。"

"太厉害了!真是戏剧性的变化啊!眼泪也不随便流出来了吗?"

"今天早上没怎么流,还没有哭过。"

"有食欲吗?"

"嗯,有一点儿。但还是有一点儿疲劳感,浑身无力。"

"什么嘛!本来还想来这里蹭早饭吃呢,失算了。"

"可以啊,给你吃吧!"

"啊,不必啦,开玩笑的,我在减肥。你快吃吧。"

"但是我吃不完啊。"

"效果这么好,今天还要去做TMS治疗啊,遥。"

"嗯。"遥小声应道。

"出院也指日可待了。"

"你太心急了。"

"TMS治疗费本来是很贵的啊。"彩道。

"是吗?"

"嗯,我听说,要是在民间诊所每天都做的话,一个月下来要花好几十万呢。因为遥是这里的学生,所以费用可以减免,太幸运啦!机器是新上不久的,做的患者还很少。"

"是这样啊,太感谢了。"

"嗯,不过可不能高兴得太早啊。就像宫泽教授所说的,遥是那种会有戏剧性疗效的患者,不过……"

"为什么?为什么对我特别有效?"遥一边小口咬面包,一边问道。

"大概是因为遥的病不是因为器质性原因而引起的,病根是有明确原因的心因性的,而且病根不算深吧。"

"哦,是吗?"

"不过,遥,保持找回的状态可是很不容易的啊。听说也有人渐渐回到了抑郁状态,重新接受药物治疗。美国的研究数据中也指出过,有三成抑郁症患者,即使使用TMS治疗也没有效果。"

"TMS治疗也不是万能的啊!"

"是的,抑郁症也有各种各样的,所以你要坚持努力,面对疾病不能逆来顺受啊。"

"说得对!女人很容易陷入逆来顺受的被动思维之中。但是彩,我还没有治好啊,不要搞错了。"

"是吗?毕竟才做过一次嘛,我可没觉得做那么一次就能治好啊。"

"只是不流眼泪了,身体还很不舒服,浑身无力,没什么劲儿,脑袋也很沉……"

"不要炫耀嘛!"

听彩这么一说,遥也轻轻笑了起来。

"啊,遥笑啦!"彩惊喜地大喊起来。

"好久没见遥的笑脸了,真的好久了,自从住院以来,这还是第一次啊。我都忘了你笑起来什么模样了。"

"啊,我笑了吗?"遥用沙哑的声音问道。

"笑了啊,你自己没有意识到吗?"

"我不知道自己笑了。刚刚我真的笑了吗?"

"真笑了啊!总之,状态不错。过会儿我们再一起去宫泽教授的TMS治疗室吧。"

"嗯。"遥喝了一口汤,"你吃这个沙拉吧,还有这个面包,还剩下一片呢。"

"啊,遥是想让我发胖吧?"

"才没有呢!"

"啊,遥又有点笑意了!"

"哎?是吗?"

"嗯,笑了。面包我要吃一片了啊。"彩说着,伸手拿起塑料餐盘。

"牛奶也不错呀。"遥道。

"谢谢啦。不过,现在也有人说喝牛奶不太好。"

"是吗?"

"嗯,有人认为牛奶是造成癌症、特异性反应、肥胖症、皮肤病的间接原因。而且现在有福岛的铯超标[①]问题……"

[①] 日本福岛第一核电站周围许多地区存在食品放射性元素铯超标的问题。

"啊,也是啊。"

"最近,有很多人提出各种不同的观点,都不知道信哪一个好了。还有人说每天洗澡也不好,会杀死皮肤的正常菌群,造成免疫力下降,使引发感染症的可能性提高。"

"哦……不过,不洗的话会不干净啊。"

"对了,遥,做 TMS 治疗是什么感觉啊?能感觉到电磁的刺激吗?"

"什么也感觉不到啊。"遥道。

"不疼吗?"

"完全不疼,只是感觉有点儿疲劳。这种治疗大概还是会给身体和脑带来负担吧。"

"是吗?做完之后,没有什么异常感觉吗?"

"感觉不到啊。"

"能听到'咔嚓咔嚓'的声音吗?"

"能听到'当'的一声。一开始是有一定的间隔时间的,到最后就像机关枪一样,有连续的'当'的声音。"

"那样不难受吗?"

"难受倒是不难受,又不是一直不停。'当'的一声,再稍微间隔一会儿——'当',然后再等一会儿——'当'。"

"哦……是那样进行的啊。"

"不过,发生过一件不可思议的事情。"

"什么不可思议的事情?"

"能看到各种各样的风景,闭上眼睛,那些似曾相识的自然风景一下子浮现在眼前。"

"哦……"

"但是不觉得难受。"遥说。

"啊,是吗?那就好。"彩道。

"我说……"

"什么?"

"雅人……那个雅人就一直在研究这个 TMS 治疗,对吧?"遥问道。

"嗯,他是很有兴趣的。你想起来了吗?"

"嗯,模模糊糊。"

"好厉害啊,不知道这是不是也是 TMS 治疗的效果。"

"也许是。治疗结束的时候,感觉记忆模模糊糊地恢复了一些。关于 TMS 治疗,他还说过其他什么吗?"

"你感觉是那样的?"

"嗯,模模糊糊有这种记忆……"

"好棒啊!原来 TMS 治疗对记忆障碍也很有效果啊。嗯……雅人同学的情况,我记得不多……不过……啊,对啦,他也是那样说的,我想他确实是说过,电磁刺激不仅仅可以用于抑郁症的治疗。"

"不仅仅可以用于抑郁症治疗……"

"嗯。"

"还有什么?"

"你想嘛,脑做的是一个相当复杂的工作。宫泽教授在课上也说过,脑是宇宙中最精密、最精致的装置。那堂课你还记得吗?"

遥若有所思。

"嗯……模模糊糊记得。"遥已经停止吃饭,倚靠在床头抬起来的病床上说道,"我好像有点想起来了。"

"雅人同学的长相也想起来了吗?"彩一边咬着面包一边问道。

"嗯……想起来一点儿。他还说过什么吗?"

"说过'幻肢'吧,这是他经常说的。"彩道。

"幻肢……那是什么?"

"在宫泽教授的课上学过的,你不记得了?"

"记不得了。"遥摇头道。

"有几个众所周知的美国南北战争中的案例。被炸弹炸掉了手或脚的人,依然觉得自己的手或脚还长在身上。"

"哦……"

"因为那个人好像能看到它们啊。不只是视觉,听说有的人没了右手,在淋浴的时候,还能感觉到已经失去的右手肌肤上不断有水珠滴落,感觉十分逼真。还有一个例子,一个失去了手臂的女孩居然说,她能用大家看不见的手指进行数指头计算。"

"啊,对……幻觉中的手脚……"

"对,那就是幻肢。患者本人好像是可以看到的。雅人同学对幻肢现象一直有他独特的假说。"

"独特的假说?"

"嗯。"

"什么样的?"

"嗯……我也记不太清楚了。所谓幻肢,是来自脑运动神经中枢的指令,比如说这个指令是让右手活动,但是那个右手并不存在的话,断臂附近的组织就会对这个指令返回一个'已经按照指令实行了'的虚假信息,并以此来欺骗运动神经中枢的现象。但是,依照雅人同学的说法,那种脑欺骗现象本身,是人类的一种本能的自我保护,他是那样理解的。"

"自我保护……"

"嗯,准确地说,是运动神经中枢在做出命令的时候,命令的拷贝信息就会传到顶叶和小脑。所以,来自断肢处的虚假信息就会返回顶叶和小脑。不管怎么说,没有了手或脚,人都会受到极大的打击吧。听说有的人甚至被打击得活不下去,精神变得不正常。所以,为了避免这种情况,脑就会让患者看到手脚的'幽灵',让他得到精神的安宁。"

"手脚的'幽灵'……"

"是的,正是那样。以他的见解,那就是幻肢。他说,自古以来,世间所说的'幽灵'现象,实际上大部分也都是这样的。"

"自古以来所说的'幽灵'现象?是指《四谷怪谈》里面的阿

岩那种吗？"

"是的。阿岩的事虽然是个故事，但是对一般人来讲，谁都有对自己非常重要、无法取代的人吧。比如心爱的孩子、父母，深爱的伴侣、恋人，就是这些人。这些人就像自己的手脚一样重要吧？"

"嗯。"

"失去了他们就会活不下去啊！这样非常重要的人去世之后，人脑就会让人们像看见自己手脚的'幽灵'一样，看见这些人的'幽灵'，让人们精神安宁。"

"啊，明白。"遥深深地点头，用嘶哑的声音说道，"只有这样做，才能感觉是在活着啊！"

但是，她的声音太小了，彩大概没有听到她的话，彩接着说道：

"你想啊，比如我们两个和另外一个人，三个人一起并排走在夜晚的路上，我们中有人在前面的黑暗中看到了'幽灵'，该怎么理解？如果三个人都看到了，那么肯定是有什么东西真实存在的吧？但是，如果只有一个人看到的话，怀疑那个人脑子出了问题是不是更合理一些？"

"嗯，确实是这样。"遥表示理解。

"脑制造出来的这种幻象，与颞叶的记忆中枢有很大的关系。我记得他说过：如果使用TMS电磁治疗，应该就可以人为地看见'幽灵'了。"彩说道。

遥目不转睛地盯着半空，思考着，连连点头。

3

宫泽教授一边看着森川在遥的额头上贴纸带,一边吃惊地问道:

"丝永同学,你能笑了啊。"

遥微微露齿,回视教授:

"是的,头发也整理了。"

"啊,是呢,变漂亮了。不错哟,变成大美女了!"

听了教授的调侃,遥双颊飞红,低头谦虚道:

"啊,没有……现在虽然还是有些费劲儿,但是,真的比以前轻松了好多。跟昨天之前比,现在的感觉简直像做梦一样。"

"是吗?那么今天就连续做上四十分钟吧,怎么样?"

"好的,我想应该没有问题。"

"我可以去旁边的房间吗?我想看看监测器。"

"嗯,我觉得应该没问题。"

"如果有什么不适,你就举起右手,我马上停下来。"

"好的。"

"明天就能取下石膏了,是吧?"教授问道。

彩代答道:

"是的,能取。"

"好,照现在的状况发展下去的话,明天或者后天,差不多就能出院了。"

彩点头回答道：

"是的，听说外科那边原本就是这样计划的。这个轮椅也不用再坐了吧？"彩说罢，看了看身旁的轮椅，又看了看遥。

"嗯。"遥小声回答道。

"遥是因为抑郁症太严重才坐轮椅的，之前好像根本不能行走。"彩又转向教授说道。

"是真的走不动了。"遥也小声说道。

"听说她也没有双向情感障碍的症状。"

听彩一说，教授当即回答道：

"啊，那个是没有的。"

"现在确实有不少精神病医生把这种情况误诊为双向情感障碍，开错药，致使病人的病情加重。只靠问诊是很危险的，所以我一直特别注意这方面的诊断。"

"如果只是身体和腿脚的问题的话，其实用拐杖就能走了。"彩说道。

"丝永同学，是这样吗？"宫泽教授看着遥问道。

"是的，能走，勉强能走。"遥答道。

"是吗？你住院确实已经挺长时间了，能稳稳地走路了。如果外科的诊断是那样的话，那你就不必住院了，每天来做治疗就行了，周六和周日除外。明天上午再做一次 TMS 治疗，以后就每天从家里过来坚持做就行了。"

遥一听，有些不安，默默地点了点头。

"都快一个月了,估计你也想回自己的公寓了吧。"教授道。

"是的,我担心那里现在已经不成样子了。房租也该交了……"遥答道。

"记忆还没有恢复,是吧?"

"嗯,已经恢复了很多,托这台机器的福……"

"托这台机器的福?"

宫泽教授好像听到了很意外的话似的。

"是的,感觉脑袋经过清理,轻快了许多,所以……"遥道。

"你是那么感觉的?"

"是的。"

"哦,那应该是因为抑郁情绪把记忆给盖住了的缘故吧。"

"哎?还有那样的情况吗?"彩问道。

"估计是被精神方面的痛苦压抑住,顾不上回忆了。那些属于事故之前的记忆,你在这个大学的身份啦、日常生活啦、居住的街道和公寓啦、电车和公交车如何乘坐啦、车站的位置啦,这些方面的事都想起来了吗?"

"是的。"

"从这里到你住的公寓,你能走回去,对吧?"

"是的,不过挺远的。我有时候也会坐公交车或电车。电车坐一站就行了。"

"有点儿远吗?"

"其实就是穿过井之头公园,从这一端走到另外一端。所以,我选择走也是因为对那条路情有独钟，就像散步一样。"

"是吗？这样的具体路线都能想起来了？"

"是的。"

"还有想不起来的事情吗？"

"有，就是关于事故的事和事故发生前后的事。事故当天和那之前几天的事，都还想不起来……"

"哦，男朋友也还想不起来吗？"

教授一问，遥露出痛苦的表情。

"他的名字和长相能模模糊糊地想起来一些，但是事故就想不起来了……"

"听说是乘车去哪里兜风了？"

"想不起来，完全想不起来。"

"也就是说，事故发生的过程还想不起来，是吧？"

"是的。"

"他的住处呢？"

"不知道。也许原本就没有去过。"

"他来过你的公寓吗？有没有印象？"

"好像是来过的，不过具体想不起来了……"

"不记得了？"

"是的。"

"佐佐木同学，你知道这方面的情况吗？"宫泽教授问彩道。

"不太了解。"彩边想边说，"神原同学的住处我不知道，遥是否去过他家我也不知道。我可不打听那些事。我只记得神原同学所租的公寓好像不在吉祥寺。我说,遥,你家在吉祥寺,如果要来的话,肯定是他来你的公寓吧。比如他从大学回去的时候,顺路去过。"

"事故发生前几天的事,都想不起来啊……"教授点头,抱臂嘟哝道。

"嗯。"

"你能想起来的,就是住进这家医院的病房以后的事?"

"是的。"

"准确来说,是从什么时候开始的?"

"从在一般病房的床上开始。从宫泽老师的问诊开始能记得。所以,那应该是十一月十日吧。还记得您说我是'一过性全面性遗忘症',就从那以后……"

"不是吧,遥,你不记得在ICU那里和我说话了?"彩抱怨道。

"嗯,对不起。"

"ER的事记不住可以理解,ICU里的事也不记得了吗?我们可是说了很多话啊。你把我错当成医生,对我用礼貌用语,非常见外呢。我当时很生气。你还问我:'请问我是怎么了?'我怎么可能知道呢?所以我告诉你发生了交通事故,你大吃一惊,不敢相信的样子。这些全都不记得了吗?"

"嗯,那之后在重症监护室里的事也都记不得了。"

"哎……"

"那可真有意思啊,你这种情况,可能是逃避性遗忘症啊。"宫泽教授说道。

"逃避性遗忘症?"

"嗯,若说是一过性全面性遗忘症的话,持续时间有点儿长。可以认为你是在自身都没有意识到的情况下,你自己的内心在拼命让自己不要想起事故前后的事,想忘记它。"

"啊……"遥低声惊叫,"有点儿受打击。是我内心无意识的自我之爱吗?"

"嗯,可以这样认为。或者是因为大脑皮层里面有一些连MRI都没有查出来的极其细微的伤口或淤血。"

"嗯……"

"不管怎么说,还是再观察一下比较好。那么,咱们可以开始了吗?"

"嗯,没问题。"

"好,那就开始吧。"

教授说完便向右转身,催促彩和高平护士去隔壁的房间。轮椅就那么放在原地,护士也跟着出去了。

彩一边往外走,一边观察遥,她已经闭上了眼睛,嘴角浮现出一丝笑容。

"哦,原来是喜欢照射电磁啊。"彩心想。

4

十二月五日的早上,遥的状态出奇地好。虽然还有一点头疼,但晚上基本能够熟睡了,为她准备的早饭也都能吃完。

"已经不要紧了,我一个人也没问题。您可以不用守在我身边了。"遥对屋里的高平护士说。

"真的吗?不会再割手腕了吧?"护士毫不客气地半开玩笑说。

陪伴时间长了,两人的关系也变得十分亲密。

遥轻轻笑了,说:

"不要紧啊,不会的!"

"过一会儿就可以去找外科的山根医生取下石膏了。"

"嗯。"

"太好了!"

"是的。"

"头疼啦、不愉快的感觉啦,都没有了吗?"

"还有点儿,不过和之前完全不同了,不要紧的。"遥道。

"那么,测量过体温、吃完饭后,过一个小时我再回来。今天早上你的好朋友佐佐木小姐不过来了,你一个人能行吗?"

"能行。"

没有坐轮椅的遥去外科找医生取下石膏,顿时有种"好久没有这么像个人样"的感觉。然后,她一个人拄着拐杖去了卫生间。

高平护士还是有些担心,也跟着走了进来。毕竟这是遥曾经割过手腕的地方。

遥有点儿想笑,因为她现在丝毫没有要割手腕的念头,倒是有一种想要四处宣扬一番的心情:尽管还需要使用拐杖,但能用自己的两条腿走路是多么轻松啊!取下石膏后,她才深切地感觉到石膏果然是很重的。

她回到病房,躺在床上,思考自己一直挂念的事——老家的父母。虽然她一直挂念他们,但是因为抑郁症太重,没法打电话。跟谁都没有心情谈话,更不用说跟母亲了,到底是提不起精神来说点什么。如果被喋喋不休地追问,她估计自己会哭起来、叫出来吧。

要说幸运也算是幸运吧,现在正是苹果的收获季和出货季,是家里一年当中最忙碌的时候。即使出货结束了,父亲也因为在公会的工作中担任领导职务,一直到年底都没有空闲。由于两个孩子都在上大学,寄送学费和生活费使得家庭财政紧张,母亲只好去附近的旅馆帮忙供应膳食。旅馆每到年末也格外忙碌。杂七杂八的事情多,这个季节的父母忙得不可开交。母亲也不会打电话过来,这可真是帮了大忙。

弟弟太一在厚木的一所农业大学里就读。知道父母特别忙碌是因为自己和弟弟的缘故,遥也觉得很对不起他们,一般都尽量不让他们担心。因为遥自上小学起就一直是优等生,父母觉得放任不管也不必担心。她出生之后就一直没有发生过任何让父母担心的事,是个值得信赖的孩子。所以,像这次这么大的事,无论对遥来说,还是对她的父母来说,都是有生以来第一次。

总之,鉴于上述情况,在这个最忙碌的时节,母亲担心的总是弟弟太一。长久以来,太一确实有很多不靠谱的地方,成绩也远远不如遥优秀。他有点儿内向,在异性交往方面也比较晚熟,在遥的记忆中,弟弟从孩提时代起就没有交过女性朋友。母亲担心他会结不了婚。父亲则计划将来让儿子太一继承苹果园。如果这样的话,他不结婚也会很麻烦。

遥一直觉得,母亲大概一挤出时间,就会给太一打电话吧。偶尔想起来给弟弟打电话的时候,她也会证实自己的猜想。太一总是抱怨:"老妈好烦啊!"遥知道,家里的苹果以及其他土产,基本上也是寄给弟弟的多。以前她也曾经嫉妒过,不过最近觉得这样也挺好。

之所以这样说,是因为老家附近没有一个和自己进入同一所大学的人。岂止同一所大学,就连同在东京上大学的人都很少。遥老家的所在地,这些年人口流失严重,今年更是甚于往常。

遥高中时代的同班同学,来东京上学的加上遥才两个人。另外一个同班同学因为和遥关系一般,加上他上的大学是在奥多摩那边,所以两人没什么交往,遥在东京也没有什么同学会,所以不必担心遥在东京的消息会传到她父母那里。

但是,即便如此,差不多也该给家里打个电话了。可是,遥不想从医院里打过去。虽然遥会因为不想让他们担心而尽量把受伤的情况说得轻一些,但她总觉得在医院里撒谎比较困难,毕竟实际情况是重伤,连记忆都丧失了。如果父母要求跟负责治疗的医生说话又不好办了。说不定她和妈妈说话的时候,高平护士会突然在旁边跟自己搭腔。她决定还是出院以后回到公寓里再给家里打电话。估计今天就出院了吧。那么今天晚上就给家里打电话吧。

彩说自己有一个小时左右的时间没有课,十一点时,她来了。遥还是像往常一样身上盖着被子,等彩来到身旁时,她"嗖"地一下掀开被子,给彩看自己身上已经没有石膏了。

彩一看,睁大了双眼:

"没有石膏了啊!"她惊喜地说道,由衷地替遥高兴,"身体变轻快了吧?"彩边问边在椅子上坐下。

"太厉害了啊!简直就像裸着身子一样,十分轻快,总感觉有点儿不靠谱似的。不知为什么,还有点儿害羞的感觉。"遥解释道。

"来,给你买来内衣了。"

彩递过纸袋,将它放到床上。这是遥昨天托她买的。

"啊,谢谢,钱……"遥说着要起身。

"啊,不着急,以后再说,什么时候给都行啊。"彩说着,抬手阻止了她。

"你还需要用钱吧?衣服和内衣在医院的小商店里都能买到,不过外观不怎么可爱罢了。"

"啊,是吗?有衬衫和毛衣吗?"

"嗯,有的。不过在品味上差强人意。还有,这是我的外套,你穿这个怎么样?"

彩把一件驼色的外套递给她。

"啊,谢谢啦!这个真不错啊!"遥摊开朋友的外套说道。

这确实是件很时尚的外套。

遥和彩的身高差不多。就身材来说,彩更丰满一些,但并不肥胖。这次事故发生后,两人之间的胖瘦程度差距更大了。彩对此稍有点儿担心。

"又不能穿着你的病号服出院。"彩道。

遥可能今天出院,因此她拜托彩为她准备了简单的衣物。里面穿什么倒不成问题,只要有件外套就能遮住。现在是冬天。

不知是否是因为沾上了血迹,当时身上穿的上半身的衣服全都没有了,她不得不在医院的小商店里买几件。下半身的牛仔裤平安无事,几乎没有脏,也没有破损。鞋子也没事。

但是,令她感到意外的是她当时穿的是跑步鞋。发现这个状况的时候,遥就其原因想了半天。一是她对鞋子外观的记忆极其模糊,二是不解自己明明是见男朋友,为什么要穿跑步鞋呢?至少应该穿双稍微时尚点儿的鞋啊。她为什么要穿这种跑步鞋呢?

此外,还有一个艾宝丽的挎包,材质是人造革的。包也没有破损,不过其表面却有十分明显的划痕,划得很厉害。她是在床头柜下面找到它的。她从开着的柜门里面发现它的时候,总感觉这个包不像自己的东西。不过,她把包拖出来拿在手里,定睛看了一会儿，记忆就逐渐恢复了。是的，这个包是她还算满意才背在肩上的。

这些个人物品安全抵达病房。挎包里有钱包和毛巾质地的手帕，还有白色的皮革钥匙扣，上面挂了两把钥匙。一把是大学储物箱的钥匙，另外一把是她公寓的钥匙。无论如何，这些东西都没有染上血迹，这让遥从心底里松了一口气。

不过，也有若干疑问喷涌而出。包里没有女性杂志和笔记本，没有教科书和参考书，也没有便携文库本的书，会有这样的事情吗？

恐怕那些书本都从书包里飞出去遗失了吧。包上面的开口很大，所以东西很容易飞出去。而且，因为没有发现遗失贵重物品，遥就没有管它们。包里留下的东西尺寸虽然都不大，却是有一定分量且看似贵重的东西。可能是急救队的人或其他救助人员帮她捡起来放进去的吧。

"左手和左脚上的也取下来了吗？"彩问道。

"哎？"彩的问话打断了遥的思考，她一时间没有反应过来，但是很快就明白了彩问的是石膏。

"嗯，取下来了。"遥答道。

"太棒了！已经可以大步前行了？"彩继续问道。

"嗯，努力的话……"

"能跑吗？"

"啊，那不太可能。"

"我是不是太心急了?"彩笑道,"左手呢?能抓握东西吗?"

"能握住。"

"不疼吗?"

"不怎么疼。"遥一边想一边说。

彩听后笑了,接着说:

"康复啦!真想为你举杯庆祝啊!不过……"

"喝酒可不行!"遥说,"喝酒不利于骨伤愈合啊!"

"嗯,知道。"彩点点头,"不过,应该已经愈合得很好了吧?"

彩依然说些不死心的话。

两人说着无关紧要的事儿,遥觉得还是有朋友好啊。如果她现在是孤苦伶仃一个人的话,遭遇这么大的事儿,自己真的能扛得住吗?遥感到怀疑,也深感恐惧。

"彩喜欢喝酒啊。是不是想去HARMONIKA风情街了?"遥试探性地问道。

车站前的小路上,有一家彩经常去的店,似乎是叫莫斯科,遥也曾经跟彩一起去过,里面常有健谈的大叔和年轻人。

"嗯,不过还要再忍忍。遥今天出院,是吧?"彩问道。

"是的,刚才山根医生跟我说了,今天肯定可以。"

"太好啦!好想给你庆祝一下啊。无酒精的。"彩道。

"近江屋的蛋糕如何?"遥问道。

彩一听也有了劲头:

"不错吧? MUSUI的午餐套餐啦、MIZU咖啡的早餐套餐啦、拉·法尔提的培根蛋面啦,都不错啊!那条街可是遥的心头好啊,有很多选择嘛!我说,那可是花一样的吉祥寺啊!马上就要解禁啦!"

"嗯,卡姆兰德的无农药蔬菜也不错啊!"

遥说到这儿的时候,彩脸上爬上一点儿阴云:

"唉,让你想起这么多好吃的,再说这样的话实在是对不住啊,不过,今天我有社团活动,没法送你回公寓了。"

"啊,没事,我一个人可以的。"遥马上说道。

"真的吗?"彩惊讶地问。

"嗯,完全没有问题。刚才我还在医院里走来走去试了试呢,已经能正常走路啦。"遥道。

"但是,你打算从这里一直走到井之头公园车站吗?穿过公园?"彩问道。

从井之头公园站去涩谷和市中心都很方便,而且周边环境绿化很好,让她十分满意。不过,对要来位于吉祥寺的这所大学上学的学生来说,距离有点儿尴尬。走的话,是好长一段距离;乘电车的话,又只有一站而已。但是,吉祥寺是深受年轻人喜爱的地方,只靠几个星期的寻觅,是很难找到最佳房源的。

"我会坐公交车或者电车的。"遥说。

"但是,你能行吗?"彩担心道。

"能行,必须要运动一下啊,康复训练嘛!"

"有阶梯的,你可要挂着拐杖呢,没忘记吧?"

"没有啦！吉祥寺站全都有电梯呢。"遥逞强道。

遥当然有一点儿不安，但是彩参加的社团是青年徒步旅行团，彩是因为她那个叫吉木的男朋友才加入的。这么说来，今天大概是他们约会的日子吧。遥可不想打扰他们。

而且，她觉得这样还有些方便之处。一个月没有回去过的公寓，不知道会多么脏乱呢。可能有遥连彩这个好朋友都不想让她看到的东西呢。

何况，遥还要给母亲打电话，内容将会是连篇谎话。这可是个大工程，她可不想被别人听到。

"但是，遥，你精神很好啊！脸色也不错，简直就像换了个人一样。"彩又赞叹道。

"啊，是吗？"

"是啊，才只治疗了两天而已啊，TMS治疗实在太了不起了！"彩说道。

这一点遥也有同感。

"可能是比较适合我吧。"遥说道。

"真的啊。"

"我觉得并不是所有人都能见效这么快的。"

"嗯，是啊，完全就像宫泽老师所说的那样呢。"

"那位老师可真是位神医啊！"

"是呀，真是那样呢！怎么样？抑郁症已经完全好了吗？"

"哪里，还早呢！饭吃得还是不香啊！"

"是吗?"

"是呀,还是觉得恶心,只能勉强进食。"

"这样啊。"

"还不是正常状态呢!头很沉,眼泪也好像还要流出来……但是比前阵子可强多了,那会儿病得太厉害了!"

"是吗?也就是说,不再是重症了?"

"嗯,感觉总算变成普通的抑郁症了吧。"

"哦……"

"有一阵子连翻身都做不到,一点儿都动不了。在这张床上躺下,就像死了一样,只有眼泪哗哗地流出来。彩,你体会不到什么是抑郁吧?"

"嗯,这么真格的没有见过……"

"非常可怕啊!胃也一直犯恶心,音乐也听不进去,一听就吐。电视也看不了。后背嗖嗖发凉,指尖麻痹不能动弹。窗外啦、门外啦,我都觉得很可怕,躺在床上完全动不了。那种恐惧,稍微一想马上就会复苏,毕竟是栩栩如生的记忆啊。"

"这么可怕啊!"

"真的很可怕呀!无法用言语表达。现在还没有完全治愈,还是觉得世界很可怕。感觉一有什么机会,那些马上就会到来,一切马上就会又变坏了,所以很可怕,非常可怕!"

"听你这么一说,我还是很担心啊。你一个人能外出吗?"

"我必须要这么做啊。还要去超市买东西呢。"

"嗯,也是啊。"

"丝永小姐!"

这时,传来护士的声音。

"哎。"遥回应道。

"吃午饭了!怎么样?可以端过来吗?"

"嗯,可以。"

"那我先走了。"彩马上站了起来,"吃完饭,你还要去找宫泽老师做 TMS 治疗呢。"

"嗯。"遥答道。

"我今天可能没法陪你去了。"

"没事的,我已经没问题了。谢谢你一直陪伴我。等你那边忙完了,给我打电话啊。"

"嗯,知道了。如果在回去的路上遇到什么情况的话,遥也要给我打电话啊。"

"嗯,知道啦。不过,你也不用那么担心啦。"

"是吗?那回头见吧。"

彩说罢挥挥手,跟护士点了点头,走了出去。

5

在宫泽教授的 TMS 治疗室里,遥接受了第三次电磁照射治疗。高平护士已经不再跟着她了。没用轮椅,她是一个人拄着拐杖走来的。她已经能够将拐杖运用自如了,必要的时候,甚至还能快步行走呢。

宫泽教授认为她今天能出院了,问她明天是否还能来这里。看到遥点头,他便跟她约定:从明天起,每天下午四点来。这个时间是安排给非住院患者做TMS治疗的。

遥没有异议。回归大学生活之后,即使每天都要上课,这个时间来也没有问题。接下来的一段时间里,每天四点来宫泽教授的研究室做TMS治疗,将成为她的必修课。教授说:"我有时候可能不在这里,助手森川会给你做治疗,不用担心。"

照射结束后,教授又进行了问诊。"这样的恢复速度,简直可以说是戏剧性的。"宫泽教授很认可地说。也不需要使用光学相干断层成像[①]进行确认,血液流动状况也恢复得很好,DLPFC也很好地在发挥作用。为了维持住现在的治疗成果,他认为这种治疗最好是再持续一段时间。

遥离开研究室,回到一般病房区,在小商店里买了一件衬衣和一件较薄的毛衣。这是一件百搭的黑色毛衣,她觉得今后一直穿也没有问题才买下的。

她拿着这些东西来到医药部,见到外科的山根医生,果然如她所料,她被获准出院了。道谢后,她回到自己的病房。抑郁症也轻了,又能出院了,她觉得很轻松,但是还不能说是完全康

[①]光学相干断层成像是用红外线检测大脑皮层血液流动状态的一种先进的测试。

复了。

遥在床边脱掉病号服,换上买来的衣服,穿上好久没穿过的牛仔裤。那是条有弹性的裤子,不过还是感觉穿着肥大了许多。在病房里度过的这一个月,她瘦了好多。

遥从床头柜下面的拉门里拖出挎包,再穿上彩的外套,左手穿过包带,将包挂在肩上试了试,长度正合适,简直是量身定做的。看样子拄着拐杖走也没有什么障碍。

好久没有打扮整齐出门了,真是不可思议,"整整齐齐地穿好衣服,上街走走"的想法涌上她的心头。

遥拉开抽屉,溅有一点儿血迹的男表还在里面。她犹豫了一下,还是把它拿起来,放进装有衬衫的塑料袋里,继而又扔进了挎包里。如果把它留在这里,只会给高平护士添麻烦。

仔细想来,现在穿的牛仔裤也好,这个挎包也好,都经历过尖叫和鲜血飞溅吧。它们都是曾经去过地狱的东西啊。包表面的无数划痕正在讲述着那个故事。正因为如此,一个月以来,遥躺在医院的病床上动弹不得,徘徊在生与死的边界线上。这么一想,再直接接触这些东西,遥心里就觉得不舒服,但是又不能光着身子上街。"忍一时而已,一回到自己的公寓就扔掉它们吧。"她这样想。

"他那块已经坏掉的手表怎么处理呢?"遥有点儿犹豫。往最坏处想,这有可能是他的遗物了。这个念头让她感到恐惧,眼前差点又要变得昏暗了,下半身"嗖"的一下寒气逼人,膝盖都要颤抖起来了。她赶紧赶走这种念头。现在不能再把那个可怕的抑郁症唤回身体里，等病完全治好，再慢慢考虑吧。

遥检查了一下病床，展平了床单上的褶皱，将其平整地铺开，再罩上床罩，又将叠好的病号服放在上面。

然后，她拄着拐杖去了护士站，向高平护士以及其他关照过她的护士们道了谢，按照她们的指示，办理了出院手续。

当被问到住院费用、事故车辆是否交过生命财产保险等问题时，她的眼前又发黑了。这些事她还是完全不想回忆起来啊。自己坐的是谁的车？是男朋友的车，还是租来的车？他们究竟是要去哪里？谁开的车？她还是完全想不起来。一旦注意力转向这些问题，横亘眼前的麻烦事就让她想哭。

遥一个人悄然走出大学医院，拄着拐杖沿校园内的小路前行，来到大学的正门。她出了正门，走过一小段林荫小道，她的身边偶有放学的学生经过。林荫小道前端正停着一辆公交车。

她想起来了：从这里坐上公交车，也能到达吉祥寺的站前。但是，坐电车还好说，拄着拐杖坐公交车，她有点儿缺乏自信。如果有座位能坐下就好了，若是需要握着吊环站着的话，万一急刹车，她很可能会摔倒。

距离不算太远，走着应该也能到。这么一想，遥就决定步行了。多花点儿时间也没有关系，如果累了，可以在路上随便找个咖啡馆喝点什么。喝咖啡的钱，她口袋里还是有的。

她在丁字路口左拐，走在人行道上的行人看到拄着拐杖的遥,纷纷提前闪身给她让道。遥的视线落在地面上,从他们的中间缓缓通过。

"人们真亲切啊。"她想。但是与她擦肩而过的人的目光里,又有一种看待珍奇物种的神情,遥不禁有低人一等的感觉。

外面的风比预想中冷得多,穿着外套正合适,脖颈也感觉冷飕飕的。这温度也让她稍感意外。住院之前,天气还暖和得像夏天,如果这个说法有点儿言过其实的话,那么至少也不像是一个让人觉得寒冷的季节。而如今,她却觉得严冬仿佛即将来临。

这种感觉让这短短一个月的住院时间显得十分漫长。疼痛加上严重的抑郁症,让她觉得就像过了一年多似的。难道是由于住院期间受到恒温空调的保护,身体恃宠而骄,已经扛不住温度的变化了?住院期间,她只穿一件薄薄的病号服,既不冷也不热,都没有意识到季节的变换。她想都没有想过外面世界的寒冷。

如今,满大街来来往往的人,总给她一种无形的压迫感。他们只是往她这边扫一眼,并不说话,却似乎送来了一种无言的责怪:一刻也不要休息,赶快走!别以为受伤了就可以娇惯自己!别磨蹭!

也许会有人说她多虑了,但是在医院待了那么久,这些是她始料未及的。可想而知,她在住院楼内的走廊里,还是受到周围的人守护的。无论走得多慢,或者突然蹲下不动,也不会有人说什么,大家会非常理解地看着她。她习惯了那个世界,太娇惯自己了。一迈出医院大门,世态炎凉、人情凉薄便超出了她的想象。若想作为其中一员融入这个社会,就连慢慢地走都是不被允许的。

遥带着些许伤感,等待信号灯变成绿色后走过斑马线,穿行在树木成荫的人行道上。幸运的是,她似乎还记得去车站的路。一个个似曾相识的建筑物、店铺、街头事物映入她的眼帘,这让她内心稍感安稳。可就在她刚刚放下心来的时候,却突然发出惨叫,左手猛地一抖,拐杖差点脱手落地。

一只和猫差不多大小的刺猬从遥的脚边掠过,顺着人行道一晃一晃地跑了过去。遥清清楚楚地看到了那圆圆的褐色后背上,密密麻麻地长满了长针。

但是在下一个瞬间,它又变成了法国梧桐的大枯叶。茶色的大叶子被风吹拂着,在石子路上滑动,很快从遥的前面飞过。

为了平息这突如其来的强烈恐惧,遥停下脚步,闭上眼睛,做了两三次深呼吸。是幻觉吗?这出乎意料的恐惧让她茫然呆立了许久。

果然还没有恢复正常状态啊。她迷惑不解:一晃一晃跑过去的刺猬,并不是模糊不清的。那隆起的圆滚滚的后背,密密麻麻插满粗粗的褐色长针。那一根一根针上所独有的茶色和白色相间的细小斑纹,遥看得真真切切、清清楚楚。那种情景十分清晰,栩栩如生,真实得有些异样,让她没有怀疑自己看错的余地。那光景至今清楚地烙印在脑海中,让她只能相信那是一只活生生的动物在奔跑。

遥慢吞吞地走着。渐渐地,她开始害怕看脚底的石子路。从后面赶上来的行人走到遥的前面,又回过头用不可思议的表情看着她。"这是怎么回事呢?"她想,"谁都有可能使用拐杖走路嘛。拄着拐杖的女孩有那么奇怪吗?简直像看外星人。"让她感到既悲伤又愤怒的是责怪她堵路的目光不断从四周投射过来。

她走了一会儿又停下来,在十字路口的信号灯处站了很久。虽然能远远地看到吉祥寺车站了,她却逐渐失去了继续这样走回公寓的自信。她想:"还是应该让彩陪我一起回来啊。即使只聊一些无关紧要的家长里短,有个人说着话也会分散一下注意力,在不知不觉中涌出笑意,那样就不必想起那些悲伤和不安。"

"要不要进咖啡馆休息一下呢?"她犹豫了一下,右手边就是星巴克咖啡。她向店里望去,只见里面坐满了人。虽然有一个狭长的条凳还空着,但有不少在收银台前排队买饮料的人。大概那个位子很快就会被其他人坐了吧。即使她凑巧能坐下,也会被前后左右的陌生人围起来。她一定会不堪忍受的。现在的她,如果没人陪着,是很难在这样的店里喝咖啡的。

医院病房里的世界是空荡荡的。那种空荡荡的环境本身就是特殊而异常的,而街上密密麻麻地挤满了人,这才是生活的常态。她走到车站前,站前广场的一角有许多正在吞云吐雾的人,所以那里看上去仿佛笼罩着茫茫的白色雾霭。

就连吸烟,人们也会如此成群结队。他们也是被一般人排斥、受到限制的。喝咖啡也好,吃东西也好,人们都会成群结队,仿佛不跟别人一起就保护不了自己。他们能找到自己的伙伴就已经很好了,她却是孤身一人。这个世界仿佛根本没有软弱之人立足的空间。

遥穿过马路,侧首眺望,忽然觉得这条街变得有些古怪。她赶紧将视线投向前方,赶走可怕的想法。那些站在那里、戴着各式眼镜、不断吞云吐雾的人,他们的脸刹那间似乎变得奇怪起来,遥觉得极其危险,马上转移了注意力。街上到处充溢着危险。

遥来到车站,伴随着不断袭来的恐惧感,她的记忆恢复了,但她的心里,说不清是欢喜还是悲伤。记忆若不是伴随着世间的残酷冷漠之感,若不是伴随着内心深处涌出的抗拒意识,是绝不会回来的。

以前是没有这种情况的。那时候她既有体力,内心也具备应对这个世界的耐压性,从不觉得生活苦涩。如今,那些都失去了。现在的她,没有那种能以粗线条的神经在这个世界畅行的强大。现在她面对着一种强制力,不管愿意与否,它都会毫无疑问地让她重新思考生活的意义,这也是一种让她自己觉得自己是弱者的蛮横。

站前铁架桥下面有一家叫作 DONQ 的面包房。遥想起自己曾经很喜欢这家店。买一个法式面包吧,公寓里应该没有什么食材了;即使有,也肯定早就坏掉了。她一想到需要处理那些大概已经腐烂的食材,内心就无限悲哀。她需要买一点现成的食物。她没有信心拄着拐杖去街上的小吃店,而且一个女孩子每天订一人份的外卖,也让她觉得很不体面。

狭窄的面包店里面十分拥挤,拄着拐杖买东西很艰难。这家店非常受女生欢迎。女店员走过来,帮助她不用排队就买上了东西。这可真是帮了大忙。在切身感受到这种关爱的同时,遥也感觉到对方在不自觉地行使同情弱者的权利,这让她内心悲戚不已。

店员将法式面包装进长长的专用袋,遥把它插进挎包里,夹在腋下,外面露着面包的一端。走过斑马线,遥朝井之头线的检票口走去。

如遥所料,通往井之头线检票口的上坡路那里装有电梯,十分便利。拄着拐杖爬楼梯是很辛苦的,下行就不单单是辛苦了,简直就像是被推上了死刑台。若是被人催促得着急了,一不留神滚落下来,甚至会有生命危险。每次都能够避免被人从背后推倒,真如神创造的奇迹一般。

钱包里装有乘车卡,她将卡取出来放到自动检票感应器上一照,还有四千日元左右的余额。

遥随着人群走上站台一看,这里也绝不算空。大家都步履不停地朝着月台前方行进,她跟不上人群,不得不停了下来。

到涩谷站的换乘检票口就在前方,她按照告示板的提示走到车站停车那一侧,站到最前面的位置上,没费太大力气就坐上了驶进来的电车,她心里的一块石头落了地。这虽然是一件极其微小的事情,但在成为社会弱者之后,她却明白了很多。如果将来能当上医生,现在这种体验就显得很重要,当然,这是在她还有那种将来的前提下。

遥把拎包放到膝盖上抱着,低着头等待发车。发车的广播响起,车门关上了。电车开始奔驰。她抬起头,看到窗外井之头公园的草木飞驰而过。虽然大多是枯木,但也有一些常绿树。

让人意想不到的是在眺望这些景色的时候,遥的内心涌起了一种强烈的怀念之情。只不过离开了一个月而已,就像是十年都没有见到过这些树似的。她是如此渴望看到这里的景色。

为什么呢?有些不可思议。之所以这样说,是因为她在医院的病床上受抑郁症折磨的时候,脑海里也曾多次出现过这些自然景物。闪回般地到访,让她痛苦不已。陌生景色中的绿植,对那个时候的她来说,并非令人感到轻松之物。忽然闯入眼帘的景物如同利刃一般刺痛了她的心,毫不客气地深深扎入了感性柔软的那一部分,横着剜开,将人刺伤之后离去,而受伤后流出的鲜血,让她哭着强忍了好几个小时。

然而,如今再看到这公园的绿植,她不但不觉得痛苦,反而觉得怀念,仿佛自己已被拥进了温柔的怀里。这辆电车仿佛化作她硕大的躯体,正穿过井之头公园的绿色隧道。这是一种言语无法尽意的救赎之感。

遥坐了一站下车,穿过井之头公园站的检票口,来到一个很小的站前广场,刚才那种感觉还在继续。右侧的低洼处是一片绿植,这附近落下枯叶的树木倒是不多。这个小广场就像玩具列车的车站一样,不见人影,只有绿植出迎的这种感觉让遥十分安心。

站前的便利店前方,是一条寂静的小路,遥靠路的右边信步而行。虽然不同于公园的绿植,但是这里也有成排的树木,是樱花树。左边的低地处也有一个公园,还有一条小河,走一会儿就能看到它们了。

右边能看到一座似曾相识的公寓,那是遥的公寓。"回来啦。"她想。也许会有某种可怕的东西在等着她吧。脚下的路正通往事故前的世界……

6

遥的公寓在二楼。她之所以选二楼,是因为听说一楼的窗户容易爬进小偷,最顶层的阳台也容易从屋顶爬进小偷,这让她害怕。

遥的公寓所在的建筑共有四层,没有电梯。这是她第一次挑战拄着拐杖爬楼梯。她一步一步艰难地爬到二楼,穿过走廊,总算来到了她自己房间的金属门前。虽然是冬季,她却出了一身汗。幸亏是在二楼,她要是住在四楼或者周围有很多人的话,爬楼梯会艰难得让人绝望吧。

掏出留在挎包底部的钥匙包,她突然意识到明天下楼时会更加困难,必须要找一个其他住户不怎么上下楼的时间出去才行。她感觉自己快要变成自闭症患者了。

她打开钥匙包露出两把钥匙,将看似房间钥匙的那把大点儿的钥匙插进锁孔一转,"叮"的响声带着厚重的实感,锁被安全地打开了。

推开金属门,遥立刻闻到一股异味,不出所料的腐臭味。于是她心急起来:必须要赶紧处理腐坏的食材。她一看脚下,不禁倒吸一口凉气:原来铺着黑色瓷砖的地上,散落着大量从信箱里掉下来的广告传单和信件,连瓷砖都看不见了,让人无处落脚。她往一边使劲儿挤了挤,腾出一个放脚的地方,然后进屋关上了房门。

在一楼的楼梯旁边也有一个邮箱,邮递员特意把信送到二楼,是因为楼下的邮箱已经满了。遥把挎包和钥匙包暂且放到了走廊的地板上,把拐杖斜靠在墙壁上,然后蹲在那里,把信件和传单收集起来叠在一起,半抱半夹着,拄着拐杖走向餐桌。越靠近厨房臭味越大,她先把信件放到餐桌上,又匆匆忙忙回到玄关处穿上了拖鞋。

她把脚塞进拖鞋里,拿着挎包返回厨房,凑近水槽一看,果不其然,那个三角形的角落里,水果和蔬菜都已经腐烂了。

遥慌忙把挎包也放到餐桌上,打开水槽下面的门,从里面拽出积攒的在超市购买肉食和豆腐时所用的薄塑料袋,打开袋口用手撑着,把坏掉的东西统统扔了进去,用力扎上袋口。一个袋子不够用,又用另一个袋子去装,然后结结实实地扎紧袋口。最后,她将这些袋子全都扔进垃圾箱。

打开冰箱,里面有大盒装的蔬菜汁和牛奶,她赶紧把它们取出来,屏住呼吸,打开包装,将其倒进水槽。接着,她又把空了的盒子灌进大量自来水,反复冲洗,才把腐臭的根源彻底消除了。

她又看了看蔬菜室,还有好久之前存放的白菜和卷心菜。她把这些也放进塑料袋,扎紧了口,扔进垃圾箱。她很想马上把这些垃圾扔进公寓的垃圾场,但是还没到扔可燃垃圾的日子,还得再忍耐几天。

水槽旁边,不锈钢料理台的烤箱一侧,有一块发霉的面包。她把这个也放进塑料袋里,紧紧扎好口,用食指和拇指捏着提起来,扔进垃圾箱。白色的面包上密密麻麻浮生的青霉,让人看了极不舒服。

该扔的全都扔掉之后,遥急忙打开排气扇的开关,打开水龙头,用水冲洗指尖。她拄着拐杖,以最快的速度完成了这一连串的工作。

腐臭被封住,给她带来了安心感,她的动作慢了下来。她在烧水壶里倒入用过滤网过滤的自来水,打开了煤气。她想悠闲地喝点茶了。

煤气没有被停,水也没有,也就是说,房东不知道她住院一个月没有回来。不知为何,她松了口气。她不太想把事情搞得人尽皆知。关于事故和住院的事,她不想被别人刨根问底。

想检查一下室内,遥拄着拐杖走动起来。房间是一室一厅的,厨房背后有一个铺着木地板的小空间,放着一张小巧的餐桌和两把椅子,虽然狭窄,但也算是小餐厅了。

这里还有一扇能通往阳台的大玻璃门,旁边是两扇装着磨砂玻璃的拉门。这个拉门将这里和旁边房间分开,往两边滑动打开门,就可以进入卧室。

遥拉开关着的玻璃门,看见了床。这边的房间好像是铺着榻榻米的,不过大概是因为遥不喜欢那种设计,就铺上了一层淡紫色的地毯。

地毯上摆着一张单人床,被子的一侧被掀起了一个角,下面铺着的白色床单露出了一块三角形的区域,上面散乱地放着一套灰色的套装睡衣。她想起来了,自己一直喜欢穿着这样的睡衣入睡。

床的旁边是一张桌子。那是一张学习桌,上面放着小型的CD机和超薄音箱,还有一台笔记本电脑。她看到电源是垂落下来的,便松了一口气,安心了。电源是因为长时间没使用,自己垂落下来的吗?电脑旁边叠放着几本茶色封面的学生笔记本。这是大学上课用的东西。笔记本上放着一支红黑双色签字笔。

她抬起头,吓了一跳。桌子前面墙壁上的软木板耷拉了下来。软木板上用大头针固定着一张照片。

那是一张男人的照片。那男人的旁边是她自己。照片好像是在大学食堂里照的。两人都笑着。照片上的她似乎很开心,和现在的她相比差别很大,太久没有体会那种心情了。

遥看着照片中男人的脸。"这就是雅人吗?"遥思忖着。虽然他也在笑,但遥觉得,他的笑不像是发自内心,好像是为了配合身旁的自己,敷衍地笑着。

她用指尖抚摸着照片,记忆慢慢苏醒。是的,还有一点点记忆。他的头发没有油腻感。她还记得他笑起来的唇形,以及从嘴里露出来的皓齿。是的,这个人和我交往过。

遥站了好久,歪着头看着照片,回忆到此为止了,无论等多久,也回忆不起更多东西。

为什么呢?这么重要的事情,怎么就想不起来呢?回忆应该以这张照片为缺口,像决堤的江水一样喷涌而出才对。然而现实中却丝毫没有这样的迹象。记忆的洪流不知在哪里被阻断了。

这一切令她心烦意乱。也许是因为太过茫然,她回过神儿来时,发现自己的嘴巴是张开的。这时,发生了一件意外的事情。"就这样,这样就可以了。"遥听到一个声音在低语。她侧耳倾听了一会儿。"为什么呢?"遥也在心中低语道,"怎么办才好呢?"

她再次凝视照片上男人的笑容。模样长得不错,就像彩曾经用嫉妒的口吻说过的那样:"他的笑容很有魅力。"但是他留在她心里的影子很淡,大概是因为他那寂寞的笑容吧。

遥失神地慢慢移动视线。照片旁边是液晶电视,放在一个专用的小台子上。它的旁边是梳妆台。它对面的墙壁上是一个日式壁橱。

房间的角落里有一个双开门的衣柜,她走到近前,把拐杖斜靠在床边,打开柜门,脱下从彩那里借来的外套,从里面横木上取下一个衣架,挂上外套,再挂回横木上,关上了门。

她架着拐杖摇摇晃晃地回到起居室,再次环顾室内。刚才照片里男青年的笑容已深深烙印在她的脑海中,不时地浮现,挥之不去。

通往阳台的落地窗上拉着窗帘,只留有十厘米左右的缝隙。站在窗前,她能看见树木叶落后灰不溜秋的公园,以及满地的黄色落叶,长椅点缀其中,不远处还有一条小河。

那是井之头公园。这里是东京的郊外,离有小艇的水池还很远,所以,也许不能称之为公园,或许应该叫"通往三鹰台车站方向的相对比较宽阔的道路"吧。来公园玩的人都这么认为,其证据就是很少有恋人跋涉到这边来约会。她几乎没见过有人坐在这些椅子上谈情说爱。

遥把手伸进窗帘和玻璃之间的缝隙,转动铝制门框上的月牙锁,将其打开,用手指推开铝制门框,把玻璃门打开一条缝,冷气立即入侵。为了把满屋的异臭尽快驱逐出去,她打开了换气扇的通风道。

从阳台看到的景色令人心情舒畅。一个人迹罕至铺满落叶的公园,春天还能看见樱花树,她当时正是因为喜欢这些风景才决定租下这房子的。

阳台不是很宽敞,却摆放了一张金属圆桌,地上有四块瓷片脱落,还有两把金属椅子。温暖宜人的日子里,她经常在阳台上看书,也在这里吃饭。春天和夏天的时候,待在这里特别舒服,但是现在这个季节就太冷了,完全没有出来坐坐的心情。

"咻"的一声,一个声音忽然响起,遥回过头去一看,原来是水开了,水壶开始喷水了。她赶紧走到洗碗池旁边的煤气灶台那里,关上煤气,从墙上的柜子中取出茶包,抽出一袋来,打开包装纸,把茶袋放进咖啡杯,倒入热水。因为是煮得沸腾的水,有几滴吱吱响着飞出杯子,边冒热气边跳到不锈钢壶上。她既不想放糖也不想放牛奶,就那样拿起杯子,慢慢往右边转了一圈。

她慢悠悠地把它端到餐桌上,拉过一把椅子坐下,把拐杖竖着放好。她觉得身上有点儿冷,又拿着拐杖走到玻璃门前,把门紧紧地关上。

她刚想那样原路返回,忽然感觉有点儿不安,就把门锁上了,窗帘也严严实实地拉紧了。此刻已是黄昏,一拉上窗帘,屋里就黑了下来。她打开了墙上的荧光灯开关。

返回餐桌那里,她在椅子上坐下来,将拐杖立在一旁,慢慢喝起红茶来。在寂静中坐了一会儿,她觉得舒服多了,又想处理一下桌子上的传单和信件了。

她慢吞吞地伸出手,把大量传单和信件略略对齐,随便地摞了起来,反正她也没有心情读。因为是要直接扔掉的东西,没有必要摆得整整齐齐的,但她又不喜欢乱七八糟地放着,纯粹为了扔起来方便,便略略将其整理了一下。

谁知,从传单里面露出一个长方形的信封,遥停下手里的动作,定睛一看,有些震惊。信封上用漂亮的楷书写着自己的名字:

丝永遥小姐。那字迹娟秀,像是出自女人之手。

本能的恐惧感袭来,她瞬间紧张起来。

该来的终于来了。她的心跳加快,努力克制着手指的颤抖,抓起了信封。

当她小心翼翼地将信封翻过来时,不知为何,她突然想起那只上面溅上血迹的男表,甚至隐约闻到了血腥味。

寄信人住址处写着富山市小坂,寄信人名字是神原左代子。

"啊!"她在内心惊叫,视线模糊起来,心脏已在喉头跳动,嘴唇开始哆嗦。她明明没想哭,却开始发出哭声。

"啪嗒"一声,她将信封放到桌子上,突然有一种冲动:很想就那样把信扔着不管,赶紧钻到床上,用被子蒙住头,紧紧闭上眼睛。

"是谁说鸵鸟会把脑袋钻进沙子里?"遥一边流泪一边想,"对了,想起来了,是高中时代的班主任。"

随便吧,谁说的都没有关系。她不明白那到底是不是真的,即使不是真的也不要紧,反正记忆很混乱。总之,现在的她就是这样的鸵鸟,把脑袋埋进沙子里的鸵鸟。她想把脑袋埋到一个漆黑的地方,想否认这样的事实存在。她使劲儿这样想的话,现实就会消失吧。这么残酷的现实。

可是,她又对信上写了什么很感兴趣,也说不定上面写着什么让人愉快的好消息呢!遥的心情就像是从高高的跳水台上跳入水中一样,她急忙撕开信封,把颤抖的手指伸了进去。

她拿出一张对折的厚纸,打开一看,一个很粗的黑框映入眼帘。

遥目瞪口呆!怎么会这样!这绝对不是现实!不可能!

"近期将举行葬礼。"冷冷的文字传达着这样的意思,进入遥模糊的视线。同样映入眼帘的,还有"神原雅人"四个字。

"咣当"一声,一个巨大的声音响起,椅子横向倒了下去,拐杖也跟着一起倒在地板上。遥一屁股跌坐在地板上。

意识倏然跑远,视线骤然昏暗。

这样残酷的事情,难以置信!

这是现实吗?她一定是还在病房的床上做梦。她所能想到的最残酷的事情,变成了笼罩住她的噩梦。

"为什么?为什么会发生这么残酷的事情呢?这样的话,我不是就没法活下去了吗?"她边哭边想。

7

"遥!遥!"

遥听到有人不断地呼喊自己的名字。

"喂!遥!"

她的意识渐渐恢复过来。

"怎么了?快起来!不要紧吧?"

听到呼唤,遥微微睁开眼睛,剧烈的头疼突然袭来,胃里也翻江倒海,感觉马上就要吐了。她的脸剧烈扭曲起来。

"啊,你醒了?"一个女人的声音问道。

"你醒来太好啦!你看起来很不舒服啊。不要紧吧?要不要去医院?"

那是彩的脸。她正蹲在跟前,目不转睛地看着遥。

"我是去叫出租车还是叫救护车?"

"彩……"遥发出了喃喃低语。

她往四周一看,发现是在自己的公寓里。

"你不接电话,很让人担心啊。"彩道,"我打了很多遍。"

"啊,对不起,我没注意到。"遥艰难地解释道。她慢慢地眨了眨眼,世界在缓缓地旋转。

"要去医院吗?"

遥想了一会儿,说:

"不用。"

遥想摇头,头却疼得厉害,没能做到。

"必须再买个手机啊。"彩嘟哝道。

手机的液晶屏已经碎裂,还能打电话,简直不可思议。

"这可是地板啊,你睡着了?"

听彩这么说,她环顾四周,这才意识到自己正躺在地板上。她挣扎着起身。彩扶着她的背,把她扶了起来。

"背,好疼!"遥突然呼喊道。

她的后背剧烈疼痛起来。

"头也疼。"

"还好吧？能醒来也算不错了。"彩道,"我还以为必须要叫救护车呢。"

遥条件反射地皱紧眉头：

"再也不想坐救护车了！"

那种车她再也不想坐第二次。再说,她好不容易瞒过了邻居们的眼睛,这会儿又喊来救护车,岂不是昭告天下了？那样的话,整座公寓的人就都知道了。

"你刚才是睡着了吗？"

听到这个问题,遥考虑了一下答道：

"我昏过去了。"

她的记忆慢慢地恢复了。看到神原雅人的葬礼通知后,她受到打击,昏倒在地,失去了意识。

"哎？为什么呢？"彩惊讶地问。

"不知道。"遥搪塞道。

"要不要到床上去？"彩问道。

遥考虑了一会儿,摇摇头：

"不了,坐椅子吧。"

遥勉强地站了起来,晃晃悠悠地坐到椅子上。

遥忽然发现摊放在眼前的那一堆传单以及那张葬礼通知,而此时彩的脸正朝向卧室方向,没注意到那些传单,她便拿起几张传单,盖在葬礼通知上。

"你也太不注意了,玄关的门还没关呢!"彩转过头来责备道。

"啊……"

遥点了点头,门忘记上锁了。

眼前咖啡杯里还没有喝的红茶,已经完全冷却。她凝视杯子,感觉红茶在缓缓晃动,是头晕目眩的感觉。

"你为什么会躺在地板上啊?睡不着吗?"彩问道。

遥心里有些恼火。她不是睡着了,是昏过去了,刚才不是说过了吗?

"现在几点?"她问彩。

"九点多……"

"已经过九点了。"

"九点……"

遥吓了一跳,她已经昏迷四个小时了!时间仿佛在眨眼间跳转到了此刻。

"你回到这里后,马上就昏倒了吗?"

遥缓缓摇头:

"不是马上,是收拾完腐烂发臭的东西,又把房间稍微整理了一下之后……"

彩听了微微点头:

"你还什么都没吃吧?找个地方吃东西去?"

遥瞬间毛骨悚然,条件反射般说道:

"不行,我实在没那个心情,不想动弹。"

"没法外出?"彩继续问道。

"做不到。心情不好,一个劲儿地流眼泪,想呕吐。"

"要不要听会儿音乐?"

这个提议让遥的脸又扭曲了。

"不行,不想听。如果听的话,肯定会吐的。"

"啊,是吗?"

"如果这里是十楼的话,我就跳下去了。"

遥想都没想就把这句话说出了口,想结束这种痛苦的念头一直纠缠着她。

"住口!你胡说什么呢!"彩厉声斥责道。

"因为那样才能轻松……"

"不要说了!瞎说什么呢!"

但是,遥还想继续说下去:

"以前,我一直觉得跳楼自杀的人都好有勇气,可是现在我明白了他们的心情。太痛苦了,只有那样做才会轻松……"

"不要说胡话了!我就怀疑你有这方面的倾向才赶过来的,果然不出所料啊!"

"你不明白这种感觉啊。"

"当然不明白!"

她几乎要用"开什么玩笑"这种恼火的口气责备她了。

遥默默低下头,有心喝一口近在咫尺的红茶,却还是提不起精神来去碰杯子。

"我以为已经治好了呢。抑郁症复发了吗?"彩皱着眉头问道。

遥无言以对。是那样吗?她自己也不甚明了。不过,大概是那样的吧。

"好不容易用TMS顺利治好……我去给你买点粥吧?"彩说道,"那边的便利店里有很多口味的粥呢。"

遥当即摇头拒绝了。彩为什么那么想让自己吃东西呢?明明跟她说过吃不下去的。进食的提议统统拒绝。

"不,不用了。"

彩忽然很有兴致地说道:

"那么,我们自己做点儿什么吧。"

"不要!"遥当即答道。

"都说了不要了嘛!"遥内心都想这样喊叫起来了,一想到食物,胃液仿佛就要翻涌上来似的。遥真希望彩不要再谈吃的话题了。

"不要!对不起,现在不要。吃不下去,胃很不舒服。"

彩若无其事地说:

"是吗?"

彩非常擅长烹饪,对做蛋糕也很有自信。擅长烹饪的女人往往认为,只要自己做点儿什么吃的就能万事大吉。但是,那恐怕是在对象为孩子或者男人的情况下才有效吧。

"对不起,现在不行,心情很糟糕。"

"哦,是吗?"彩有点儿意外地说。

彩的表情似乎是在咀嚼挫败感,过了一会儿,她又问道:

"那茶呢?热乎乎的茶,要喝点吗?"

"不……不用了。"

不知为何,她对热茶也提不起兴趣。

"那就上床睡觉吧?正儿八经地睡个好觉。"

遥对这个建议也毫无兴致。

"外面冷吗?"遥这样问道。

"嗯,是有点儿冷,不过也没那么冷啦。有些阴天,不是那种寒风刺骨的冷天,没有风。"

"哦……"

"想出去走走吗?"

"嗯,也许是吧……那样头脑或许会清醒一些。"

"头脑清醒……这样啊。"彩陷入沉思,显得有些犹豫不决。

"想看看夜晚的景色,而且也担心下楼梯。"

"下楼梯?用拐杖啊。"

"嗯,上楼梯刚才已经练过了,下楼梯还没有体验过,需要练习一下啊。一个人走害怕。因为明天出门的时候是一个人嘛。"

"啊,这样啊。"彩点了点头。

"这座公寓没有电梯啊。"

"明白了!那么走吧,穿得暖和点儿。这也许是个很好的主意,出去走走,如果胃舒服些了,去买点儿吃的东西也不错。"

彩又莫名其妙地提起了兴致。

"嗯……"遥暧昧地应付着。

那样的想法大概是不会有的,她希望不要再谈论食物了。彩的性格很好,但出人意料地迟钝。

8

穿上彩的外套,遥走出房间。

遥花了一些时间下了楼梯来到外面的街上。挂着拐杖下楼梯果然如她所料,可以说是步履维艰,但是只要肯花时间,也是可以完成的。不过要是让她一个人行动的话,她恐怕还是会忐忑不安。

公寓前的马路上静悄悄的,空无一人。遥左边腋下挂着拐杖,右边由彩搀扶着,缓缓前行。

"不要紧吗?冷不冷?"彩问道。

"这件外套真不错啊。"

"不错吧?是在PARCO百货买的。"

两个人并肩而行,走过灯火通明的便利店和井之头公园车站,又来到一段下行的楼梯前。

"练习用拐杖下楼梯吧。"彩一边搀扶着动作慢吞吞、极其谨慎的遥,一边说道。

遥正在拼尽全力练习下楼梯,没顾上回答她。

练习下楼梯的遥,无论如何都希望能有个人在身边,这也是为了明天的一个人出行做准备。幸好是在半夜三更的街上,且有人陪伴,若是遥一个人的话,她也许连迈出房门的勇气都没有。

"要是戴上围巾就好了啊,遥。"彩道。

"嗯,不过没有那么冷啦。下楼梯都出汗了。"总算下到最后一阶,遥长吐一口气说道。

"出汗了?"

"没有,还没有。"

走过路灯下方,彩一直用左手搀扶着遥。遥就像个老人似的,只能半步半步地往前走。她们慢慢地经过寂静无人的秋千和滑梯。遥明明才二十岁,却已经像老人一样步履蹒跚,走路苦不堪言。

"好好握着我的手啊,若是身体发抖,就没法好好走路了。"遥倾诉道。

"好的,没问题,我握着呢。"彩回应道,"今天在医院的时候抖过吗?"

"没有,没抖过。"遥否认道,"是回到公寓之后开始的。"

"是吗?"彩若有所思,"看来在完全恢复之前,还会遇到种种难测的事情啊。"

遥点点头。

"对医大的学生来说,这段经历也让人收获良多啊。"彩继续说道,"不管是哪一种疾病,精神方面的治疗都十分重要啊。"

"嗯。"

"治病毕竟是要以人为本啊。"

"嗯。"

两人相对无言,继续走了一会儿。

"雅人的葬礼举行了吗?"遥突然小声问道。

"哎?"彩惊讶地叫出了声。

遥暗自猜想:"原来她没有看到餐桌上的葬礼通知啊。"

"来通知了,回我公寓后你可以看看。葬礼在富山市举行,好像已经结束了,通知的日期已经过去很久了。"

听了她的话,彩沉吟许久,突然问道:

"那些事现在还是不要想了,好吗?"

"不要紧。"

彩却仿佛已经理解了她疾病复发的来龙去脉。

"是吗?所以你才会变成那样啊……"彩猜测道,"所以你才说些奇奇怪怪的话,寻死觅活的……"

遥马上反驳:

"但是我现在并不想死啊,虽然早上有点儿脆弱。"

"二楼是死不了的,从阳台跳下去也没用。"彩说着,看了看遥的脸。

黑暗中,遥仿佛看到了彩忧心忡忡的样子。

"你这么说的话,我可怎么也放心不下啊!明天早上,不要紧吗?"

遥无言以对。明天早上的心情,她自己也没法预料。

"需要我住下来吗?"彩体贴地问。

"啊?没事的!"遥吃了一惊,"你还没做好在这里住的准备吧?"

"但是你那么一说,我很担心你呀。"

"嗯,我知道。"

"我不会给彩添麻烦的。明天不会从阳台上跳下去的,绝对不会。"

"拜托了啊。"

"嗯。"遥点头道。

"说好了啊!"彩说着伸出小指。

遥也把自己的小指跟她的缠在一起,拉了拉钩。

"雅人是富山的啊。"遥突然说道。

"啊,是吗?哦,也许是吧。"彩这样说道。

彩的语气、彩岔开话题的表情,似乎都有一种对遥有所顾虑的感觉。她在撒谎吗?遥有些怀疑。

"在这样的公园里,既没有铁路道口,也没有过街天桥,真好啊。"彩感慨道。

"是啊,没法往下跳呢。"遥也悠悠地说道。

"是的。幸亏你家附近还有个这样的公园。"

两人走得非常慢,不知不觉来到水池边。两人在树林中转了转,走到水池边黑暗的小路上。忽然,遥松开彩的手,指着前方说道:

"那边有一张长椅,我们去坐吧。"

"要坐一会儿吗?好呀。"彩答应着。

那是位于小路边的长椅,两人面向水池而坐。道路很窄,眼前就是水。两边和后方都是树木,无数的枝条朝水面垂了下来,前端几乎与水面相接。

水池周围的树木,都向着水面方向倾斜而立。枝条中有一些特别粗,仿佛难以承受自身之重似的,水中插有支撑柱,支撑着枝条的中间部分。

"好安静啊。"彩望着黑魆魆的水面说道,"现在这个时间也没有小船。"

"是呀,也没有白天鹅呢。"遥附和道。

这个水池里的小船,大多是白天鹅的造型。船没有桨,靠并排而坐的两个人一起蹬踏板前行。

"啊,看见水,心情平静了许多。"遥说着,肩膀上下浮动着,大口做深呼吸。

"太好啦。"彩仿佛也如释重负,她用手指着前面的夜空,"遥,你看,月亮出来了。"

也许是云变淡了,云朵之间露出一弯白月,清晰可见。

"啊,可以看得很清楚,好漂亮啊。"遥赞叹道。

"嗯。"

然后两人举头眺望了一会儿明月。

"这里的树几乎都是樱花树呢。"遥指着前方垂着枝条的树说道。

"是呀,所以到了春天赏花的时候,人肯定多得不得了,到那时,这张长椅可能就没得坐了。"彩揣测道。

"嗯,肯定是场激烈的争夺战。"

"不过,从遥的房间里就能看到樱花吧?"

"嗯,只能看到一棵樱花树。"说着,遥微微一笑,"东京的樱花,听说全部都是一棵树的分株,都是从一棵树上分植出来的。"

"啊?是吗?"

"嗯,听说是从江户时代培育的一棵染井吉野樱花树上分枝的,然后便在整个东京、整个日本繁衍开去了。据说在江户时代,驹达的一个叫染井村的地方,有一个擅长改良樱花品种的著名匠人,嫁接出了花朵疯狂开放的樱花树品种。"

"疯狂开放?也是啊,一棵樱花树上能开那么多花,本身就很不寻常啊。"

"是的,染井吉野樱的花,开得实在疯狂啊。"

"是啊,漂亮得有些过分了。"

"正因为大家那么想得到它,这棵樱花树才会被无数次分植嫁接。严格地说,这里所有的樱花树从根本上来讲都是其他品种的樱花啊。"

"哎?什么?是其他品种的樱花吗?"

"是的,是大岛樱。"

"哦……那么是由两个品种嫁接培育成的了?"

"是的,听说作为其根基的大岛樱,有的已经开始枯萎了。这样的话,那些樱花树的生命也就完结了。"

"你说的是这个公园的樱花树吗?"

"不是,这里的树情况如何,我没有听说过。不过所有当年嫁接过的树,也差不多都到了这样的时候了吧。"

"哎?是吗?所有的树都要如此吗?"

"嗯,听说整个东京的樱花差不多都到了衰亡期了。因为所有的树都是在同一时期种植的啊。"

"啊,那岂不是麻烦了?樱花树的寿命有多长?"

"听说有六十年左右。"

"哦,没想到这么短啊。樟树大概能活几百年吧?"

"是的。"

"不知什么时候,日本的樱花就会一下子全部消失啊。"

"正是。"

"没法赏花了,喝得醉醺醺的大叔们可就发愁了。"

"彩也会发愁吧?"

"嗯,是的。那么,这些都是一样的樱花了?"

"听说是那样的。"

"那就是克隆啦。那么,就不会发生交配现象啦?"

"是的,大家都是同性,都是女人,而且都是自己的克隆产品,即便到了春天,也无法恋爱啊。"

"是吗?那可是有点儿寂寞啊。"

"是的,所以也没法生小孩。"

"小孩?"

"因为它们是不结果的呀。"

"是吗?如果把其他樱花树的花粉拿来撒上呢?"

"那样的话,从下一代开始,春天里花开得癫狂的特质很快就会消失。"

"是吗?"

"人们不允许那样的事情发生,便勤勉地用分植嫁接的树来补充。"

"哦……"彩一脸感慨地点了点头,"樱花好可怜啊,人们真是太随心所欲了。"

"嗯,为了观赏,人们把它们全弄成疯狂开放的品种。"

"那是在阻碍别人谈恋爱啊,只是因为自己想赏花。"

"嗯。"遥微笑道,"但是,我好像也听说过染井吉野樱是很难受粉的。"

"是吗?即使给它拿来其他品种的花粉也很难受粉吗?"

"是的,我确实听说过,它好像很难受粉。"

"是不孕啊。"

"是的,绝世美貌的代价就是丧失了妊娠能力,这就是染井吉野。"

"真是意味深长啊。不过,分植嫁接树就是将原树上剪切下来的任意一段枝条,插到大岛樱的树干上吗?"

"是的,是这样的。我爸爸以前也曾试过,随便哪一段都行。将染井吉野的树枝剪切下来二十厘米左右,把它的前端削薄削尖,把作为根基的树的树干割开,将剪下的树枝插进去,再用绳子转圈缠起来就行了,操作很简单。它们很快就会合为一体,长出新芽。所以,听说将一棵染井吉野剪得零零碎碎的话,能够造出一千棵染井吉野呢。"

但是,彩好像并没有认可,因为她是学医的学生。彩考虑了一会儿,说道:

"可是,人类如果没了胳膊,比如说我没了胳膊,遥把自己的胳膊切下来,绑在我的断臂上,固定住,也没法长到一起啊。"

"是的,那是因为人体内有免疫系统。"遥理性地说道。

"嗯,对我来说,遥的手臂是异物。因为不是我自己的,所以就会有排斥反应。"

"对,要想抑制免疫系统起作用,就得吃一辈子抑制免疫的药物。"

"正是这么一回事。"

"植物没有免疫系统。"

"啊,是这样啊。"彩点头道。

"没有免疫系统,他们不会感染传染病吗?它们比动物还要孱弱啊。"

"可能是因为它们病原菌的数量很少吧。"

"不只是樱花,听说几乎整个东京的树木,全都是一百多年前的人有计划地栽植的。"遥悠悠地说道。

"哦,是那样啊。那可真要感谢他们啦。"

"嗯。"

"说起来,这些樱花树全都朝着水池的方向倾斜啊。原本就是那样栽的吧?"

"嗯,也许是因为那样栽更美观吧。"

彩默默地点点头,仰望着前方挂在天上的皎洁的月亮。

而遥却扭着身体,借着远处街灯的光,扭头向后看。她一直在看长椅的靠背。彩注意到她的举动,好奇地问:

"你在干什么呢?"

"在看这个金属板上的字。"

遥凑近长椅的靠背,借着远处街灯的光,看着贴在靠背上的金属板:

"两个人一起坐在这里的那天,我们的生命就出发了。等到三个人坐在一起的那天,我们就可以用手触摸生命了。等到五个人坐在一起的那天,我们就快要长眠了。那个时候,我们会安然入眠吗?那个时候,我会说一声'谢谢'吗?"

"这是什么啊?"

彩也回过头来,挪了挪身体,将眼睛凑近长椅靠背上的金属板。

"这里写着的字啊。字刻在这个金属板上呢。"遥用手指着说道。

"刚才的话吗?"

"嗯。"

遥说完转过身,重新正了正坐姿。

"大概是给这个公园捐赠长椅的人把自己喜欢的文字刻在了长椅靠背上了吧。"

"这样啊。这话是什么意思呢? 看不太明白。"

"我明白。"遥说,"第一次约会时,一个男人和一个女人两个人坐在这个长椅上。那时候,两个人的生命就开始了。"

"生命?"

"嗯,一定是理解了生存的意义吧。第一次真实感受到生命的激情: 能和自己喜欢的人相遇,这就是人生啊。"

"啊,是这样啊……"

"法国的一位印象派画家说过类似的话,画家的名字我不记得了,我在印象派画展上读到过。"

"嗯,怎么说的?"

"恋爱中的人会觉得周围的人都看起来生机勃勃的,对别人也会更加温柔,也更能体会到自己生命的价值。"

"啊,我懂。"彩点点头道。

"遍洒夕阳余晖的景色,像古老的图画一样,令人感到亲切……"

"明白。遇上自己喜欢的人才会有这种感觉啊。那位画家和这位刻字的人都体会到了。"

"嗯,等到三个人一起坐在这里的那天,他们就可以用自己的双手触摸那个新生命了。"

"第三个人……是孩子啊,孩子出生了啊。"彩恍然大悟道。

"是的,活着的意义就变成了现实的东西——能够用手触摸孩子的头发和身体了,人就会变得充满慈爱。"

"在染井吉野身上,这样的事情却无法发生啊。"

"嗯,是啊。"

"那五个人是怎么回事呢?"

"那个孩子结了婚,又生了孩子,所以是五个人了。"遥耐心地解释道。

"啊……是这样啊。"

"到那时,最初的那两个人的人生就已经接近尾声了,对吧?肯定是这样的。"

"嗯,肯定是这样。"

"他在想象,那个时候他们会不会是安详的呢?会不会觉得这一辈子活得真好呢?会不会有那种想感谢某人的心情呢?谢谢您,把我带到这个世上。刻字的人一定是这样想象的。"

"啊,是吗?说得是啊。"

彩深深点头,久久思考着。

"嗯,确实明白了。这个人经常在这个公园里散步,度过了自己的一生。"

"嗯,或者是有了孩子、孙子之后,重新回到了这里,回到了这个水池边,坐回到这张长椅上。"

"是这样啊。"

遥忽然注意到,阴暗的水面上开始闪烁朦胧的月光,岸上成排的街灯正与月光交相辉映。

"我说,彩。"

"嗯?"

"我和雅人也来这个公园散过步吧?"

"哎?你这么觉得吗?"

"嗯,大概还在这张长椅上坐过……"

"你想起来了吗?"

遥缓缓摇头:

"没有,不过我觉得是那样。因为我还记得这首诗,好像以前也曾经读过。"

"哦……"彩若有所思地点点头。

看她点头,遥沉吟良久,说道:

"我们是怎样交往的呢?是怎样约会的呢?我希望我没有做对不起他的事情,但是……"

"遥,不要那么想!"彩不假思索地打断她。她觉察到遥的想法正在向一个危险的方向前进。

遥慢慢地摇了摇头:

"不要紧的,彩,不用担心。我不会再消沉了!这是爱的起点啊!可是另一方面,这个世界也有葬礼呢……这么一想好难受。"

遥凝视着黑魆魆的水面。

9

第二天清晨,遥赤裸着蹲在浴室的瓷砖地面上,全身的战栗又开始了。一想到好不容易康复了一阵子,现在又复发了,她就绝望不已。她的身体慢慢地在瓷砖上伸展,四肢着地,放声痛哭。淋浴的温水敲打在她赤裸的后背上。

就那样度过了近一个小时,遥用浴巾包着身体,走出了浴室。她穿着毛巾质地的浴袍,头上也包着毛巾,拄着拐杖走进厨房,冲了一杯咖啡。

她把盛着咖啡的咖啡杯端到餐桌上,在椅子上坐下来,喝了一口,觉得不好喝。她拼命忍着清晨的头疼,眼泪又涌了出来。遥扑倒在桌子上。

她什么也不想吃,本以为昨晚睡得很好,谁知竟是错觉。这样的姿势一点儿也不舒服,她难受得不行,站起身来慢吞吞地走到床边,想再躺一会儿。她现在这种状态是完全没法去学校上课的。

她俯卧在床上,呆呆地趴了一会儿,悲伤渐渐平复后,又起身坐在床上,就那样静静地坐了三十分钟。

她把脚放到地毯上站起来,走到桌子前,看着雅人的照片。那张亲切的笑脸也拯救不了她。她的视线落到桌子上,茶色封面的笔记本映入眼帘。她拿起最上面的一本信手翻起来，突然"雅人"二字闯进了视线，是她自己的笔迹。她拿近一看，那是一段文字：

"雅人问我：'脑大部分是由脂肪组成的，你知道为什么吗？'"

遥被这个突如其来的问题吸引住了，拿着笔记本，回到餐桌前，试着喝了一口已经变温了的咖啡。她发现这次咖啡好像能喝下去了，于是喝了一大口，感觉还不错，便慢悠悠地喝了起来。咖啡从食道流至胃部，她能够清晰地感觉到略带酸味的液体在流动。

"脑大部分是由脂肪组成的，它的原因……"遥凝视着天花板，思考了一会儿。她对自己这种反应，是有一点儿记忆的。以前被问到这个问题时，她也是同样的反应。那是什么时候的事呢？那个时间及这个问题的答案，都没有回到她的脑海里。她没有办法，只好继续读下去。

"你知道人体中最坚硬的骨头在哪里吗？"

又有一个问题接踵而来，这个问题的答案她好像知道，是头盖骨。

笔记本上的记录，也写着她是那样回答的。

于是雅人回答道：

"正确。"

他又回答了最初的那个问题：

"第一个问题的答案，是因为脂肪是绝缘体。"

这个答案让遥心里咯噔一下,她又抬起头来,想起来了,是这个答案。同时她也想起来了听到这个答案时的感动。

"因为蛋白质电器啊。脑就像是一个精密的集成电路一样。在这个小机器中,不断有微弱的电磁信号飞来飞去,所以线路必须要在绝缘的物质中穿行。"

她盯着笔记本的表面看了一会儿,记忆微微苏醒过来。是的,他曾经告诉过她这些。她因此被他的知性吸引,变得总想见到他了。

"如此精密的集成电路,被收纳在最为坚硬的骨骼当中。"雅人如是说。

只有脑是由脂肪组成的,并且被最坚硬的骨骼严密保护起来。"究竟是谁做出了这样的判断呢?"遥想。

遥闭上眼睛,他在她脑海里留下的声音,逐渐清晰地响了起来:

"我认为,护士们经常听到的医院怪谈,也是因为治疗室里集中放着一些能发出六高斯、八高斯那样的高频率电磁波的器材和心电图监测器、血压计等仪器的缘故。这些电磁波作用在深夜因工作过于疲惫而体温较高的护士的脑或者肌肉上,就会引起类似灵异经历的体验。"

遥记得,这段对话发生在他当众做了某个研究报告的那天。她趴在餐桌上,拼命地搜索着记忆。他发表的内容完全出乎遥的意料,可以说是颠覆了医学院学生的常识,已经远远超越了一名医大学生的学术研究水平。

她对他讲的内容感到惊讶、敬佩。她追出去,叫住他。两人在走廊里站着聊了一会儿。他约遥走进了附近一间空着的教室,对她提出的问题一一悉心解答。他的态度谦虚,完全没有因为自己水平高而自负、怠慢。遥对此非常佩服。

遥想起来了。他讲的都是一些很前沿的内容,他的理论依据却是20世纪40年代到50年代大战前后的研究。这又让遥感到意外。

他首先给她讲了一位名望很高的脑神经外科医生怀尔德·彭菲尔德[①]的电刺激实验。彭菲尔德的名字和他做的这个实验在脑科学和神经科学领域家喻户晓,但是当时报考内科的遥却对这个实验一无所知。

"神经外科医生怀尔德·彭菲尔德还是一位脑生理学者,他打开一位重度癫痫症患者的头骨,想发现导致癫痫的神经细胞,他将电极插进颞叶,进行了通电实验。根据这个实验,他发现大脑皮层中,存在和人的身体各个部位直接相连、担任各个特定部位感觉的场所。它们很有规律地分布着。"

他一边说,一边把作为资料准备的图片指给遥看:

"你看,就像这样,负责身体各个部位运作的脑区正好就像

[①] 怀尔德·格雷夫斯·彭菲尔德(Wilder Graves Penfield, 1891—1976),著名神经外科医生、神经生理学家,出生于美国华盛顿州斯波坎市,逝于加拿大魁北克省蒙特利尔市。

地球仪上的大陆一样分布着。比如把电极放在脑表面的这部分进行刺激,患者就会有一种嘴唇被碰触的感觉。触到这里,他们就会有眼睑被碰触的感觉。这里是拇指,这一部分是手掌,这边是脚。触到这些地方,脑的主人就会有这些部位被触碰的感觉产生。"

"哦……"

遥频频点头。

"手就是手,脸就是脸,各有其所,绝不是乱七八糟的。所以脑的表面上,是就像这样把人的身体紧紧地贴在上面一般的状态。如果将附着于脑上的人形像撕贴纸一样,从人脑的表面'哧'的一声撕掉,贴到一堵白墙上,墙上就会出现一个极其奇怪的瘆人的小人儿的形状吧。"

"瘆人的小人儿?"这个说法让遥觉得很惊讶。

"嗯。嘴唇很厚,嘴巴特别大,还有一个大得离谱的大脑袋。手也异乎寻常地大,就像一只小螃蟹,垂着两只跟自己身体差不多大小的巨大剪刀一样的手。"

"哦……"

"巨大的手比头部还要大,而躯干、脚和手腕却都是异常瘦弱,又细又小,形状就像怪物一样。"

"那就是肢体感应区在脑表面的分布?"

"嗯,像二次元小人儿一样紧紧地贴在上面。"

"那么,脑表面的小人儿意味着什么呢?"

"人的头部,特别是唇部格外敏感,由于人们这些部位的神经格外发达,所以感觉也非常深刻。"

"是这样。"

"手的表面更是如此。指尖是非常敏感的,是因为它占用了很大一部分脑区,用心感受就可以体会到。"

"身体呢?"

"身体与手相比,大概感觉迟钝些吧,因为它使用的脑区面积相对较少。"

"那男女相比如何呢?"遥追问道。

"啊,这个我不太清楚,算是今后的研究课题吧。"雅人答道。

"会不会有很大的差异呢?"遥凭直觉说出了自己的意见。

"嗯,也许是那样。"雅人点点头表示同意。

"总之,就是那样一个小人儿,是吧?"

"是的。所以人们把彭菲尔德的发现称为'彭菲尔德的赫蒙克鲁斯'。"

"赫蒙克鲁斯?"

"拉丁语'小人儿'的意思。不过,据说并不是实际的小矮人,而是炼金术士在烧瓶中做出来的传说中的小人儿。而且,人们将其秘传的技术也这样来称呼。"

"是怎么做出来的呢?"

"嗯……据文艺复兴时期的一个叫帕拉塞尔苏斯的人的著作记载,将人的精液放进蒸馏器中,密闭四十天使其腐坏,里面就会徐徐出现一个人形的透明的果胶状物体,给它注一点人血,同时放在和马的胎内同样温度的条件下保存,养上四十周,就会变成一个人类小孩子。"

"哎?不是真的吧?"遥惊讶地问道。

"怎么可能是真的!当然是个传说。不过那个孩子跟人类实际的孩子相比小很多,只能在烧瓶里面生存。"

"哦……"

"只有这么一丁点儿,一个指头大小的小小孩。不过,据说这个赫蒙克鲁斯自出生就拥有了人类所有的睿智和知识。德国作家歌德曾经在自己的诗剧《浮士德》的第二部第二幕中,采用过这个传说。"

"就是写《少年维特之烦恼》的那个歌德?"

"是的,那个诗人歌德。"

"是诗剧呀。"

"当然,是那样的。"

"彭菲尔德的赫蒙克鲁斯就是从其中选取的名字,对吧?"

"正是这样,这个赫蒙克鲁斯不仅会在脑中出现,你还记得宫泽老师的课吗?据说,它在失去左臂的患者的脸颊上也会出现。"

"脸颊?"

"嗯,脸颊的肌肉或肩部的肌肉。"

"怎么出现呢?"

"一位叫拉马钱德兰的神经科学家在研究报告中提到过,

博士给一个失去左臂的男人蒙上眼睛,用棉棒轻触他左面的脸颊,结果他吃惊地大声叫了起来,原来是他感觉到左手拇指被碰触了。"

"是已经没了的那只手的拇指吗?"

"是的。而且,据说触上唇的话,就会感觉食指被碰触。触下颌的话,就会感觉小指被碰触了。"

"哦……"

"也就是说,失去的左手的感知地图,换了个形式,井然有序地出现在了他的脸上。"

"啊,太不可思议了!"

"不过,不同的是,这边不是手的模样而已。同样的地图在他失去的左手断肢处的正上方的肩部也有。这里更是整整齐齐地保持了手的形状。"

"啊,是吗?"

"嗯,是手指整齐并拢、指尖向下的手形。无论形状还是大小,几乎都是原来的手的样子。它紧紧地贴在了肩部的肌肉上。"

"这和刚才的美国学者的发现,也就是说,脑里的感知地图……"

"嗯,这应该说是感知地图的再配置吧。本来应该只存在于脑里面的东西,意外地出现在了脑下方身体的位置上,难道是发生了位移?"

"位移?"

"不会,应该不是这样的,应该说是被复制了吧。因为脑上面的赫蒙克鲁斯,这个也依然是在使用中的。因此,彭菲尔德碰巧有机会打开头盖骨,亲眼看到了暴露在外的癫痫患者的脑,不过,这样的机会并不是谁都可以有的。"

"是啊。"

"但是现在的神经科学家有了另一种更强大的武器。"

"是什么?"

"电磁刺激呀。它可以轻而易举地穿过骨骼,直接触及大脑皮层,所以,它和使用电极的直接刺激有近似的效果。"

"有这样的东西吗?"

"嗯,它是为了治疗抑郁症患者而开发的。脑发生的障碍,也就是抑郁症、癫痫、偏头痛之类的疾病,大多是由于脑的血流量降低而引起的。"

"是吗?"

"是的。这个原理就是用电磁直接刺激脑增加血流量,使这些功能得到恢复。"

"哦……"

"这么做的话,远比用药物达到这些效果好得多。使用电磁的话,就连人体中最坚硬的头盖骨也可以不用去除了。电磁连骨骼都能轻而易举地穿过,直接刺激大脑皮层进行按摩。"

"是吗? 真不得了啊。"

"今天,我们可以很容易地验证彭菲尔德发现的赫蒙克鲁斯的实验,因此也没有必要限用于重症癫痫患者了。"

"是吗?"

"毕竟连我都尝试做过了。这就是这次我发表的报告啊。"

"原来是这么一回事啊。"

"嗯。"

"每个人的脑里都有彭菲尔德的赫蒙克鲁斯吗?"

"都有。"

"有没有个人差异?比如不同的人脑里面的地图形状会不同,有的不是一个小人儿的形状……"

"不会,大家都是同一个形状。"雅人坚定地看着遥答道。

10

遥一个人拄着拐杖出了门,好不容易下了楼梯,进了井之头公园站的检票口,在月台上等车。她之所以想去学校,一是因为脑袋和身体都轻松了一些,二是因为她想起了雅人跟自己讲解的很多东西。

雅人的讲解后面还有很长,后面的内容才是主要部分。遥在房间里想起来的内容只是雅人想法的一部分而已,对脑神经学者来说,是一些常识性的知识,跟他在报告会上发表的内容也有一部分重合。雅人想说的不仅是这些,而是以这些为基础的更多先进的想法。

从那天以后,遥和雅人开始频繁见面。他们一起在学校食堂吃午餐,一起回家。雅人住在滨田山,所以从大学回家的路上,两人可以一起去吉祥寺的咖啡馆喝咖啡,穿过井之头公园散步,雅人再从井之头公园站乘坐电车回家。

因为星巴克总是人满为患,他们喝咖啡的地点一般是在去往公园的下坡途中一家叫MIZU咖啡的店。遥一边喝着咖啡,一边问各种各样的问题,继续听雅人讲解关于他的脑研究的知识。两人一起度过了一些这样的日子之后,雅人会顺道去遥的公寓吃遥亲手做的晚餐,有时在她那里过夜。那中间并没有花费太长时间。

遥渐渐满心满眼都是雅人,特别佩服他作为研究者的独特想法。但是,他也有不符合医大学生身份的懒惰的一面。他好像对一般的考试没有什么兴趣,很多科目都没能取得好成绩。雅人经常说自己不适合临床。他曾说,他对挽救患者的生命完全没有自信,如果能留在大学,继续进行自己感兴趣的研究,他就很知足了。

可是,如果考试不及格的话,就无法留在大学里了。考试就是考试,还是要努力的。遥一边这样鼓励他,一边在学习上给予他很多帮助。对他理解模糊的个别地方,她在旁边进行逐一讲解和补充。这个过程中,遥对他产生了如同对弟弟一般的感情,雅人也很尊敬遥,并开始依赖她了。

幸亏坐上了一辆人不太多的电车,遥抱着拐杖继续思考着。雅人在的时候,他们也经常在这趟电车里聊天。那时候他说过的话里,想来有一些对治疗遥如今的病症很有用的内容。

雅人一边打开参考书,给遥看着脑图,一边讲解道:

"人脑的结构是这样的,前面是额叶,后面的下方,左右两侧的是颞叶,头顶是顶叶,顶叶后面紧靠着枕叶,就是这么一个构造,你知道吧?"

"嗯,这些还是知道的。"遥点头道。

"从语言功能这一角度来看,额叶负责'说',颞叶负责'听',顶叶则负责'读'和'写',大体上是这样分工的。"

"嗯。"

"我是说粗略地看的话,是这样的。"

"嗯。"

"而且,人脑通常可以正常工作,但有时候也会发生各种各样不可思议的误操作。之所以这样说,是因为我们已知有各种不可思议的精神疾病。有些疾病可以理解为脑这个精密仪器发生了某种故障。"

"故障……"

"我们身边最常见的就是抑郁症。抑郁症的常见病因之一,就是杏仁体失控。这与控制失控的器官——前额叶的背外侧皮层的血流量不足有关。另外一个例子是脑科学领域最近比较有名的'偏头痛'研究。这是一种慢性头疼,也受血流量的影响。这是一种很特别的疾病,历史上很多的天才、伟大的宗教人物,都得过这种偏头痛,还有一种更接近明确的病症的'颞叶癫痫'。"

"颞叶癫痫……"

"是的,据说这种病症在老年癫痫病患者中较为常见,还有许多原因不明的交通事故后遗症,也与颞叶癫痫发作有关。"

"但是,它同时也能造就天才,对吧?"遥继续问道。

"正是这样。对有才华的人来说,这好像是受到了神的启发。"

"都有些什么样的人呢?"

"一些天赋异禀的人有这种病,所以我觉得这是种天才病。他们仿佛得到了天启,每次发作就会得到灵感。据说某些带有宗教色彩的神秘经历也和这种病有关。有些战争中的英雄也有这种病。

"从某种角度来说,我们的文明可能是被这种病推着前进的。彭菲尔德博士曾经说过,癫痫病中还隐藏着很多神秘因素,我们仔细聆听癫痫患者的话,就会受到一些启发。"

"癫痫是因为颞叶的……"

"不,也不能说所有的癫痫病都是那样的。它的原因是各种各样的,它是症候群啊。只不过癫痫是叫 epilepsia,这个词语源自希腊语,意思是'捉到'。因为癫痫病发作时,人的意识就会消失,在古代,人们把这种现象理解为'神被恶魔捉到',所以也称为'神圣病'。总之,古人认为它是一种神秘的宗教性的疾病。"

"哦……"

"看穿癫痫病不是什么神秘现象而是一种人脑疾病的,是希波克拉底。但不管怎么说,因为颞叶癫痫和偏头痛,发生了很多不可思议的现象。"

"那些现象是对于那个脑的主人个人来说的吗?"

"是的,天使一般的健全者……这么说好像有点儿语病,不过都是一些普通人看不到、无法经历的事情。"

"对那个人来讲,世界也好、宇宙也好,都是他个人的东西啊。"

"嗯。听说,有一位美国老奶奶在偏头痛发作的时候,耳朵里总能很清楚地听到自己十几岁时听过的特别喜欢的流行歌曲。可不是那种隐约感觉能听到的程度,而是能清楚地听到每一个音符、连歌词都能抄写下来的程度。不过在那之前,她完全忘记了那首歌,根本没有去想过。"

"哦……"

"也许,刚刚我们聊过的烧瓶里的赫蒙克鲁斯,也是有这种病的炼金术士的幻觉罢了。他们的注意力过于集中在烧瓶和蒸馏器的里面了。"雅人进一步推测道。

"最近,不是经常有人聊那个临终经历嘛。"

遥一说,雅人也一拍大腿:

"对呀,正是这件事儿呢!"

然后雅人一副很信服的样子讲解道:

"和颞叶的脑中风结合起来,来说明这个临终经历的想法,最近非常流行。灵魂出壳也是这样。现在很多地方都在说那样的事件:人临终的时候,灵魂会从自己的身体上游离,飞升至半空中,俯视自己躺在床上的样子。"

"真的有这种事吗?"

"这些统统都是在脑的侧面,这里。"雅人用手指指了指自己头部的左侧位置,"左颞叶和额叶之间有一条沟,是两者边界线,它的上方直至顶叶,刚才说的那些好像都和这一脑沟有关系。这点已经了解了。"

"脑沟?"

"嗯,这里的名字叫外侧沟。"

"外侧沟?"

"嗯,脑里面到处沟壑纵横,这些沟壑有深有浅。作为深沟比较有名的还有中央沟。不过,外侧沟这东西非常重要,现在别名也叫'灵异体验沟'了。"

"什么?"

"也就是说,据说看见'幽灵'之类的灵性体验,还有刚才我给你讲的那些神性体验——看见神啦、看见天使啦、听到神的调遣啦、看见神光啦、美国老奶奶的脑子里响起了少女时代听过的流行歌曲啦,这些东西全都是储存在这个外侧沟里的影像,听觉性记忆受到某种强烈刺激,想都没想就直接飞奔出来,让那个脑的主人体会到了。"

"哦,强烈刺激是指什么呢?"

"偏头痛、颞叶癫痫的发作之类的刺激。"

"啊,原来如此……那是神原同学的发现吗?"

雅人苦笑了一下：

"遗憾啊,不是的。这些也已经被刚才所说的彭菲尔德博士发现并指出来了。我的发现呢,说不准可以和'幻肢'的思想联动呢……"

"幻肢？"

"宫泽老师的课,我们都上过的,你还记得吗？"

"嗯,记得。"

"失去手和脚的人依然相信手脚还在自己身上的现象,这就是幻肢啊。"

"嗯。"

"这个机理是额叶的运动皮层向手部的肌肉做出运动的指令。但是如果这只手已经没了的话,断肢附近的肌肉组织和关节就会将已经按照指令动作完成的虚假信息反馈给脑。其返回的场所是小脑和顶叶,这是因为运动皮层发出的指令被复制后也到达了小脑和顶叶。"

"嗯,老师是那么说的。"

"不过我却觉得,仅靠这些不足以解释清楚'幻肢'现象。"

"为什么？"

"因为幻肢经常伴随着视觉影像。把失去的手拿到眼前的话,幻肢主人就能看到活生生的手。还有的论文提到过,失去了手的孩子可以用不存在的手指数指头计算。那节课上老师还拿出了镜箱,对吧？"

"啊,我记得。"

"那个东西说是用来让麻痹的幻肢手臂活动起来的。我想,那是因为呈不自然的形状且无法动弹的手臂的影像已经在手臂主人的脑中存储了起来。为了在这个印象上面再画上新的印象,便使用那个镜箱使其发生新的体验。"

"嗯,是啊,我想是那样。"遥也赞同地点点头。

"这些幻觉之手的视觉影像究竟是保存在哪里呢?"雅人提问道。

想了一会儿,遥答道:

"是刚才的脑沟吗?这里的……"

遥也抬起手来,指了指自己的头部左侧。

"嗯,我也那么认为,觉得会是外侧沟那里。左侧的外侧沟。我认为,脑要启动幻肢程序,会从运动皮层开始向已经失去的肌肉发送运动指令,然后立即产生顶叶和小脑的反馈循环,与它们相呼应,失去的手臂的虚幻影像也被从外侧沟里调了出来。"

"哦……"遥点点头,赞叹道,"很有趣的想法啊。"

"这么一想,问题又来了:人的身体里面,或者说是脑里面,为什么会发生这样的事情呢?"

"自保?"

遥说完,雅人又拍了一下大腿:

"对啊!我就是那么想的。通常情况下,失去手脚对人来说是事关生存的重大悲剧,对吧?有的人甚至会绝望得想自杀,说不定还会引起精神障碍。"

"是啊。"

"所以为了防止这样的事情发生,脑为了给失去手脚的人一些精神安慰,就会让他们看到失去的手脚的'幽灵'。以此使他们避免精神崩溃。"

遥点了点头。

"是为了防止精神障碍啊。有道理,我好像能理解。"

"我是想,这么一来的话,这个'幽灵'就不只是失去的手脚了,看到一个完整的人也是有可能的吧?"

"哎?"遥惊讶于雅人大胆的想法。

"在幻觉中看到了如同自己手足般重要的人……这样的事情也会有吧?"

"确实会有这种状况。在无法取代的丈夫或者妻子突然去世之后会产生这种幻觉。"

"还有自己的孩子啦……"

"是这样的。那种对自己来说无法取代的人突然因为意外、战争之类的原因去世之后,人很难马上接受这样的悲剧。"

"是啊,正是那样。"

"那个人的精神很有可能会崩溃啊。"

"确实如此。人的心就像薄薄的玻璃一样脆弱啊。"

当时,遥情不自禁地那样脱口而出了,现在回想起来,完全是那样啊。遥满腹感慨,她自己的精神现在也行将崩溃。

"是啊,所以我认为,在非常紧急的情况下,最终的人格防卫程序,就是幻肢。"

"哦,就像大学的许多走廊里都有灭火器一样。"

"我想是的。大家平时可能都不会注意它,但是脑已经悄悄地准备好了,一旦有紧急状况,就不至于让心防崩溃。"

"哦……"

"人脑里设置了防止心理崩溃的紧急救护系统,深爱的人去世以后,救护系统就会发挥作用,就会为了保护他而让他看到幻象,那个就是……"

"幽灵!"

"对!我是这么想的!"雅人兴奋地加强了语气。

"好有趣啊!"遥禁不住叫嚷道。

不过,雅人很快恢复了平静,淡淡地说道:

"自古以来大多数的'幽灵'事件都只有一个目击者,对吧?五个女孩子一起走在路上,全都同时看到了'幽灵',这样的事情我可从来没有听说过。"

"啊,确实是这样。"遥认同地点头。

"如果夏天节日里聚集在一起的人们,同时在柳树下面看到了传说中的女鬼阿岩的话,那说明那里确实有什么东西;如果只是一大群人中的一个人看到了,那么,将此事看作是目击者的脑运作出现了某种差错更为合理。"

"是啊,是这个道理。"遥说罢,微微一笑,"我觉得在节日里聚集在一起的民众面前,阿岩也不好意思出现啊。"

"嗯,所以我想,如果有人因为失去了非常重要的人,而得了心因性抑郁症痛苦不已且想自杀的话,可以故意让他看到'幽灵',使用这样的方法帮助他会怎么样呢?"

想起雅人的这些话,遥的心针扎般刺痛。

"这样做是为了治疗吗?"

"是的。为了治疗有特定原因的重度抑郁症患者。毕竟,人脑的幻肢程序是有个体差异的,并不是所有的人都能看到。"

"比如说灭火器陈旧且生锈不起作用了?"

"那种情况也会有。一旦发生失去手脚这么大的悲剧,脑和断肢附近的肌肉,想必就会惊慌失措地从'墙上'取下'灭火器'吧。如果当事人本人平安无事,不管是失去其多么深爱的人,也毕竟是他人,脑未必就会让他看到那个死者的身影。"

"哦……也就是说,为了治疗,有目的地给那个人看逝者的幻影?"

"正是如此。"雅人点头道。

"有肯定能让他看到的方法吗?"

"失去的亲人的影像储存在哪里呢?如果真是在左侧的外侧沟,那么就从这里拽出来给他看不就得了?"

"哎……怎么办到呢?"遥不禁笑了,"又不是电视机。"

"用电磁刺激啊。在抑郁症的治疗中使用的电磁,本是照射额叶的左侧和背外侧前额叶皮层使用的,若把它再稍稍往后移动,对准左侧的颞叶和额叶之间的沟,电磁可以使沟附近活跃起来,一定会有什么东西从其中跑出来。是神,是天使,是神光,还是音乐呢?具体会出来什么,这一点无论是怎样的研究者也无法确定,因为还没有人进行过那样详细的实验。在哪个位置收藏着什么样的记忆,谁也无法准确预测。"

"那就是'幽灵'啊……"遥轻叹道。

雅人听了,用力点了点头:

"是的,那就是'幽灵'。如果是'幽灵'的话,那么一定是……倒不能这么断言,应该是刚刚失去、记忆还十分鲜明、无法取代的那个人的身影吧。"

雅人坚定地看着遥的眼睛。

"如果能够找到一种方法让这些幻影出现在我们的脑海中,那么这种方法一定有益于治疗抑郁症。"雅人笃定地说道。

下　幻肢

1

遥在下午一点时赶到了学校。虽然时间充裕,吃个午饭也没有问题,但是她毫无胃口,便直接去上了社会学的课。下课后,她在操场边的长椅上坐了一会儿,让心情平静下来。她仰起头,碧空万里无云,是不可多得的好天气。冬日的阳光温柔地倾洒在肩头,只要像这样沐浴着阳光,她的心就会暂时安定下来。

遥打开挎包,翻开带来的脑外科参考书,仔细地审视功能分布图,牢牢记住中央沟和外侧沟的位置。然后她站起身来,把书放进包里,拄着拐杖朝 TMS 楼走去。

研究室和 TMS 治疗室里都不见宫泽教授的身影,助手森川独自迎接了她。不等遥开口,他抢先说出了她想知道的事:

"宫泽老师去御茶水参加学会了。不过不要紧,关于丝永同学的症状,我经常听老师说,知道如何操作,不用担心。"

他用左手示意遥坐到治疗用的椅子上。遥心领神会地点了点头,然后朝着椅子走过去,坐了下来。森川伸手把拐杖接过来,把它靠在一旁的墙边。遥把挎包放到了椅子下面。

在他往遥的额头上放置电磁照射器材时,遥为了方便治疗,把刘海撩了起来。

助手森川问道:

"丝永同学,今天身体的状态怎么样?"

"今天早上又有点复发。"遥慎重地答道。

"哎?"他像是十分意外,惊讶地抬起头看着遥,"是吗?"

"是的,眼泪不住地流,早饭完全吃不下。"

"啊,是吗?"森川有些疑惑,"看上去好像进展挺顺利的啊。"

他想了想又问:

"今天做多长时间呢?三十分钟左右还是……"

"请尽可能地多给我做一会儿吧。"遥想都没想便脱口而出,"拜托了。"

"不过……"森川谨慎地说,"电磁刺激对有些人是不管用的,如果那样,长时间照射不但没有作用,反而……"

"不是的,森川老师。"遥急忙辩解,"对我是非常有效的,真的,只治疗一次就轻快了很多。效果好得连我自己都惊讶。但因为我的病是心因性的,今天早上想起了深受打击的事情,所以才复发了,并非 TMS 治疗对我无效,所以……"

"是吗?"他投来怀疑的目光。

遥眼神坚定地回答:

"我想做一个小时看看。"

"啊,这样……"他面露难色。

"拜托您了。"

"但是万一……"

"万一发生了什么事情,由我自己负责。"

"好吧,既然你都这么说了……"森川只好答应了。

电磁照射开始了,这感觉不坏。遥闭上了眼睛,等待着"咔嚓咔嚓"的照射声的间隔变短。不久,间隔变短了,"当"的一声,额叶开始受到连续且强烈的刺激。遥努力专注于自己精神世界发生的变化。

有一种回忆起来什么东西的感觉,她的眼前有什么东西闪现。那是她曾经见过的乡村风景:绿树成荫,还有穿过山间、蜿蜒而去的混凝土路。

她能听到雅人的声音,但那却不是什么重要的话,而是讨论吉祥寺街上的咖啡店和西餐厅的对话。

在吉祥寺的商厦地下,有一家叫红虎的中国餐厅。遥曾经和雅人一起在这家店里吃过白芝麻担担面和黑芝麻担担面。面吃了一半,两个人交换了大碗。结果雅人吃了一口,就瞪大了眼睛:

"黑芝麻的好吃呀!"他那样说过。

如今,那句话就在耳旁响起。

为什么会这样呢?那是因为遥当时感觉极其意外。她自己觉得白芝麻的好吃,听到雅人说出相反的感想,非常吃惊。于是遥说:

"是吗？我喜欢白芝麻的。"

雅人只是笑笑。从那以后，一进红虎，遥就要白芝麻担担面，雅人就吃黑芝麻担担面。

这都是些无关紧要的事情。遥想起来的只是两人之间的芝麻小事。她苦笑起来。

"状态好像不错啊。"

遥听到另一个男人的声音，睁开眼睛一看，森川站在一旁。他看到了遥嘴角浮现的笑容。

"啊，嗯。"遥含糊地答道。

"我去办点儿事，行吗？想去外科的花田医生那里一趟，一会儿就回来。"

"啊，好的，没问题。"遥立即回应道。

"一个人会不会觉得不安？"

"不要紧，没问题的。"遥十分笃定地答道。

"明白了，那一会儿见。"

说完，森川转身离开了TMS治疗室。

一面沐浴着电磁照射，一面微微侧过脸，遥用右眼的余光看到门慢慢地关上了，从门左侧的窗户上，能看到操作盘的椅子，上面没人。这样的景象，遥觉得就像是无人驾驶的电车进了月台一样。

估计森川差不多走到走廊的时候，遥把电磁的照射线圈慢慢地移向后方，左手拿着线圈，右手将头发往上拢并支撑住。

她闭上眼睛,在脑海里描绘出刚才坐在校园的长椅上努力记住的脑功能分布图。外侧沟位于颞叶和前额叶的交界处,基本是按水平方向横向分布,后部微微向斜上方挑起。

遥把线圈往外侧沟的入口附近移动了一下,这样电磁就能照到沟上了。可以的话,她很想把照射的程度调得轻缓一些,突然剧烈的照射很恐怖。但是,在患者的位置上是无法调整照射的程度的。遥把往上撩头发的右手放了下来,头发落在线圈上面。

按着线圈的左手颤抖起来。遥内心充满对背着医生做不能做的事情的内疚。也许一般人会害怕眼前突然跳出什么可怕的东西来,但遥想看的,想见到的,是逝去的恋人的身影,绝不是什么可怕的东西。

带着这种紧张的情绪,遥紧紧地闭上了眼睛。眼睑的肌肉似乎非常疲劳。接着,遥下定了决心,缓缓睁开双眼。

她的视线所及之处当然是 TMS 治疗室,什么也没有,谁都没看到。和平常一样,她能看见房间,治疗室一览无余,但是没有发生任何奇怪的事情。她没有看到和平时不同的东西。

要返回背外侧前额叶皮层 DLPFC 的位置吗?不断地这样犹豫着,遥继续把电磁对着外侧沟。她的心跳越来越快,恐惧感冲上心头,全身都颤抖起来。

她的眼睛不断地开合,但是不可思议的是什么都没有发生。闭上眼睛之际,遥对自己的想法也进行了查验,发现并没有浮现出什么和平常不同的想法。听着心脏怦怦地乱跳,她知道自己非常紧张,但是仅此而已。

"什么嘛……"

遥渐渐失望,发出这样的叹息。

什么都没有发生,遥觉得自己白白紧张了一场,颇有些沮丧。

"什么都看不见呀!雅人。"遥喃喃地说道。

遥把线圈继续又往后脑勺的方向移动了一下。这不是什么别出心裁的行为,只是支撑线圈的左手过于疲惫,情不自禁地这样做而已。

"不要往后面放!"

遥突然清清楚楚地听到了一个男人的声音。由于声音近在咫尺,遥吓了一跳,怀疑是森川回来了,但那不是森川的声音。

"因为那边是二重身①的领域。"

听到这样的提醒后,遥慌忙把线圈放回前额叶的位置上,好像是被宫泽教授批评了似的。这么昂贵的器材被学生随心所欲地使用,而且还是被遥别有用心地使用。

"雅人……"遥失声叫道。

她环顾房间,房间里没有人。她看了看门,门也没有被打开。窗户边的操作盘那里没有人,森川没有回来。

她听到了雅人的声音,很突然,很清晰,仿佛他就在她的身

---

① 二重身又叫分身幻觉,是一种心理学现象,指一个人在现实生活中自己看见自己。心理学家将二重身解释为一种心理幻觉——自窥现象。也有一种观点认为,二重身指的是隐藏在每个人心灵中的另一个看不见的自我。

旁,弯着腰在她的耳边私语,但是,她的身旁没有人。

"这是'幽灵'吗?"遥想,"不见身影,只能听见声音。'幽灵'的实态就是这样的吗?"

而且,她刚才听到的话也意义不明。那个"二重身"又是什么呢?是她想起了雅人曾经说过的话吗?刚才发生在她身上的是她恢复的记忆吗?难道她想起的只是概略,听谁说的却忘记了?

她无法再想下去,"二重身"这个词语确实是听谁说过的,但是她既不明白那话的意思,也无法确认是从雅人嘴里听到的,如果是从雅人那里听到的,那么它的意思她也应该问过。

遥把线圈重新放置到前额叶的位置上。DLPFC的正确位置,遥已经烂熟于心了,因为她已经照射过好几次了。背外侧前额叶皮层受到敲击,这个刺激也一如往常,她恢复了正常的抑郁症治疗。

但是,森川迟迟不回来。她没想到这件据说很昂贵的医疗设备的管理竟然这么松懈,一直被这么放着不管。于是遥又持续照射前额叶左侧三十分钟。

"啊,不好意思。"有说话声传来。

遥往门那边一看,门开了一条缝,露出森川的脸。

"没想到花田医生那边的工作会花那么长时间,没什么问题吧?"

"没有。"为了让森川放心,遥立刻回答道。

她希望今后也能像今天这样,让她一个人待着。这个治疗原本就很昂贵,如果让她免费做的话,她不想让森川有什么负担。

"没问题的,今后您也让我这样一个人待着就行。"

"不好,这样说不会被看透企图吧?"遥后悔失言。

"已经到时间了,我要把它停下了啊。"森川道。

"好的。"遥愉快地回应。

遥轻松的心情不是装出来的,这是治疗的效果。心情愉悦,是血液循环恢复畅通了。

2

走出 TMS 楼,遥拄着拐杖,施施而行。走廊的前方是特殊研究室。这里现在已经不再使用了,直到去年,这里还被称为尖端生命医学科学研究室,为细胞初始化小组所使用。

雅人特别喜欢这样的研究。他主动接近小组负责人,天天泡在这里。能够顺利毕业,进入这样的小组工作,是雅人的梦想。

遥也曾经被雅人带着来过这个研究室。研究室的架子上一字排开的试剂瓶,给人一种走进了最尖端的生命医学研究室的感觉,让人憧憬。但是,因为要维持几乎无菌的状态,所以进入研究室之前的消毒程序很烦琐,所以她并不想常来。

遥有些怀念那些日子。她打开了研究室的门。如今,这里已经被废弃了。排列无序的不锈钢水槽的底部,随意地放着烧瓶和烧杯,上面盖上了一层白色灰尘。

墙边落满白色灰尘的桌子上,也放着烧瓶、烧杯和吸液管等器具,这一切都被一层薄薄的尘埃覆盖。已经停用的大大小小的冰箱的门开合不一,贴着放射线管理区域黄色封条的房间门也半开着。

遥呆立良久,环顾四周,恍然觉得自己仿佛身处梦想战场的遗址。去年,聚集于此的研究人员还在为梦想而燃烧青春呢。他们虽然没有豪言壮语,但是频繁地在《科学》杂志上发表着论文,鼓着劲儿,向诺贝尔奖前进着。

一段时间内,他们曾获准在这里进行试验性活动,但是最终因为没有出现杰出的人才,也没有突出的业绩,而被中断了经费。遥听雅人这样说过。后来,研究员们就分散到各地的大学和民间研究所去了,直到现在,还没有一个混出名堂的研究员。

"啊!"

遥的目光停在了桌面的一点上。在一堆空烧瓶和空烧杯后面,架子下方,有一个淡茶色的小笔记本被孤零零地遗弃在那里。引起遥注意的,是笔记本封面上手写的"幻肢"二字。

遥在椅子上坐下来,把包放到桌子上,手穿过瓶瓶罐罐的空隙,拿起笔记本,轻轻翻开。笔记本的第一页,贴着一张密密麻麻写满很小的外文字母的印刷品复印件。遥凑到近前,想读一下。

令人吃惊的是她完全读不懂,她不认识那些单词。陌生的文字连成一串,遥的脑力无法企及。那不是英文。

"是德语吗？"遥嘟哝道。

遥将本子翻来翻去，也没有发现日语的影子，只有一篇英语报道，她勉勉强强能读懂，除此之外，没有一处是一看就能明白的。太阳开始偏西，房间里的光线暗下来，屋里也没有灯光照亮。在光线昏暗、手边没有词典的情况下，读这么小的外文字母，着实让人头疼。

遥合上本子，正犹豫该如何处理这本笔记本时，忽然发现笔记本封面下端用很小的字写着一个名字"M Kanbara"。是雅人的！她想，既然是这样的话，她拿走也没有关系吧。她隐隐约约也有这种感觉——这个房间曾经的研究员当中，或许没有人是研究"幻肢"的。

遥把笔记本放进包里，站起身来。就在这个时候，"咔嚓"一声，有玻璃破碎的声音在脚边响起。

"啊，糟糕！"遥叫道。拄着拐杖的她，没法像平时那样行动自如，在往身边拽包的时候，把桌上的一个烧瓶拂到了地上。

"对不起。"遥一边没有对象地道歉，一边蹲到地上，用手收拢玻璃碎片。她把小碎片都放到最大的玻璃碎片上，再把它们都放到桌上。就在此时，"叮"的一声，一个高尖的金属音响彻整个房间。那声音太大，使得桌子上摆放的无数个玻璃器皿都跟着一起共振起来。

遥有一种想捂住耳朵的冲动，她忍耐着站起身来，响声停了下来。她急忙环顾四周。

屋里没有人,什么人都没有。没有任何能发出声响的东西。废弃的研究室里一片寂静,只有遥一个人。金属质的异音是在她的脑海中响起的吗?

将视线落回到桌子上,遥吃惊地叫出了声。她的眼前出现了一个奇怪的东西。

在光线昏暗的桌子上摆着一个烧瓶,里面有一个不可思议的东西——那是一个活物。透明的薄薄玻璃容器底部,有一个类似生物的东西。

"赫蒙克鲁斯?"遥呆呆地站着,自言自语道。

玻璃瓶的底部,一个小人儿赫然而立。

"遥。"

这时,她听到有人在呼唤她的名字。

"哎……"她回应着,四处寻找声音的主人。

"刚才是在叫我的名字吗?"她一边问,一边东张西望地寻找。

"遥。"

对方没有回答,只是又喊了一声她的名字。那是一个男人的声音。

"在这里啊!"男人的声音有些颤抖。

遥十分惊讶,蹲在地板上找。搜寻未果,她又将视线往桌上移去。直觉告诉她,那声音是从烧瓶里传出来的。

那个声音听起来很亲切,并未带给她恐惧感。

然而下一秒,她的头发简直要竖起来了。因为她发现,在眼前烧瓶的瓶底,站着一个和食指差不多大的男人。

"雅人……"遥低声惊叫道。

她赶紧回过头去看了看后面,又惊慌失措地环顾四周。没有其他人。研究室里依然寂静无声。

黑色打底毛衣外面套着一件灰色粗花呢夹克,下身穿着一条比上衣颜色稍深的灰色裤子——雅人正悄然站在烧瓶的瓶底,一直在盯着遥看。

"雅人……是雅人吗?为什么要在那里面?怎么会在那样的地方呢?"

"不知道啊。"雅人用略显尖锐的声音说道。

他并不是故意用这种声音说话,而是因为这声音适合他身体现在的状况。那声音就像从远处打来的电话里的声音一样,音色发生了一点儿变化。

对一直站在那里的他身上穿的衣服,遥是有印象的。她曾经和穿着这身衣服的雅人多次走在吉祥寺的街道上。

"我不明白啊。"雅人又一次说道。

声音在穿过上方细长的玻璃筒时,有轻微的回声。

"雅人!雅人!"遥陷入恐慌,边叫边将脸凑近,"我该怎么办?……"

她极度混乱的脑袋里,发出了这样的声音。

"怎么办呢?告诉我,我该怎么办才好呢?"遥拼命地问道。

"不知道啊。"雅人站在玻璃空间里,发出悠闲的声音。

"先回家吧,回到你的公寓里。"他说道。

"哎?"

遥有些意外,不过马上又改变想法:

"好的。"

于是她把装着恋人的烧瓶缓缓拿起来,轻轻放进挎包,然后慢慢地穿过左臂拿起包。

"这样可以吗?不要紧吧?"遥向着包低声问道。

"嗯。"

听到雅人那样回答,她才放心地把包背到肩上。

遥拄着拐杖,动作笨拙地缓缓前行。她小心地注意着自己的包,尽量不让它晃动。她穿过走廊,走出了医科大的大门。

遥拄着拐杖走路原本就要花费很长时间,现在又要小心包里面的烧瓶,所以要花更多的时间在路上。

她走出校门,下了石阶,沿着林荫道前行。

"雅人,你要不要紧?难不难受?"因为周围没有人,遥边走边问道。

"不要紧。"包里传出雅人很小的声音。

她往左边一拐,继续往前走,前面就是公交车站了。到吉祥寺站只有三个小停车点,也有公交车可以坐。虽然恐惧,但是对拄拐杖的人来说,即使路程再短,坐公交车也优于步行。

遥有些犹豫是否等公交车。她怕在公交车里,周围站着人,没法跟雅人说话。她刚刚走到公交车站,就听见一阵引擎声,恰好有一辆公交车到站。公交车从后面驶到遥的身边，停了下来。除了遥，站在小小的候车亭中等车的只有一位中年男子。

遥上车后，用乘车卡付了钱，很幸运，有一个单人座是空着的。她慢慢地坐下，把拐杖和挎包放在腿上抱着。司机从后视镜里观察着车内情况，等遥坐下后才开车。遥的心里满是感激。

"雅人，你没事吧？"遥对着包口小声问道。

"没事的。"雅人的声音从包底传来。

"TMS治疗怎么样？电磁刺激有效果吗？"雅人问道。

"嗯，很好啊，好多了。"遥拿起包，将脸靠近包口，小声说道。

公交车内充满了柴油引擎的声音，这样说话也比较容易。遥可不想被周围的人听到，尤其是不能让别人听到雅人的声音。

"但是，最重要的是雅人呀。"遥认真地说道。

"我吗？"

雅人的声音听起来似乎有些诧异。

"嗯，能见到雅人比什么都重要。"遥把嘴巴伸进包里，低声说道。

她想起了中学时代饲养的花栗鼠。那个时候，她也曾这样将装着花栗鼠的塑料盒放进包里，小心翼翼地搬运，也是这样将嘴巴凑近挎包说话的。

"能见到遥，我也很高兴啊！"

"雅人说的方法都很对呀。"

"为什么？"雅人有些疑惑。

"TMS的电磁照射、刺激DLPFC部位等治疗方法都很有效，不过，比那些更加有效的是呼唤幻肢的治疗方法。"

"啊，是吗？"雅人道。

"你明明知道嘛。"遥心想。

"嗯，很有效果，心情会好起来。那种欢欣鼓舞的感觉比什么都好啊。"

"嗯，人的疾病中有七成可能是医源性疾病。"雅人道。

"医源性疾病？"

"嗯。"

对遥来说，这可是个前所未闻的词语。

"还有那样的疾病吗？"

"嗯。"

"是什么意思呢？"遥问道。

这时，公交车停下了，但是没有人上车，也没有人下车，车又马上开动起来。

"就是说，有些用来治疗疾病的药物，有时候会加重病情，甚至还会导致患者患上新的疾病。听说有的癌症治疗也许会加速癌症患者的死亡。有些人是这么认为的。"雅人道。

"啊，这种案例我也听说过。听说有人问治疗癌症的医生，如果你自己得了癌症的话，你会使用抗癌剂吗？半数以上的医生回答自己不会用。我听到的是那样说的，不知道是不是真的……"

"大概是真的吧。药物应该最小限度地使用。那些药对一直没有用过它们的人是有效的,但是对每天大把吃药的老年人会怎样呢?副作用很多,有些药物还会彼此相克。"

"但是,医生也不能不开药啊。"作为医学院学生,遥对那种否定医疗的意见是无法赞成的。

"嗯,但是,也存在利益关系的问题啊。"

"利益关系?"

"嗯,是的。有些医生开药,会得到相应的回扣。"

"日本人是很相信药物的,他们只肯把钱付给药物啊。许多人说:只用语言治病,他们是不想付钱的。"

"嗯。其实不开药的治疗也很重要的。"

"如果不用药物,而用TMS那样有效的治疗方法就好了。应该让类似的非药物疗法得到更广泛的普及。"

"这就是最大的问题。"雅人回答道,"如果新式治疗普及了的话,许多药可就卖不出去了。那样的话,相关利益方就会有很大的损失。"

"啊,是吗?"

"药物的销售额每年都是非常庞大的数字啊。"

"嗯。"

"那些相关的治疗方法和研究,估计也都会被摧毁了。"

"哦……"

"也有人说,断食三天,七成疾病都会好了。"雅人道。

"那是什么啊?宗教吗?"

遥这么一问,雅人轻轻笑了:

"不是宗教啊,是正儿八经的医生说的,人在饥饿的状态下,自愈能力是会上升的。"

"是吗?"

"然后,比较重要的就是遥刚才所说的那个了,每天快快乐乐的,笑口常开、心怀感恩都对健康有利,锻炼身体也很重要。"

"锻炼身体?"

"嗯,步行也是很重要的运动方式。脚是人的第二心脏,身体的大半部分都在心脏以下的位置。步行时,肌肉的运动会使血液重新返回心脏。通过步行,病情会得到很大改善,有时效果比使用药物还好。这就是我的意见。"

"啊,这个我明白。"遥点点头,轻吻瓶口。

她抬头看向车窗外,吉祥寺车站越来越近了。

"我说,雅人。"

"什么?"

"我是不是做了对不起雅人的事情?一定是这样吧?我知道的。但是,因为记忆障碍,我想不起来了。"

谁知,她再也没有听到雅人的回话。

"虽然很害怕,但我还是想努力回忆起来,并且认真向你道歉。"

包里的雅人沉默着。

"喂,雅人。"遥喊道。

然而,他没有回答。

"雅人!雅人!"遥有些急了,"你生气了吗?"

遥将嘴巴靠近包口,低声呼唤着。但是,包里依然没有回音。

公交车停下了。随着"咻"的一声响,车门开了,终点到了。乘客们纷纷站了起来,从开着的车门流入站前小道。

遥没有办法,也站了起来。她把挎包慢慢地挎到肩上,拿起了拐杖,然后跟着车内已排起队准备下车的人群,向下车门走去。

遥下了车,来到人行道上,已是黄昏时分。熙熙攘攘的人们行色匆匆,挤在人群中的遥也拼命地加快速度走着。竭尽全力加快速度的同时,她依然努力不让挎包摇动,同时小心地避免从后面赶超到前面去的人撞到她腋下的挎包。

她向着西荻方向前进,在车站的拐弯处右转。这里是铁架桥下,虽然光线更加昏暗,但是人流减少了一些。有一些人靠在墙边站着,好像在等人的样子。遥以前也经常在这里等雅人。

遥找到一个没有人的地方,靠到墙上,将拐杖也靠在墙上,慢慢地把挎包从肩上卸下来,小心捧着。她战战兢兢地将右手伸进去,把烧瓶从里面拿出来,置于眼前。

站内的荧光灯照到了烧瓶的底部。

"啊!"遥叫出了声。

那里面已经没人了。雅人不见了。透明的玻璃瓶中空荡荡的。

"雅人!"她不禁喊出声,可是没有回应。周围只有城市刺耳的喧嚣。

她蹲下身来,把烧瓶轻轻地放到混凝土铺成的地面上,把挎包口完全打开,往中间窥视。然而,那里面一无所有,不见人影。雅人已经消失了。

3

一回到井之头公园站前的公寓里,遥便将空了的烧瓶放到餐桌上,凝视着它。她一边看一边琢磨,觉得雅人说不定还会再回来。可是,她就这样凝视了一个小时,也没有再见到他的身影。

遥喝了在便利店买的纸盒装果汁,又喝了日本茶,然后上了床。她将烧瓶拿到床头柜上,关掉灯之后,打开床头柜上的小灯,照亮烧瓶的底部。她就这样看着烧瓶,直到睡着。然而,雅人始终没有回到瓶中。

不知不觉睡着了的遥,突然从睡梦中醒来,蓦然发现房间里还亮着灯。她急忙坐起身,使劲儿睁开沉重的眼皮,看了看烧瓶,可是里面依然没有雅人的身影,玻璃瓶里空空如也。遥失望地倒在床上。

随着头脑越来越清醒,她认真思考起来。她的脑状态还不错,回头想想,原来一觉睡到了早上六点。虽然睡得不是很深,但是也没有半夜醒来。

遥用速溶汤当早餐,又喝了咖啡,本想再吃片面包,却无论如何也吃不下去了。闹钟显示此时是六点五十五分。她围上围巾,包得很暖和,然后出了门。遥犹豫了一下,没有拿烧瓶。因为她还抱着一丝侥幸,雅人说不定还会回到这里面来。

遥拄着拐杖穿过公园,慢慢地走着,在池畔闲逛。她回忆着昨天雅人说的那些话,像老牛反刍饲料一样,一一回味。医源性疾病,药物,医学界的巨大利益……

遥一直没有考虑过这些问题。别人指出医生世界里的这些庸俗之处,就像否定她在医学之路上的努力一样,使她反感。因此这样的知识在她脑袋里原本是不存在的,是现身的雅人的幻影将这些告诉了她。也就是说,这样的信息是作为未知内容,从外面传来的。她的颞叶创造出的幻影教给了她未曾拥有过的知识。

遥因为拄着拐杖,所以走得很慢。虽然她选了艳阳高照的路,但是因为时间尚早,依旧乍暖还寒。从七井桥到公园小道的斜坡,她足足花了一个小时。上班族渐渐多了起来,他们迈着匆忙的脚步从桥的后方追赶上来。七点的城市公园和八点的城市公园,完全是两个不同的世界。

遥尽可能地沿着路边走,以免挡住别人前进的步伐。走路可是件大事啊。昨天雅人也说过,步行有利于疾病的康复。她很快就要开始进行康复训练了,而这样的步行正是准备工作。

遥到了大学,上完课,因为没有食欲,午餐就没吃,喝了点红茶,然后上完了下午的课。遥向 TMS 楼走去。今天宫泽教授和森川都在,因为两人没有离开过 TMS 的操作盘,所以她也没能找到机会用电磁照射外侧沟。

治疗结束后,遥走进休息室,彩已经来了。于是她同森川、彩三个人一起去了康复训练室。森川把一位叫中泽的外科医生介绍给遥。在中泽医生的指导下,遥进行了一个小时左右的步行训练。

接着,她又挂上拐杖,和彩并肩踏上归途。她们出了大学校门,穿行在绿荫道上。

"那个还要用吗?"彩指着拐杖问道。遥点了点头。一时半会儿还是离不开它,不用它就没有勇气走路。

"但是,刚拿到拐杖的时候,你可是说过,如果努力的话,不用这玩意儿也能大步走啊!"彩提醒道。

"啊,也许是那样吧,不过,从那之后发生了很多事,人也变得脆弱了。"遥平静地答道。

公交车姗姗而来,两人上了车。遥觉得,乘坐公交车时,旁边有个人陪着,心里踏实多了。这和一个人坐车的心情完全不一样。幸运的是还有一个空着的双人座。

"你感觉好吗?"坐在一旁的彩问道。

"嗯,挺好的。"遥应答道。这是真的。

公交车到达站前,也许是因为精神状态变好了,遥忽然有了久违的食欲,于是她邀请彩去了HARMONIKA风情街旁边的比目鱼意大利面餐馆。虽然这家店在地下,需要下台阶,遥却没有先前的那种恐惧感。她将拐杖递给了彩,扶着彩的肩,慢慢地走下楼梯。她明白自己正在恢复。不知是不是刚才的康复训练起了作用,她感觉到一种久违的愉悦。

彩也说过,能真实感觉到TMS治疗的效果。遥把培根蛋面全都吃完了,这太让人惊讶了。饭后,她又要了一杯咖啡,跟彩说了一会儿话。这段时间,她感到了久违的快乐。

但是,也许是因为没能用电磁照射外侧沟的缘故吧,视野里没有出现任何特别的东西。

第二天,机会来了。宫泽教授出门了,只剩下助手森川一个人。森川在照射开始之后没多久就去了外科。遥谨慎地等了一会儿,然后缓缓将线圈往后方的颞叶方向挪动。

机关枪一样的敲击声有规律地时断时续。遥对这声音的恐惧感已经消失了,擅自把它对准颞叶照射,也不像以前那么害怕了。她已经习惯了这种刺激。遥闭上眼睛,让电磁继续照射外侧沟。

忽然,睡意袭来,她就像被打了麻醉针一样,眼皮十分沉重。她闭上眼睛,将身体交给睡意。她觉得自己整个人变成了一段漂浮在海底的浮木。

她仿佛被海水推着后背,缓缓地漂流,眼前是无垠的海藻群,还有斑斓的阳光。

脚下缓缓移动的那些光景,以及被水推着行进的自己,就像是映在一个隐形相机里,遥的眼里一直能看到。她仰头往上看时,阳光从水波摇曳的水面上照下来,像透过树丛般,斑斓地照射在她的脸上。

群生的水草伸出无数枝叶,缓缓地缠绕在遥的腿上。那是让人沉睡的海藻,缠到小腿上,慢慢地将遥诱至海底。这是一种让人永远无法醒来的深眠,是将人拉向死亡的邀约。遥本能地意识到了这一点。

遥一方面全身放松委身于令人舒适的睡魔,另一方面却在内心的某个角落感到一种强烈的恐惧。不行!危险!这样下去很危险!她的内心有一个声音在大声警告她。停下来!不要继续漂流下去了!遥虽然想停下,却被陷阱所独有的危险的甜蜜诱惑继续套牢着。

"啊,对不起!对不起!"

森川的大嗓门儿把遥吓得慌乱地将线圈挪到了前方。

"啊,森川老师。"遥回过神儿来,赶紧招呼道。

"不要紧吧?没什么异常吧?"他有点不安地问。

"不要紧,完全没问题。"遥急忙答道。撒谎让她的心脏怦怦乱跳。

"对不起啊,我现在正在写论文。"森川像在找借口似的解释道,"找资料太费劲儿了。有些资料和器材,只有花田医生那里有。"

"完全没有问题。"遥急忙道,"没关系,我一个人完全可以。以后您也可以一直让我一个人待着,没事的。"她越说越来劲儿。

遥内心想着:"这样反而感恩不尽。"

"是吗?"森川说着,关上了门。

她又照了十分钟左右,治疗结束了。

遥拄着拐杖走进休息室,笑着鞠了一躬:

"谢谢您。"

见她状态不错,森川道:

"你的笑容多起来了啊。很美的笑脸。"

遥轻轻笑出了声。除此之外,她不知该如何回应,被称赞还是挺开心的。

"那么,稍后就要去中泽医生那里了。"

"是,我会去的。"遥回应道。

遥一个人去了康复训练室,和中泽医生一起认真地进行了训练,结束后又回到了走廊。

遥虽然在用拐杖,但是尽可能不让身体太依赖它,就这样走了一会儿。尽管内心还是不安,但她觉得自己不靠拐杖应该也能走了。

遥突然注意到走廊前面挂着的那个写着"特殊研究室"的牌子,她倒吸一口凉气。她明明完全没有想过,却还是下意识地来到这里,不知不觉地又回到这里。

她在门前停下,犹豫了一会儿,抓住门把手一转,猛地一推门,把手发出轻微的"吱呀"声,门被打开了。

遥站在门口,闻到一股淡淡的臭味。这是什么气味呢?大概是药剂的味道吧。她上次来的时候没有闻到,现在闻到这气味,是因为她身心都在康复、五官的功能都恢复了吗？抑或另有原因？但愿不是很严重的事情。

这里依然没有人的气息。她慢慢走进房间，反手关上了门。最前面的房间里空荡荡的，只有几把椅子。

遥往前直行，把半开着的拉门往左边一推，中央是一排不锈钢水槽。它的左右两边摆放着桌子。桌子的上方，左右两边的墙壁上都安装着成排的药品架，如今已被废弃。那上面摆着为数不多的瓶子，瓶子里面全都是空的，里面大概也装过有毒药品吧。

她在不锈钢水槽边转了一圈。桌子上放着的玻璃器具和上次来的时候一模一样，数量和摆放的位置没有任何变化。被遥弄碎、放在桌子上的烧瓶碎片也保持原样。被推到桌子下面、从桌子下面露出一半椅面的椅子，也原封不动地放着。

遥在水槽边转了一圈，打算返回一进门的那个房间。就在推拉门滑过轨道那一瞬间，她感到一阵剧烈的耳鸣，马上用两只手捂住了耳朵。

是窗外的风声吗？这是遥的第一反应。她呆立不动，怒吼的风声却越发变大了。那不是风的吼声，而是遥脑袋里产生的轰响。

那声音撼动大地，仿佛来自天涯海角，从她的脚下向其全身袭来。那样一种感觉在遥隐忍的静止中，无穷尽地变大了。那是无穷无尽、令人难以忍受的轰响。遥的身体仿佛也被摇动，随之颤动起来。她有一种想尖叫的念头。这是恐惧。她终于站不住了，"扑通"一声坐到了身旁的椅子上。那与其说是"坐"上，倒不如说是"摔"到了椅子上。

呜呜的耳鸣声拖着长长的尾音在遥的脑海中兴风作浪,如同一场暴风雨。闭上眼睛,捂起耳朵,咬紧牙关,遥强忍着脑海中的风暴。她用力咬着牙,脸不知不觉中俯向地面。

她突然回过神儿来,声音停止了,暴风雨消失了,只有"叮"的金属声在响着,轰鸣声被它替换掉了。

她依然捂着耳朵,双手无法拿开。这新换的声音也带着令人无法忍受的压迫感。她本以为这只是她的错觉,而它却没有消失的迹象。遥一直闭着眼睛,想让它尽快过去。

突然,声音戛然而止,她一下子轻松起来,愣了一会儿,长长吁了一口气,解放啦。她小心翼翼地把手从耳朵上移开,慢慢地抬起头。

不知为何,只见房间里面一片雪白。亮白的桌子、洁白的架子,还有皎白的椅子。那所有的白,都像闪耀着光辉。尘埃和污垢的黑斑都消失了,所有的一切都闪闪发光。虽然不明就里,但她眼前的世界确实变了。而且,前方白色椅子旁有一双鞋。

遥定睛细看,一点点地将视线抬高,她呆住了。一位年轻男子正一脸茫然地坐在对面的椅子上。

遥恍惚了,而他也是一副恍惚的神情。遥使劲儿睁大眼睛,脸颊和嘴唇上的肌肉反而完全松弛了。他不知道自己为什么会在这里,脸上满是诧异。

她想做点什么,但由于太茫然,她的身体动弹不得。

"雅人？"

遥用连低语都算不上的极其微小的声音轻轻地呼唤着。虽是问话，她却完全没有询问的意识，连询问的对象是谁都无法确定。她是在问对方，还是在问自己呢？

他好像没有听到。坐在前面的他，脸上没有出现丝毫变化。遥的问话没有造成半点儿影响。他带着不可思议的神情，继续坐在那里。

是雅人。雅人茫然地独坐在椅子上，缓缓地移动视线，看向这边。

但是，遥完全感觉不到任何被人盯着看的紧张感。因为他的眼睛虽然转向了这边，她却感觉不到他是在看自己，这跟被人注视的感觉有着微妙的差别。

雅人的视线过而不停，越过遥的头部，看向她背后的墙壁。

"雅人。"遥再一次呼唤道。

他依然没有反应。

"听不到吗？"遥喃喃低语道。

是听不见，还是看不见呢？不会吧？他不会把她给忘记了吧？

雅人无言，一直默不作声，像雕像一样坐着。遥不知道该怎么办才好，也一直坐着不动，默默无语。

两人相对而坐，在无限持续的死一样寂静的时间里。不可思议的是遥忘记了雅人的声音，准确地说，是她注意到自己忘记了他的声音。

雅人仿佛要开口,但她等来等去,他也没有出声。他说不了话。他想说话,但是因为自己的声音不存在,所以只是嘴巴一张一合地挣扎。坐在对面的遥深知他的困惑及其原因。

那是因为遥的缘故,她强烈地感应到了这一点。因为遥忘记了雅人的声音,所以他无法发出声音。要发出什么样的声音、多大音量,遥无法想象。这是因为遥把他的声音给忘记了。雅人曾经是什么样的声音呢?在近似悲哀的混乱之中,遥感到不知所措。

"雅人的声音不是昨天才听到过吗?"遥努力回忆着。但是,那是不一样的。那个声音听起来细小且遥远,像电话里的声音一样。因为那是穿过烧瓶细细的瓶颈发出来的,不像是雅人正常的声音。那声音感觉稍稍有一点儿尖锐。

虽然她昨天完全没想过有什么不可思议之处,但是那并不是雅人的声音,或者应该说,声音实际并不存在,她是在和自己的大脑说话,那只是信号声而已。

"雅人。"

遥再一次喊他名字的时候,雅人没有回答,而是站了起来,从遥的身旁走过,打开门,走到了走廊上。

遥也慌忙站起来,追着他来到走廊上,拄着拐杖拼命地往前走,想跟上他渐渐走远的身影。

4

雅人快步往前走,遥拄着拐杖,拼命地在后面追赶。跟烧瓶里的赫蒙克鲁斯一样,雅人穿着肘部缝着一块皮革的灰色粗花呢外套,里面是一件黑色的针织衫,下身穿一条近似黑色的深灰色裤子。

他一开始走得很快,后来渐渐放慢了脚步,拄着拐杖的遥也总算能跟得上了。

大学正门前的林荫道上,遥和雅人并肩而行。遥一边走,一边不住地看身旁雅人的侧脸。他却不看遥,只管向前走。

遥战战兢兢地靠近雅人,见雅人没有逃走,便放下心来,继而问道:

"喂,你知道我是谁吗?"

奇迹出现了。遥未曾期待的事情发生了,雅人对她的话做出了反应,身体慢慢转向遥,微微点了点头。

"哇!能听到啊。"遥高兴得不知该说什么。

两人继续并肩默默前行,前方的巴士大道越来越近了。

"雅人。"

她喊他的名字,见他没有反应,便又喊道:

"雅人!雅人!"

雅人慢慢地看向遥。

"从这里到车站,是坐公交车,还是步行?"

雅人缓缓地点了点头。

"步行对吧？好，那就步行。"

遥拽了拽他上衣的袖子。

"不过到车站还有一段距离。"遥边走边对雅人说道。

他们在十字路口处左转，走在人行道上。

"还是步行好啊。"

遥边说边低下头，不知不觉地笑出了声。她抬头看雅人，他虽然没有笑，表情却有所缓和。

"不知为什么，有点儿难以置信呢。"她又看了看雅人的脸，"我们还能这样一起并肩前行。"

她望着前方，微风轻轻吹拂着她的秀发，脖颈处有些凉意，但她不觉得这有什么。

"喂，雅人，难道你没觉得不可思议吗？"

他没有回答。

"喂，你没法说话吗？雅人。"

只见雅人微微一笑。

"单向交流啊，唉，没办法啊。"遥说完，又轻轻地笑了起来，"不过，能这样见到你，我已经非常满足了。"

人行道的前方，一位中年男子正在向这边走来。

"刚才我就知道雅人会选步行呢。毕竟我们从大学回来的时候，总是在这里散步，一次公交车也没坐过呢。坐公交车总是在我自己一个人的时候，或者是和彩在一起的时候。"

雅人没有回答。

"和雅人在一起的时候,总是步行啊。"

前方的行人渐渐走近,遥觉得对方会撞到雅人,于是她拽着雅人的衣袖,把他拽向自己这边,自己则靠在护栏旁边。

"喂,再往我这边靠一下,雅人,要跟对面的人撞到了啊。"

说到这里,遥忽然站住了。她胸口的某个部位一阵剧痛,脚无法动弹。

这时,对面的男子从她身旁走过,擦肩而过之际,他用奇怪的眼神看了看遥。

遥一动不动地站着,被自己所说的话打垮了,完全不明白其中的原因,只是站着不动。她茫然若失,缓缓弯下腰,忍耐着心脏的疼痛。

这是为什么呢?原因不明。原本是想开个玩笑的,却意外地伤害了自己。

但是,她想走下去。不管怎样,她想走起来,止步不前将会非常危险。她突然被来路不明的打击绊住了脚步,如果就此止步的话,好不容易治好的抑郁症又会复发,而且又会被雅人丢下。

她这么想着,抬起头来,发现雅人正站着不动,一直在等着她。

"你在等我啊。"遥兴奋地大声说道,"谢谢啊。"

她拉起雅人的左臂。不可思议的是她能清晰地感受到雅人的手的触感,就像接触活生生的男性一样,她能感觉到两手相握的温暖。

"雅人，你真体贴啊，我们可以这样挽着手吗？"

雅人应声点头。

"好开心！"遥喜不自禁。

两人挽着手走在人行道上，渐渐到了吉祥寺车站。左边是淀桥大型摄影器材店，右边是宠物店，再往前走就是星巴克咖啡了，紧挨着它的是花旗银行的 ATM 机。经过这些店铺之后，就到了吉祥寺北门的站前转盘了。

他们走进车站，因为人变多了，遥拼命拉着雅人坐上了上行的扶梯，下了扶梯，朝着井之头公园线的检票口走去。闷得热臭的人群中，她忽然注意到一件奇怪的事情。雅人是没有任何气味的。雅人不吸烟，所以原本就没有吸烟者身上散发出的那种烟臭味。但是，原先的雅人身上也并非完全没有气味。可是此刻，遥却完全没有闻到。

雅人的气味是什么样的来着？遥不安地搜索着记忆。不知为何，无论怎么努力，她还是回忆不起来。他人的气味这东西，只有直冲鼻腔的时候才会想起来：啊，是这样的啊。比如彩那会儿也是这样的。她的身上也没有什么异味。如果说彩有能让人闻到的气味，那便是香水味，或是沐浴之后的香波味。

遥猛然醒悟。她现在终于明白，刚才在人行道上擦肩而过的行人为什么会用奇怪的眼神看她。她恍然发现，现在的情形也是这样的。有几个擦肩而过的行人带着疑惑的表情，一边看她，一边从她身旁经过。原来他们是看不见雅人的。现在她的这个姿势本来就让人们觉得奇怪,何况刚才还出声地说话呢。也许他们觉得她是在自言自语吧。他们纳闷地看着她,或许在想:这个女孩在干吗?他们也许会觉得她是个罕见的拄着拐杖的醉鬼吧。

雅人并非真实存在,他是她的颞叶制造出来的"幽灵",所以并无气味。这就像他的声音一样,因为她没有具体地回想起来,所以也都不存在。而牵手的触感她记得非常清楚,所以这些都存在。原来如此。

他们顺着通往井之头线检票口的扶梯上行。遥小心翼翼地把雅人使劲儿往自己这边拉,以免他和别人相撞。这样做让她体会到强烈的幸福感。但是她自己也明白,之所以这样做,是因为自己心里十分清楚:如果雅人和行人相撞,行人就会穿过雅人的身体。

她不是想守护雅人,而是不想承认雅人是"幽灵",不想确认雅人是自己的脑创造出来的"幽灵"。她想把他当成活生生的人。

他们到了检票口前,周围不那么拥挤了。遥离开雅人的身体,掏出乘车卡,走近感应器一打卡,便走了进去,然后回过头去。

遥吃了一惊,雅人的身影不见了,消失了。

"雅人……"

遥茫然地站在检票口内。

"雅人,你在哪里?"遥不由自主地喃喃道。

检票口的外面没有雅人,只有朝这边汹涌而来的人群。一大群脸上毫无笑意的男人让遥感觉到一种强大的压迫感。

遥心生怯意,轻声嘟哝道:

"为什么呢?"

遥呆立了一会儿,眼泪禁不住涌了出来。

"还能再见到你吗?雅人。"

不要,不要就这样分别啊!遥的心里猛然冒出这种强烈的想法。她朝着左边的检票口快步走去,因为那里有车站的工作人员。

"我要出去,请让我出去!"遥几乎是喊着冲出了检票口,"雅人!雅人!"

遥一边喊着他的名字,一边在那里转来转去,搜寻他的身影。然而,哪里都没有恋人的身影。

她摇摇晃晃地下了楼梯,走过人行道,四处寻找雅人。等回过神儿来,她忽然意识到自己已经走到北门站前了。太阳已经落山,夜幕降临。

遥一直走到吉祥寺医科大学前面的公交车车站,才步履蹒跚地坐上了停在那里的公交车。

她返回学校,学校的正门已经关闭。她从医院的门转入学校内,穿过昏暗的走廊,走到了 TMS 楼。

遥连敲门都忘记了,开门一看,助手森川独自坐在那里。看见遥,他有些惊讶:

"啊?丝永同学,你不是回去了吗?"

"森川老师。"

遥说罢,便当场瘫倒在地,拐杖掉落发出很大的声音。她刚把手撑在地面上,泪水就喷涌而出了。

"怎……怎么了,丝永同学?"

森川吓了一跳,从椅子上站起身来,冲到她的身旁,半抱半扶地帮她站了起来,扶她在椅子上慢慢坐下。

"雅人出现了。"遥一边抽泣一边继续说,"雅人出现了,刚才和我一起走到了吉祥寺车站。"

"雅人?啊,是你那个已经去世的男朋友?"森川揣测道。

他好像连这些情况也已经从别人那里听说过了。

"对不起,森川老师,我把电磁对着颞叶照射过了,对着颞叶的外侧沟照射过。"

"啊?"森川突然发出了震惊的叫声,"颞叶?外侧沟?"

"是的。"遥索性坦白了。

"你为什么要这么做呢?"森川的语气里带着责备。

"雅人的……神原同学的研究中提到过,如果把电磁对准那里的话,就会出现神原同学的'幽灵',出现的概率很高。"

"啊?你这么任性,真让人伤脑筋啊!"森川的语气有些强硬。

"对不起。但是神原同学在做这样的研究,我很有兴趣……我做完之后发现,果然能再见到神原同学啊。他出现了,一直陪着我直到刚才。神原同学认为,那样的方法应该对治疗抑郁症、改善记忆障碍,都有很好的效果。"

"那么,你看见了?"森川问道。

"嗯,看见了。"

森川瞬间张口结舌,过了一会儿说道:

"你所说的外侧沟,是指那个叫心灵体验之脑的地方吧?"

"是的。但是他在吉祥寺的检票口附近突然消失了,我太难过了,无法忍受。"

"唉……"

森川叹了口气,沉默不语。

"对不起,是我任意妄为,非常抱歉!"

森川沉默了一会儿,然后说道:

"那么,其他方面有没有什么异常症状呢?比如偏头痛、恶心、眩晕,或者其他异常。"

"那些情况……嗯,没有。"遥一边回想自己的状态一边说道。

"你真有勇气啊。要是因此发生了什么不可挽回的事情可怎么办呢?"森川有些无奈。

"嗯。"遥低下了头。

"这样,你先在这里休息一会儿再走吧。宫泽老师已经回家了。"

"好的。"

"总之……"

他刚要说什么,遥打断了他的话,倾诉道:

"老师,拜托您了,再让我做一下TMS治疗吧。"

"啊,让你做……你是说再照射一下外侧沟吗?"森川问道。

"是的,那样的话,我就能再看到他了。"

"看到他?你的男朋友吗?"

"是的,请您不要禁止我,拜托了!"遥低下了头。

"啊,不,这个……还是和宫泽老师商量一下,好吗?这不是我一个人能决定的啊。"

"好的……"

"总之,明天来吧。要是不难受了的话,你先回去吧。一切都等明天再说吧。"森川道。

5

早上,遥从井之头线检票口走出来,尽量不依赖拐杖行走。她下了自动扶梯,在站内的通道上走着,打算去吉祥寺车站北门的公交车车站。

她已经没有那么需要拐杖了,虽然感觉不靠拐杖也不是不能走,但是因为依赖成习,身体记住了那种走路方式,如今离开它就感到害怕了。虽然如此,也并不是说她有了拐杖就不会摔倒。

遥抬起头,忍不住"啊"地叫了一声,只见雅人正走在前方。她加快脚步,死盯着那个穿粗花呢外套的后背,越过许多在她前面的人追过去。她拼命地伸出手,抓住了他的肩部,因为过于吃力,身体失去了平衡,差一点就要向前方倒下去。

她重新调整姿势,抬起头一看,一张陌生的脸正回头看着她。

"啊。"遥又叫了一声,低下头说道,"对不起,非常抱歉。"

那是一个陌生人,她认错人了。那男人重新转向前方,像是生气了一样,大步流星地离去。

遥呆立了一会儿,又慢慢地朝着站前的公交车停车点走去。

上完所有的课,遥去了 TMS 楼。她敲开门走进房间,宫泽教授在里面。宫泽教授向来都是说点儿什么轻松的话题或者随便问点儿什么轻松的事、笑着招呼她进屋的,可是今天的他,却一脸严肃,默不作声。助手森川神情窘迫,低着头,似乎正在查找什么东西。

宫泽教授用手示意她坐的不是 TMS 治疗的椅子,而是眼前的座位,这是有话要说的意思。他用责备的口吻问道:

"你已经不用拐杖就能走了,是吧?"

本来精神上就已经吃不消了,现在还被教授斥责,遥又悲伤起来,不禁泪水涟涟。

"是,我会努力,尽量不依赖这个……"说着,遥低下了头。

"我听森川君说,你在用电磁照射颞叶?"教授问话的语气十分严肃。

"是的,很抱歉……"遥用有气无力的声音答道。

不知为何,她想起今天早上在车站内认错人的那一瞬间。"为什么?"她心里这么想着,突然有一种强烈的悲痛袭来,泪水越过睫毛,从脸颊上滑落下去。

她真实而强烈地感到了一种孤独,没有人站在她这边,已经没有男人保护她了。

"也许你是怀着比较随意的心情那么做的,但是万一出了什么严重的事情,那可全都要我负责啊!"宫泽教授一字一顿地说道,"到时候不可能说是你自己随便做的,我不知道,那样是讲不通的。所有问题都是我监管不到位啊!"

"嗯,对不起。"

遥深深地鞠了一躬。

"你那可是连借口都算不上啊。"

"嗯。"

"也许连这台机器都不得不运回工厂去。"

"嗯。"

"你知道接受这个 TMS 治疗,如果走正规医院程序的话,得花多少钱吗?"

"嗯……不知道。"遥轻轻摇了摇头。

"照射一次要花费六万日元啊。"

"啊……"遥不知该说什么。

"费用非常高啊。因为你是我的学生,所以才给你行了个方便。如果你这么随便玩着用的话,那可就难办了。要是你不能认真治疗的话,以后我可就不让你用这台机器了。"

"老师,我不是玩着用的。"遥抬起溢满泪水的脸说道。

"不是玩?"宫泽教授反问道。

"是的,我是按照自己的方式用心学习的。我读了神原同学写的东西,关于外侧沟的……"

"外侧沟?"教授瞬间皱起眉头,"你说的是那个心灵体验之脑?"

"是的,他还没有写成论文。神原同学还剪下了德语科学杂志的新闻,制成了剪贴本。虽然没有完成论文,但是他生前经常跟我说这些,所以我对此也有浓厚的兴趣。这次因为和神原同学之间的关系,我也做了对不起他的事……不,虽然现在还没有想起来具体的事情,但是我想我一定是做了坏事。我想见到他,跟他当面道歉,但更重要的是我想继续他的研究。这次我想结合自己的体验,选择精神科专业,把这项研究认真地做下去。"

宫泽教授听后沉默了,过了好久,蹦出两个字:

"是吗?"

"是的。"遥用力点头。

"你说你想选择精神科专业?"

"是的。"

其实这个想法在她心中刚刚成型,就在刚才她才下定决心。入学时,她经常考虑的是临床专业、儿科专业,但是想到雅人的事,现在的遥觉得自己应该这么做了。

"虽然我现在还只是门外汉,决心也不算特别坚定,但是这份决心正在一点一点地确立。我对神经学和精神科专业很感兴趣。"

"哦……"

宫泽教授双臂抱在胸前,沉默了一会儿说道:

"那么,你看见神原同学了吗?"

"看见了。"她认真地点了点头。

"真的吗?"

"真的。"她又一次点了点头。

教授用怀疑的眼神看着遥。

遥从包里取出手帕,擦了擦眼睛,以坚定的眼神回望教授。不喜欢被怀疑的她,本来就没有撒谎。

"在哪里看见的?"

"在特别研究室,神原同学就在那里。就像神原同学自己曾经说过的那样,大部分'幽灵'现象都可以用'幻肢'的原理讲通,所以……"

"我知道啊。"宫泽教授打断了遥的话,"我也读过他的论文,是我指导的。我一直认为他的研究非常有价值。"

"是的,听说神原同学为了使自己的理论得到证实,也曾经用电磁刺激自己的脑,做过实验。"

"不,那只是彭菲尔德的电磁刺激,只是用电磁刺激进行跟踪体验彭菲尔德所研究的脑的赫蒙克鲁斯的存在。不过,神原同学确实是打算未来进行颞叶各部位的刺激的。"

"是的。所以现在我正在想,如果我能继续他的研究就好了。"

"啊,是吗?"

遥发现宫泽教授的语气稍微柔和了一些。面对一个未来想攻读自己专业的学生,他的心情应该不会太坏。遥偷偷揣测着。

"是的,我是认真的。虽然我也想再次见到他,这一点我不否认,不过我对医学的探究之心也是真的。"

宫泽教授把目光从遥身上移开,望着天花板,叹了口气:

"唉,算了,你现在还患有精神方面的疾病,我暂时就不责备你了。"

教授说完,遥松了一口气。她觉得自己已经从猜疑的视线中解放了。

"嗯,谢谢您。您是相信我了吗?"遥小心翼翼地问。

"这个嘛,你的出发点不是单纯的好奇和取乐,我暂且相信你吧。"

"谢谢您!老师,如果可以的话,我想继续做下去,很想得到您的允许。我能看见神原同学,很清楚地看见了。我们一起并肩散步,一直走到吉祥寺车站。"

"真的吗?"他的眉头又皱了起来。这一点,他似乎还没有完全相信。她想,烧瓶中出现的小雅人的事,还是先不要说了,也许会被认为是在撒谎。

"是的,是真的。但是在井之头线的检票口,我进去之后回头一看,发现神原同学已经消失了,所以……今天我也想再做做试试。"

遥说完,教授"嗯"了一声,抱起胳膊,沉默了好久。深思熟虑之后,他开口说道:

"那么,你的身体没出现什么问题吗?"

"是的,没有。"

"颞叶血流量的急速增减,是有可能让你看到幻象的。而且,血管的膨胀会压迫周边细胞,引起头疼、恶心之类的症状。那样的症状……"

遥赶紧摇了摇头。

"没有吗?"

"没有。不仅如此,就连抑郁症也减轻了。不仅是激活DLPFC,刺激颞叶的外侧沟所引起的视觉性体验也会对改善抑郁症起作用。我能清清楚楚地感觉到。"

"是吗?神原同学也是这么预测的。"教授说道。

"是的,我觉得这是正确的。"

"哦……"

教授又陷入了沉思。

"照射的时候感觉怎样?能看见什么?"

"没有。照射的过程中没有看到什么,刚结束也没有,什么特别的东西都没看见。我是在走出这里之后才看见的。"

"哦……照射结束后过了多长时间出现的?"

"有三十分钟吧,或许再稍微长一点儿……但是不到一个小时。"

"哦……是吗?"

"老师,拜托您了,请让我再照射一会儿电磁吧。我会写下报告来的,感觉像是会有所发现。我想把它当成我新的研究方向,认真地探究下去。"

"嗯……"

教授抱着胳膊,谨慎地点了点头。

"毕竟在做TMS治疗之前,你就说过在床边看到了小孩子的身影啊。"

"是的。"

"所以我担心你会有危险啊。"

"没问题的,我会努力的。"

"嗯,好吧!"他说道。

"可以做,不过今天只能做十五分钟啊。背外侧前额叶和颞叶,共照射十五分钟。这样可以吗?我不想突然给你很强烈的刺激。"

"好的。"遥用爽朗的声音回答道。

"好的,这样就可以。"

"要是出现什么异常,我会马上中止的。"

"好的。"

"首先是从弱一点儿的电磁开始,然后慢慢加强。我想循序渐进地做。"

"好的。"

"在照射的过程中,如果看到什么异常的东西,请马上告诉我,我会在你身旁的。"

"好的,拜托您了。"遥道。

6

走出TMS治疗室,遥在走廊里缓慢地走着,将四周各个方位看了个遍,寻找雅人的身影。

她虽然还用着拐杖,但是尽量不依赖它。她缓慢地在走廊中走着,搜寻雅人的身影,但是她没有遇到雅人。她不知不觉地走向特殊研究室,等到反应过来时,已经站在研究室的门前了。

她握住门把手一拧,犹豫片刻,然后放开把手,打开了门。门把手发出细微的吱呀声。

遥轻轻地踏进研究室,站在最前面的那个房间里。她跟真人一样大的雅人的幻影初次相遇就是在这里。然而,现在这里一个人也没有。她缓缓地往里走,看了一眼左边的研究室,没有人影。于是遥低声呼唤着恋人的名字:

"雅人!雅人!"

可是,没有回音。她跨过推拉门的门槛,走到水槽旁边,在水槽那里转了一圈,没有雅人的身影。

遥失望地回到了最前面的房间,坐在椅子上,打算坐一会儿。当时她就是坐在这张椅子上见到雅人的,在这里等着的话,也许还能见到雅人。

她坐在那里,时不时地看一下手表确认时间。十分钟、二十分钟……时间过得很快,窗外的斜阳徐徐西落,雅人并没有回来,遥失望地站起身来。"今天他不在啊。"她想。这么一来,她忽然意识到,自己好像把这里当成雅人的家了。她觉得自己有点儿可笑,怎么可能是那样的呢?

遥回到走廊上,慢慢走着,一边走,一边留意着周围。可是,依然不见雅人的身影,她忍不住叹息。看来即使用电磁刺激颞叶的外侧沟,也未必能见到他啊。

遥出了大学正门,一个人走在校门外的林荫道上。她到公交车站时,正好公交车来了,便坐上了车。因为有个单人座位空着,她便坐了下来。最近,她也没有接到彩的电话——一定是跟男友进展顺利吧。遥不想打电话打扰她。

路上的车不多,公交车很快到了吉祥寺站北门。遥跟着乘客们下了车,在站前的小道上与熙熙攘攘的人群合流。太阳已经落山,车站前的店铺也纷纷在薄暮中亮起了霓虹灯。

遥觉得自己的腿脚已经利索多了,身体正在顺利地康复着,但头脑还没有。也许是因为这个原因吧,她感觉今天就这样跟着人群,穿过检票口,坐上井之头线很痛苦。遥很想离开人群,一个人待着。

信号灯变化后,她穿过车道,走到电影院前的人行道上。这条人行道离车站较远,人流稍微少一点。她在灯火通明的面包店前右转,朝公园方向走去,从井之头线的铁架桥下钻过去。

遥穿过水通公路,在酒店前面右转,避开人流较多的公园道,选择一条小巷,走到井之头公园,下了坡道。公园内已是光线昏暗,参天的树木很多,树叶的阴影营造出比城市还要昏暗的空间。连店铺外面都没有灯光。

在井之头公园的户外舞台旁,有一条蜿蜒曲折的水泥小路,遥从这条小路来到水池边。这时周围的人很少,她决定在眼前的长椅上坐一会儿。她看了看左侧身后,空荡荡的山脚下,尚有些许夕阳的余晖。

遥将脸转回前方,叹了口气,低着头看着自己的鞋尖。过了一会儿,她缓缓抬起头,突然"啊"的一声叫了出来。

前方几棵参天大树的对面,是那刚刚路过的户外舞台。舞台半球形的屋顶上能看见青白的亮光,是近似日光灯或水银灯散发出的那种苍白的光辉,但是没有亮到可以称之为光源的地步。那光十分微弱,不是那种能把周围照得明如白昼的强光,而且屋顶上应该没有灯。

遥站了起来。她以为是什么东西在反射夕阳的光,但事实并非如此,颜色不一样。夕阳的反射光应该是暖色的,可这道光却是青白苍凉的。

她觉得那苍白发光的物体的轮廓似曾相识。

"不会吧,不会吧。"遥一边反复思考着,一边拄着拐杖,快步向户外舞台走去。

遥简直不敢相信自己的眼睛,只见雅人正站在户外舞台的圆形屋顶上,如雕像一般,周身散发着淡淡的光。

"雅人。"遥一边靠近,一边呼唤着他的名字。

"为什么?你为什么会在那样的地方呢?"她兀自发问。

她不明所以,这样的事情让人想坏脑袋。

她确实发出声音了,却仿佛传不到雅人那里去。他一直呆立着,没有任何反应,盯着远方,连看都不看眼前的遥。

"雅人,这边!"遥一边叫一边靠近,"看这边!"

脚下已经变得昏暗,铺着碎石子的地面让遥感到不安,她不时地低头确认一下脚底,朝着户外舞台走去。不知是第几次低头确认后,又抬头看过去的时候,她发出"啊"的一声。

"雅人!"遥惊叫道。

她不能接受眼前的现实,雅人的身影从舞台的屋顶上消失了。

遥跌跌撞撞地穿行于呈半圆形排列的观众席中间,到达舞台下方,然后往左边转去,搜寻恋人消失的身影。然而,舞台上、舞台的周围、舞台后面铺满落叶的土坡上,哪里都没有雅人的身影。

"雅人!雅人!"遥的声音哽咽了。

她慌乱地搜寻着恋人。良久,她放弃了,垂头丧气地回到观众席上。她四肢无力,双手撑在凳子上,无精打采地坐了下来。

任由泪水泉涌的她盯着脚下看了一会儿,太阳已经完全落山,脚下一片黑暗,鞋尖也已经看不清了。

她抬起头来,忽然意识到眼泪沿着双颊流下来。因为周围没有人,天也已经黑了,她便毫不在意,任由泪水流淌。

"哎?"她又发出了一声惊叫。

水池那边仿佛有青白的光出现。她赶紧站起来,晃晃悠悠地朝着水池方向走去。

"啊!"她又叫了起来。

前方的景色让人难以置信。

她慢慢接近水池。太阳已经落山,黄昏的气息也消失了。宽阔的水面黑魆魆的,出租小船的服务也已经结束,水面上除了极小的水鸟,什么都没有。小鸟的数量也极少,它们混入苍茫夜色,就再也看不见了。

在黑暗的水面中央,散发着青白光芒的雅人茕茕孑立。因为他在水池中央,所以离遥很远。

"雅人。"遥又呼喊他的名字。

"为什么会这样呢?"她感到纳闷,不解其由。

"你在水上吗?"

遥一边按捺着自己急不可待的心,一边在种植着樱花树、略矮的枫树、低矮的灌木丛的水边小路上前行。他在水中央的话,她就没法靠近他了。她有一点生气,这个时间已经没法坐小船了。

"为什么呢?"遥嘟哝道。

她走到桥边,左拐上了桥,沿着栏杆前行。遥在雅人周围转来转去,而雅人一直站着,没有要移动的样子,脚边的水面上,也被青白的光笼罩着。就这样,在遥的跟前,在随风摇曳的树丛对面,雅人一动不动地站着,就像一尊发光的雕像。

遥在桥上快速前行,眼睛一直盯着站在水面上的雅人,不曾离开。

遥忽然注意到自己没用拐杖,轻便的铝制拐杖和挎包一起夹在腋下。拄着拐杖走路实在太不方便了。

她靠近水池,往左拐的时候,雅人的身影不见了——他被乘船处的建筑物遮住了。

遥向着乘船处的入口方向走去。正如她预料的那样,入口处的卷帘门已经被拉下来了。她用右手敲打着卷帘门,卷帘门发出"咔啦咔啦"的声响。遥哭了,那是焦急的泪水——如果还有船的话,她就能到雅人的身旁了。

遥靠近卷帘门,反复敲了几下,就那样流了一会儿眼泪,终于放弃了。她慢慢转过身体,背靠着卷帘门。谁知,雅人居然站在她面前。

"雅人!"遥惊讶地叫起来,"原来你在这里啊!你叫我一声就好了嘛!"

遥不禁破涕为笑,拭去脸颊的泪水。

"难道说,你是在等我吗?"遥一边搭话,一边赶紧靠近雅人。

近在跟前的雅人全身依然散发着淡淡的亮光。不过,不如在水池上面时那么亮了。

她抓住他穿着粗毛呢夹克的左臂,雅人的脸瞬间变得很柔和,还缓缓地点了点头。

"好开心啊!雅人!"遥发自内心地说道。

遥刚才还以为见不到他了,现在能这样和他在一起,所以格外开心。

"回去吧。我们一起回去吧。"遥说着,拉起他的手。

雅人瞬间看上去有些为难,但还是默默地跟了过来。

两人走起来,穿过乘船处前面的路,又走过一个小短桥,在一家叫百宝咖啡森林的泰国料理餐厅前面左拐,向着井之头公园站的方向走去。

"又见到你了。"遥紧紧抓着雅人的手臂,"太好了!我还以为今天见不到你了呢。"她的语气不由自主地欢快起来。

"雅人,你说点什么吧。"遥看着他的脸要求道。

他的脸向着前方,依旧默默不语。尽管如此,她还是微微一笑。

"好吧,算了。"遥妥协道。

她知道这是个无理的要求。

"不能期望过高。能见到你,我就感恩不尽了。"

遥自言自语着,走在公园内宽阔的路上。那是一条石头铺成的路,路旁有成排的路灯,脚底下的路很硬实,让人很有安全感。

"雅人,你看嘛!"遥指着自己的脚说道,"我能自己走了啊,不用拐杖也可以。"

雅人默默地看了看遥的双脚。

"怎么样?替我开心吧?我康复了啊。虽然也是做了几次康复训练才有了自信,但还是因为见到了雅人,我才好的啊。"

遥深深地凝视着恋人的脸。

"因为见到了雅人,所以我才能这样好好走路,尽管还有点害怕,使劲儿踩地的时候还会有些痛,但还是坚持了下来。"遥一个人解释着。

这时,遥走到路灯附近,和一位牵着一只小狗的男士擦肩而过。他诧异地看着遥的脸,可是遥已经毫不在意了。不管别人怎么看,她已经不放在心上了。

"不管别人怎么说,能够这样和雅人一起并肩而行,我就已经满足了,不能再奢望更多了。"她想。

她与左边的水面渐行渐远。因为走在一条上坡道上,所以沿水池而上的散步小道也慢慢进入俯视的视野内。散步小道的前方是灌木丛,所以沿水池而上的小路也渐渐看不到了。

遥前几天曾经和彩一起走过那条小路,而且坐在靠背上写着"两个人一起坐在这里的那天"的诗句的长椅上聊过天。

那时她想:"和雅人一起在那张长椅上坐下来,聊聊那首诗,该有多好。"但她又担心在外面徘徊的话,雅人会消失。而且,遥希望雅人到自己的公寓里,和自己一起喝茶或者咖啡。

不,也许雅人不能喝东西。他能在她喝东西的时候,陪在她身旁也行。只要能把她泡的茶放在他眼前,她就十分满足了。

"我说,雅人,来我公寓喝杯茶吧。如果可以的话,我再做些饭。嗯,就像以前那样,以前你经常顺便去我的公寓的。"

说完,她自己先质疑了:"雅人以前经常去我的公寓吗?"她无法回答自己,相关记忆已经模糊了。

真的去过吗?去了公寓的他和她在那里都做过些什么呢?他们互相拥抱了吗?接吻了吗?做过更为出格的事儿了吗?

她想不起来。

他吃过她做的饭了吗?两人一起喝过红酒吗?还一起做过其他事情吗?

"行啊,无所谓了。"她想。如果他现在去她的公寓的话,那些事她肯定能想起来的。

离开水池,穿过主公园及设有秋千和滑梯的附属小公园,他们并肩沿着井之头公园站前小广场狭窄的阶梯拾级而上。站前便利店的灯光温暖着他们的视线。他们穿过广场,路过便利店,沿着线路往前又走了一会儿。

他们来到公寓前面,爬上靠右边的水泥楼梯,走过二楼的露天走廊,总算到达遥的公寓,站在金属门的门前。

遥急忙翻找着挎包的底部,找到钥匙包,打开扣子,取出房间的钥匙,插进锁眼。快点儿、快点儿……她默默地催促着自己。但是,当她转动门把手并打开房门再回头看时……

"雅人!"遥发出了失望的叫声。

雅人消失了。

遥赶紧冲到楼梯旁,往楼梯下面俯瞰,可是看不到他。她又冲到走廊,扶着扶手,探身在下面的路上寻找,可是依然不见雅人的踪影。

她无精打采地回到门前。

"雅人,"她轻轻地抱怨道,"连杯茶都不肯陪我喝啊。"

然后,她独自一人打开房门,慢吞吞地走进玄关。

7

遥喝了些汤、吃了些沙拉,走进卧室,打开笔记本电脑。她想读一读雅人发过来的邮件——那些关于幻肢或颞叶的相关论文,结果发现在图片库中有个视频文件,就点开播放按钮看了起来。

画面上出现了雅人的身影,他正走在不知何处的山道上。相机拍到他的侧脸,他正开心地笑着。镜头时远时近,雅人不住地抬起手想挡住它。啊,想起来了,这是遥自己故意拍的。她当时觉得不想被拍、逃避相机的雅人十分有趣,就故意走在旁边抓拍特写,来捉弄他。

"快停下来!遥!危险!"雅人大声叫道。

原来遥差点儿掉进旁边的水沟里。

想再仔细地听一下雅人的声音,遥把视频停下来,找出耳机,将它连接到笔记本电脑上,于是雅人的声音变得又大又清晰了。

接下来的画面是雅人的侧脸,他正坐在河边的草地上,拼命地讲解着什么。他转过脸对着相机镜头说:

"喂,你知道鸽子报时挂钟吗?"

"嗯。"

视频中出现了遥自己的声音。因为离相机很近,所以她的声音格外地大。

"从挂钟中飞出的鸟并不是鸽子,而是布谷鸟啊。"

"哎?"遥有些纳闷,"所以呢?"

"我总觉得这是一个骗局,你不觉得吗?世界规模的世纪骗局啊。"

"嗯,不是鸽子啊。"

"我胜任不了人命关天的工作,只想留在研究室里搞研究。"

雅人突然把话题转到了医学上。

"有人说,医学界里也有各种类似的骗局啊,特别是关于精神科药物危害的骗局。"

"是吗?"

"嗯,精神科是很特殊的科室。治疗抑郁症的药物帕罗西汀,和那些安慰剂相比,也没有更好的疗效,反而会增加病人的自杀冲动。这样的内容清清楚楚地写在了说明书上,但是即使这样,这些药也还是在用呢。"

"哦……"

"其他的药物里面,好像也有跟兴奋剂类似的成分呢。"

"竟有这种事?"

"是的。总之,它们只是让人的情绪暂时兴奋起来,并不能保证患者接下来会做出什么事,如果停用的话,还会产生戒断症状。"

"啊……"

"有些药物不仅会让人产生自杀冲动,还会增加患者的攻击性。在美国的高中和大学中曾发生过持枪乱射事件。据报告说,那些犯人许多都在使用抗抑郁药物。"

"什么?"

"日本也有父母杀死孩子、孩子杀死父母的惨案,这些事件中,抗抑郁药物往往扮演了重要角色。"

"但是那些人原本都是很凶残的人吧?不能只怪药物。"

"也许吧。总而言之,虽然在说明书和论文里写了很多注意事项,但是许多医生无视那些禁忌,随意给患者使用药物,并且从中得到很大的利益。"

"但是那些患者也希望使用那些药物吧?"

"话虽然是这么说,但是患者对开处方没有主动权啊。"

"那就不能只怪医生了。"

"并不是只有药物有副作用啊。CT扫描的辐射量也很强,听说做一次短时间内的沐浴性照射所承受的辐射量,堪比在原子弹爆炸点周围生活上一年。美国三十五岁到五十四岁的患癌症的人当中,有三分之一的人是因为多次进行CT扫描癌症检查而发病的。"

"啊,太可怕了。"

"经常有人说,福岛核电站泄漏所产生的放射线量虽然不小,但拍X光片、做CT扫描的辐射量也同样不小!"

"你说的是真的吗？只是你自己的观点吧？可信度高吗？"

"所以，我想好好地验证一下这些观点。不是以临床医师的身份进行，而是在他们的背后验证这些疑问。在治疗癌症时，大量使用那些放射性仪器真的没有问题吗？我想在医学研究室里，好好研究一番。我想以此为自己一生的职业。"

"哦……"

"你听说过吧？有的医生说，一般的病只要断食三天就能治好。"

"哪里说的？"

"俄罗斯，我读过的。"

"骗人的吧？"

"嗯，我不觉得那样的做法广泛适用于所有疾病。但是，你不觉得现代医学界太过无视这样的告诫了吗？"

"我也听说过一件事。不是有个什么千岛学说吗？"

"啊，那个也是那样的。说起脑科学和'幽灵'的关系，至今为止，医学界还没有人深入研究过嘛。二重身也好，千岛学说也好，都受到了很多东洋医学学者的支持啊。"

"确实是雅人的风格。"遥想。虽然学籍在医学部，但是雅人经常说出这样的话。遥很难认同他这样的想法，觉得他那是旁门左道，感觉像是在否定笃信现代医学的自己一样，这让她很不开心。

但现在的遥听的并不是雅人所讲的内容，而是雅人的声音。

她觉得很感动。这是多么好听的声音啊!雅人的声音低沉,有种难以言喻的青春、水灵、湿润、顺畅之感。

"是的,就是这样的声音。"她想,"想起来了,雅人的声音就是这样的。"

第二天中午的大学食堂里,遥和彩相对而坐,一起吃了午餐。听了遥的报告,彩说道:

"你说的显然就是幻肢啊。"

遥听罢点了点头。

"正如神原同学的理论所说的那样。深爱的恋人就像自己的手脚一样,是不可替代的存在。所以,消失了的他就像幻觉中还存在的手臂一样,作为具体形象的人出现了。那是因为遥强烈的思念啊。"

遥也点头道:

"雅人的手也是暖暖的呀。"

"是吗?想起关于神原同学的事来了吗?"

遥点了点头。

"是的,慢慢想起来了。雅人的声音很好听啊。"

彩听后沉默了。过了一会儿,她问道:

"是吗?"

"是的,非常好听的声音。我清楚地想起来了。"

彩又沉默了,那样子好像有些不愉快。

遥慌了：

"啊，对不起，说得好像有点儿炫耀的意思似的。"

听遥这么一说，她笑着说道：

"说句实在话，听了确实让人不愉快呢！我的男朋友呀，声音嘶哑，唱歌也五音不全。"

"是吗？那也好啊。雅人可是回不来了啊，再也没法回到我身边了。"

"你是在哪里听到神原同学的声音的啊？"

"昨天晚上，在电脑上。外出旅行时的视频保存在我的电脑里，当时我们好像很开心啊。"

彩点了点头：

"嗯，神原同学也曾经给我看过一次那个视频。你看起来好像很幸福啊。"

"哎？雅人也给你看过吗？"

"嗯。那是用智能手机拍的吧？你是不是说过是在山梨拍的？"

"山梨吗？"

"去看红叶？去摘苹果？"

"啊，是的，好像是那么回事。啊，对，就是那种感觉。对了，我说彩，你去参加雅人的葬礼了吗？"

彩一听，不自然地笑了笑。

"怎么可能？他家在富山吧？哪能参加得了呢！啊，到时间

221

了,走吧,上课要迟到了。"

彩端着菜盘站了起来。

课程一结束,遥便奔向了TMS楼。

"一会儿我就去。"彩跟她说道。

遥把拐杖夹在腋下,走进治疗室。

宫泽教授笑脸相迎:

"噢,今天是用自己的双脚走来的吗?"

"是的。"遥回答道。

于是宫泽教授很满意地点了点头,说道:

"不错啊,佩服佩服。"

遥快步走过去,一坐到TMS的椅子上,宫泽教授和助手森川便走过来,在遥的额头上贴上纸胶带,调整好电磁线圈的机械手,放在她的额叶左边。

"丝永同学,今天也想照射颞叶吗?"

遥立即点头道:

"是的,拜托您了。"

"昨天也看到神原同学了吗?"

"是的,见到了。"

"嗯。那么,额叶和颞叶各照射十五分钟可以吧?"

"嗯,拜托您再把时间延长一点儿。"遥毅然地说道。

她觉得照射时间长一些的话,见到雅人的时间也就能长一些了。

"那么,就二十分钟吧,二十分钟。"教授说道。

"啊,那就拜托您了。"

实际上,遥想照射得再长一点儿,特别是多照射一会儿颞叶。抑郁症已经不那么厉害了。

但是,这种要求她很难说出口。她害怕说出任性的话来,惹教授不高兴。宫泽教授并非是一个只有好脾气的人,这一点她昨天刚刚领教过。

"那么,开始了啊。"宫泽教授说道。

"好的。"遥答道。

教授朝隔壁房间的窗户方向示意,窗户上露出了森川的脸,他点了点头。

突然响起连续的计时音,照射开始了。宫泽教授转身进了右边的房间。

二十分钟后,教授回来了。他调整了机械手,将电磁的线圈调整到颞叶的位置上。这时,隔壁房间的门打开了,彩出现在那里。

"遥,怎么样?状态还好吗?"彩问道。

"嗯,没事呀,状态很好。"遥答道。

"那么,准备好做二十分钟了吗?"教授问完,转身回到了隔壁房间。

"是的。"遥朝着他的背影回答道。

她的声音有些沙哑,没能答得很利落。这是因为稍稍有点儿紧张的缘故。她有种预感,今天会有点什么特别的事情发生。昨天看了视频,她感觉通往过去的大门已经打开了。

事实确实如此。计时音一响,漫山遍野的红叶一下子映入遥的眼帘。接着就如急流一般,浓墨重彩的画面在她的眼前流溢、展开。她可以看到山间小道和溪谷,还有湍急奔涌的白色浊流和溅起水花的黑色岩石。

碧蓝的天空,飘浮的白云,雅人的脸突然出现在她的眼前。继而世界开始变暗,那是因为她的视线被他的脸给挡住了。她被他亲了一下额头。

"遥!遥!"

有个声音在呼喊她的名字,是一个男人的声音,那是雅人的声音。

"来这边嘛!"雅人的声音在喊她,"从这里看,红叶很美啊!你看,一片通红呢!"

"是吗?"是她自己的声音在反问。

"绿色丛中还有一点儿黄色和红色点缀着,就像能剧的舞台一样。"

"雅人,你见过能剧的舞台吗?"

"见过啊。能剧演员穿的衣服正好就是这种颜色的,就像拍下了秋天满是红叶的山坡一样,很漂亮……"

纵横错乱,听起来飞来跳去的雅人声里,混杂着大大小小的声音,时而是窃窃私语声,时而是笑声和叫声。

出现这种情况还是第一次。那是关于雅人的活生生的记忆狂流。那些记忆轰然而至,一起冲入她的内心,或者说,是从她心底喷涌出来的,声势凶猛、气息沉重,不知去往何方。

那样的状况毫不停歇地持续了二十分钟。一直闭着眼睛的遥,听着那个声音,看着那些闪光灯般闪烁不停的色彩鲜明的光景,一直努力忍着。

猛然间,她吓了一跳。她头上的器材被摘了下来。森川的白衣就在眼前,白衣上粘着的糊状物发出清洁剂的味道。时间一下子跑掉了。"这是怎么回事呢?"她想。就在刚才,她明明还处在记忆的洪流当中。

"遥。"有人在叫她。

遥睁开了眼睛。她依然怀疑自己还在幻想当中,是雅人在叫她。那声音直到刚才还在她的脑海中响着,那正是雅人的声音。

她睁眼一看,雅人就站在那里。她的面前是森川的白衣。她继续转头看去,雅人的对面站着彩。

"彩!"遥发出了几近尖叫的声音。

彩看了看遥,问道:

"什么事?"

彩看到遥一脸茫然。

"彩,你看不见吗?是雅人呀!"遥朝好朋友喊道。

"啊？在哪里？"彩四下张望。

"冷静！彩是看不见我的。"雅人的声音说道。

"哎？"遥道。

"因为我是遥造出来的啊。"雅人笑着说道，"遥以外的人是看不到的。"

遥精神恍惚，拼命提醒自己冷静。

"雅人，你能说话了吗？"遥小声问道。

只见雅人点了点头。

"你为什么变得能说话了？"

"因为遥想起了我的声音呀。"雅人道。

遥幡然醒悟，想起了昨天晚上的视频。她戴着耳机，拼命倾听雅人的声音，精神高度集中，生怕漏掉一个字。她的脑海里浮现出那时候的自己。

8

遥和幻影雅人一起走在井之头公园里。遥已经把拐杖还给了外科医生，拉着雅人的手顺利前行着。

过了七井桥，两人牵着手，踏上了池边的小路。

"我们经常一起在这个公园散步吧。"遥一边躲避着伸到路上的树枝，一边说道。

"嗯……确实是呀。"雅人边思考边回答道。

"你看这里,我们曾经一起坐过的长椅,坐一会儿吧?"

遥说着自己先坐了下来。那里是前几天的晚上,遥和彩并肩而坐谈论种植樱花的长椅。遥早就决定今天要和雅人一起到这里来。

"你还记得这里吗?"雅人坐下后,遥问道。

"嗯……有点儿印象。"雅人点点头。

遥马上向后转身,读起椅背金属板上的字来:

"两个人一起坐在这里的那天,我们的生命就出发了。有朝一日三个人一起坐在这里的时候,我们就可以用手触摸生命了。等到五个人一起坐在这里的时候,我们的生命就离长眠更近了……那个时候,我们会安然入眠吗?那个时候,我会说声谢谢吗?"

"你说的是什么意思呢?"雅人问道。

"这里写着的字啊,刻在这块金属板上的字。"

"刚才的话?"

遥转向前方,在长椅上正了正坐姿。

"嗯,将这张长椅捐赠给这里的人,把自己喜欢的话刻到了长椅的椅背上。"

"这话是什么意思呢?"雅人问道。

"第一次约会时,一个男人和一个女人,两个人坐在这张椅子上。那时候,两个人的生命就开始了。"

遥像跟彩解释的那样,向雅人解释起来。

"生命?"雅人也问了和彩同样的问题。

"明白了活着的意义啊。那是第一次体会到人生的真谛:啊!能和喜欢的人邂逅,这就是人生啊!"

"哦……"

"等到三个人一起坐在这里的日子来临,那个时候,就可以用自己的双手亲手触碰新生命了。"

雅人一直看着水面。

遥看着他的侧脸问道:

"三个人,明白吗?还有一个人。"

"是孩子吗?"雅人问道。

"是啊,生存的意义已经变成了现实中的宝宝,可以用手触碰他、疼爱他了。"遥道。

"所说的五个人是什么意思呢?"

"那个孩子结婚了,又生了孩子,所以是五个人。"

"啊,原来是这样啊。"

"那时候,两个人的人生也已经接近尾声了吧?"

"上年纪了啊……"

"是的,那时候他们的心是否会安宁呢?他们在想:他们会不会庆幸自己来这个世上走了一遭呢?会不会感谢把他们带到这个世上来的父母呢?他们那么想着。"

听了遥的话,一直盯着水面的雅人轻轻点了点头。

"这些人一定过得很幸福吧。"

"我们也约定过,要像这两个人这样过一辈子呢。"遥说着,朝雅人笑道。

雅人也笑着点了点头。

两人爬上遥公寓的楼梯,穿过走廊,来到金属门前。遥从包里取出房间的钥匙,回头再看雅人。

"雅人!"遥大声叫道。

雅人的身影已经消失了。

"总是只到这里,不肯陪我进屋呀。"遥嘟哝道。

"喝杯茶再走也好啊。"

遥的泪水夺眶而出。

次日午后,在TMS治疗室里,遥跟宫泽教授相对而坐。

"雅人同学就在这里站着,对吧?"教授问道。

"是的,离TMS椅子很近。"

"森川君也说过,你不知在跟谁说话。"

"是的,好像大家都看不见。"

"然后又做了什么呢?"

"我们并肩而行,一起回到了井之头公园,在水池边散步,坐在长椅上聊天。"

"他也跟你说话了吗?"

"是的,陪我说话了。"

"是正常的对话吗?就像跟现实中活着的人说话一样?"

"嗯,是的。"

"有没有出现你不了解的内容?就是那种你记忆中没有的内容。"

"原本我是那么希望的,可是……"

"可是什么?"

"可是我们并没有进行那么深入的对话。"

教授听了点了点头,然后说道:

"幻影可以持续那么长时间啊!"

"是的。"

"什么时候消失的?"

"回到公寓,在我公寓门前消失的。我拿出钥匙,一回头,他就已经不见了。他还没有进过我公寓的门。"

"哦……"

"上次是在检票口那里,好像过不了感应器。"

"哦……"

教授抱着胳膊,饶有兴趣地点了点头。

接受过额叶和颞叶的电磁照射后,遥来到走廊上。今天雅人没有出现在治疗室里,走廊的尽头也不见雅人的身影。不过,今天遥的外侧沟处照射了三十分钟电磁,所以她有一种思想准备,觉得今天会比昨天多见雅人一会儿。

她走进特殊研究室,这里也没有雅人。她稍稍有点儿意外。

雅人到底会在哪里呢？与幻影雅人相会了几次后,遥产生了一种第六感。这是一种强烈的直觉,她觉得雅人一定会在大学校园的某个地方。

她继续走着,沿着走廊向文艺部的活动室走去。这所医学院里罕见地设有文艺部。遥有几个朋友也是学医的,但是他们的医科大学里好像都没有设置文艺部。

走廊墙壁上的布告板前,站着一个似曾相识的男人。他一个人孤零零地站着,正在看公告板上贴着的印刷品。那是雅人。

遥蹑手蹑脚地走到他的背后,这时传来雅人的声音,他正在读公告板上贴着的诗:

"人都是生活在这个机缘轮转的时代的泡沫。既然命运注定了我们将会默默无闻、转瞬即逝、不为人知,那么,我愿意为了生命中最重要的那个人而活,全身沐浴阳光……"

"就像母亲培育出了成才的孩子一样,丰硕的果实被母亲般的树叶托着。我想做一枚全身心地舒展自己、接受阳光的宽阔绿叶。"遥接着雅人后面的那段背诵道。

这段短短的文字,完全刻进了她的脑海中,因为那是她自己写的东西。

雅人缓缓地回过头来,发现了站在他身后的遥。

"好怀念!"遥笑道。

雅人也点了点头:

"在遇见你之前,我就很喜欢这首诗。虽然并不能完全体会其中的情感,但总觉得语言很清澈,很美。"

遥羞涩地笑了。

"刚才一看这里,上面写着名字呢,丝永遥。"雅人指着诗的最后一行说道。

"其实是为社团活动写的。"遥急忙道。

"我在这里读到这首诗……"雅人一边回忆一边说道,"那之后,我就遇到了你。"

"在教授讲幻肢的课上?"遥问道。

"是的。"雅人说着,点了点头。

两人并肩穿过走廊,向阶梯教室走去。

门打开了,两人走进空无一人的教室,沿着课桌之间的阶梯状的通道往下走。

"雅人在这里,我应该是在这里。"遥中途停下来,用左手指着座位,对雅人说道。

雅人点头,遥进入椅子和桌子之间的通道,侧身往前走,坐到那个座位上。雅人也跟在后面,坐在旁边。

"我就是在这里聆听了雅人关于幻肢的演讲的。"

"啊,好怀念。"雅人说道。

"我还记得雅人的演讲呢。雅人站在那个讲台上,跟我们这些在下面听讲的人是这样说的:'关于幻肢病例的研究,如下所示,可以应用到脑障碍的治疗上。通过用电磁刺激脑的颞叶以及称为外侧沟的部位,导出储存在里面的空想和记忆,让患者本人在现实中看到其内容。现实中就有这样的案例……'"

雅人点头。

"宫泽老师也在一旁很赞赏地听着。"

雅人笑了。

"我也很惊讶,很感动,而且还想再多听一听,就跟在你后面追了出去,结果就看见你和龟井同学一起走着。走近了一听,龟井同学正在跟你说:'什么嘛,平时及格都成问题的人,怎么讲起课来完全像博士一样了呢?'你说:'碰巧这是我喜欢的研究领域罢了。'"

"嗯,记得呢。"雅人苦笑道。

"于是我从后面叫住了你:'喂……'"

"是呀。"

"你回过头看了看我,然后说:'哎?叫我?'"

"嗯,说过。"

"于是我说:'刚才在关于幻肢的课上,神原同学所说的内容,我非常感兴趣啊……现在占用你一点儿时间,可以吗?'然后龟井同学嬉皮笑脸地戳了戳你,识趣地走了。"

遥一说,雅人慢慢开始讲起那时的事。那里面包含着一些遥忘记了的内容:

"于是我一边在走廊里走一边给你讲解,想找一个能坐下来说话、安静且有桌子的地方,所以就去了特殊研究室。"

"哎?特殊研究室?"遥惊讶得目瞪口呆。

原来是特殊研究室啊,这一点,她竟然忘记了。

"嗯,那里的实验室旁边,还有一间像谈话室一样的房间,我经常泡在那个实验室里,跟研究小组的人混得很熟。"

是吗?原来,那时候她和雅人曾经在特殊研究室里聊过天,所以她才毫无理由地相信,雅人的幻影就在那个地方。此时,遥恍然大悟。

"我忘记了是在特殊研究室啊。但是,那时候你说过的内容,我都记得很清楚呢。你跟我说:'我们上课时听老师讲过镜箱,对吧?幻肢跟那个原理近似啊。'"

雅人盯着前方的黑板,侧脸对着遥,点了点头。

"因失去而产生的疼痛,并不限于外伤啊,精神上的失去亦然。比如说记忆,幻肢理论也可以应用于那些东西。你说过的。"遥对着他的侧脸说道。

"我说:'不太明白啊,你再具体地说一下吧。'只见你从包里取出纸和笔,一边画手和脚的图,一边给我讲解:'如果一个人失去了手和脚这样的身体部位,严重到影响了那个人的生存的话,为了进行自我安慰,脑就会让这个人看到手和脚的幻象,以此让他的精神安定下来。这就是幻肢。'"

雅人点了点头。

"嗯,我是那样说过。那是我的理解。"

"嗯,那样的话,这种脑的防御功能就可以解释自古以来许多的'幽灵'现象。你是这样说的。而且,你还把画的手和脚的图,又画线延长出来,画成一个人体,然后看了看我的脸,说:'脑如果能让人看到手和脚的话,那么,像这样能看到一个完整的人也是可能的吧?我是那么认为的。'"

"嗯。"雅人道。

"我很佩服你的想法,简直令我茅塞顿开啊。然后你又这样说:'如同自己的手足般重要、无法替代的人,比如孩子或者爱人去世的时候也是这样,脑担心那个人的精神崩溃,就会发动紧急避难防御功能,创造出一个完整的幻影,展现在其视线当中。可以认为这就是自古以来的'幽灵'现象……"

雅人接着说道:

"'那个幽灵会把人的心灵导向安宁吗?'你问我。"

"嗯,是的。"遥答道。

"'这样就能得到安宁,就是这么一回事呀。'你说过。"

雅人又点了点头。

"那时候的雅人特别帅。那可是革新的想法啊!因为你的话,我对'幽灵'的想法发生了一百八十度的转变呢。"

"是吗?"雅人看着遥问道。

"是啊!"

遥说着,将身体靠近雅人,抱着他的左臂,将上身靠了过去。

9

两人路过 PARCO 百货,穿过吉祥寺街道,下了通往井之头公园的缓坡。途中雅人说道:

"这里,这家咖啡店,我想起来了。"

这是一家挂着一个写着"MIZU 咖啡"招牌的咖啡店。

他们推门进去,店内十分热闹。找到一个两人坐的小座位,遥和雅人相对而坐,很快有女服务员走过来问道:

"欢迎光临!您是一个人吗?"

"不,两个人……"

条件反射般回答完后,遥有些慌乱。

"您在等人吗?"

遥赶紧堵住女服务员的问话,改口道:

"啊,嗯……还是一个人吧。"

"好的,知道了。您要点儿什么?"

"美式咖啡。"遥说道。

"好的。"

女服务员离开了。

"我们在这里说过好多话啊。"等女服务员走远之后,雅人说道。

遥一听,想起一件事,突然忍不住笑了出来。

"这家咖啡馆可以说是把雅人从不及格的深渊里解救了出

来啊。"

于是雅人的脸微微发红,笑道:

"是啊。在一些课程的学习上,遥帮了我很多忙啊,比如病理学啦、放射学啦。"

"放射学……好怀念啊。"遥说道。

"是啊。"

"托这里的福,雅人才总算没有丢学分啊。"

"我对自己没有兴趣的课程真是不上心啊,完全不想学。"

遥笑着点了点头。

"在学习方面,遥真是教了我很多啊。"

"嗯,因为我担心你啊。你考试的时候,我一直在走廊里等着你从考场里出来呢。"

"是啊。看到我走出来,你就问我:'怎么样?'我说:'Safe!'"

"是啊,然后我们就开心地击掌。"

"确实有过那样的事情啊!"

"好开心啊!"遥道,"我当时可是非常拼命的。从某种意义上讲,比雅人还担心雅人的学习呢。"

"嗯,多亏了你。"

"雅人对自己的事情有点儿不在乎呢。不过真好啊,那时候好开心啊!"

"是吗?"

"是啊,因为我除了雅人的考试之外,没有任何其他可担心的事情啊。"

说完,遥的笑容突然消失了。现在的雅人已经变成了只有她自己才能看见的"幽灵"。为什么会变成这样呢?那时候她深信,那种开心的日子会永远继续下去。

"你怎么了?"雅人看着遥的脸问道。

遥微微低头道:

"现在在这里的,其实只有我一个人啊……"

"遥,借你手掌用一下。"雅人忽然说道。

于是遥把手伸了过去,雅人抓住她的手,开始挠她的手掌。

"不要啊,好痒啊!"遥边笑边大声说道。

"打扰了……"

一个声音从天而降,遥吃了一惊,慌忙把手从桌子上面抽了回来。

"让您久等了。"

随着这个声音响起,桌上多了一只较大的咖啡杯。

"对不起……"遥小声说道,语气略带歉意。

女服务员疑惑地走开了。

"那个时候的遥,比起自己的学习,反而更担心我的成绩啊。就连我选择的科目,你也跟着学了很多,然后再手把手地教给我。你为什么那样不计回报地为我付出呢?"雅人道。

"是因为喜欢雅人啊!担心你啊!怕你留级。"

"虽说是那样,但遥心里还是想培养我,对吧?"

遥慢慢地点点头。

"一枚全身心地舒展自己、接受阳光的宽阔绿叶……是那样吧？"雅人问道。

遥笑了，又点了一下头。

"但是，我觉得雅人肯定会成为对社会有贡献的人才，所以，我不希望你遇到挫折。"

"嗯……"

"我希望你留在研究室里。"

"遥一直是我在东京的母亲啊。对此，我非常感谢！"

"不要啦！说得像恋母情结似的。"

雅人也笑着摇了摇头。遥说道：

"没关系啦。反正我喜欢学习，一点儿也不觉得苦。而且，人们不是常说教学相长嘛，教人即被教。"

"但是，遥是真的很厉害啊。"

"是吗？"

"头脑聪明，我可是学不来的。"

"但是，雅人能想到我想不到的事情呀，我只是把别人开拓出来的知识记忆一下而已……哎呀，下雨啦！"遥看了看窗外说道。

"啊！"

"不要紧，我带了折叠伞。"遥对一脸担心的雅人说道，"不过，也许乘坐井之头线比较好啊。我们要是走公园里面的话，会淋湿的，路肯定也不好走。"

两个人走出咖啡馆,撑起伞,穿过公园大道,朝车站走去。路上,沿街有一家水果店。太阳已经落山了,街上有些昏暗,店门口早已亮起霓虹灯。那光线使被雨水淋湿的苹果和橘子显得格外鲜艳。

雅人见状停下脚步说:

"喂,你看,遥,那是苹果啊。"

顺着雅人手指尖的方向一看,遥也站住了。她把伞搭在肩上,伸手拿起一个被雨水淋湿的苹果。

"看,雅人,有红色的苹果和绿色的苹果。"

"嗯。"雅人点点头。

"你喜欢哪一个?"

雅人微笑着指了指绿色的苹果。

"答对啦!"遥笑道。

当晚,雅人又在吉祥寺站的检票口消失了。

遥坐在厨房的桌子旁,一边喝着泡好的红茶,一边凝视着不断敲打在玻璃窗上的雨水,侧耳细听,能听到淅淅沥沥的雨声。

桌子上放着刚刚买回来的苹果,红苹果和绿苹果,水果刀也准备好了,可是遥连削苹果皮的心情都没有。

那已经是两年前的事情了吧。遥追溯着记忆,已经能想起来一些和雅人交往的细节了。正如雅人所说,刺激颞叶对改善记忆也有效果。

就和今天一样,也是在那个叫 MIZU 咖啡的店里,两个人曾一起开心地聊天。聊天的内容,遥也已经能够清晰地回忆起来了。那天,他这样跟她说道:

"嗯,我想问遥点儿事。"

"什么事?"遥道。

"关于那首贴在文艺部走廊上的诗的事。"

"哎?不要啦!"遥条件反射般地拒绝。

"那是什么意思啊?'人都是生活在这个机缘轮转的时代的泡沫。既然命运注定了我们将会默默无闻、转瞬即逝、不为人知,那么,我愿意为了生命中最重要的那个人而活。'嗯,然后是……"

"全身沐浴阳光,就像母亲培育出了成才的孩子一样,丰硕的果实被母亲般的树叶托着。我想做一枚全身心地舒展自己、接受阳光的宽阔绿叶。"遥接着雅人的那段说道。

"对,就是那个!"雅人回应道。

"把含义讲解出来多不好意思啊,差不多明白就行了。"

"也许是你说的那样,但是,我可不像遥那么聪明啊。"

"不要啦,雅人,你真的那么想吗?"遥见雅人一脸困惑便说道,"你才聪明吧!"

她想了一会儿问:

"雅人,周末有时间吗?"

"哎?为什么突然问这个?"雅人接着说道,"应该是有时间的。"

"周末我可以去你家吗?第一次去雅人的家。"

雅人稍有些疑惑:

"周末?嗯,可以啊。不过为什么这么突然?跟诗有什么关系吗?"

遥笑道:

"保密。"

雅人便说了些什么"看来必须要打扫卫生了"之类的话。

雅人的公寓在滨田山。他把去公寓的路线画成了地图,给遥讲解了一下。遥沿着这条路线走,果然一下子就找到了他的公寓,完全没有迷路。公寓就在一层,遥搬着一个装了十二个苹果的瓦楞纸箱去也不费力。

走到公寓门前,遥听到雅人正在跟别人打电话,他的声音离门口很近。

"是、是的,干劲儿……是的,有的。是的有。课上我也会努力的……嗯嗯。"

雅人的说话声遥听得一清二楚,他大概是在跟大学的老师说话。她微微地笑了。雅人的成绩正如他自己担心的那样,正在危险地低空飞行。

约莫他打完电话了,遥便按响了门铃。

门马上打开了,雅人探出头来。

"看!"遥说着,给雅人看手里搬着的瓦楞纸箱。

"什么东西?"雅人疑惑地问。

"拿着!"

在遥的要求下,雅人慌忙伸手接过箱子,接着身体转了半圈,把箱子放在了身旁的餐桌上,然后问道:

"是什么东西?你特意搬过来给我的?很重吧?太不好意思了!不知道是什么东西啊!"

"是苹果啊!"遥道,"你一个人生活营养不够吧?我老家总给我寄苹果,所以就分给你一点儿。"

"从青森寄来的?"

"嗯,是的,我家是经营苹果园的,现在苹果刚刚收获。"

遥说着,把瓦楞纸箱上用来固定箱口的胶带纸"哧"的一声撕开了。

"我问你呀,雅人。"

"嗯?"

遥从箱子里抓出一个红苹果和一个绿苹果,放在桌子上。

"红苹果和绿苹果,你觉得哪一个更甜呢?"她用手指着苹果问道。

"那肯定是红苹果啊。"雅人答道。

遥扑哧一笑,说:

"你咬一口尝尝。"

雅人用右手抓起红苹果,用左手抓起绿苹果,将两个苹果各咬了一口。吃到红苹果时,他的眉皱了起来:

"好酸啊！怎么回事？绿苹果更甜呀！"

遥点了点头，然后说道：

"大家都以为红苹果又甜又好吃，但是，要想长出红苹果，就必须把苹果上方的叶子剪掉，让苹果直接接触日光照射。我们家就是这么做的，这样苹果就能变成红色。可是，如果剪掉苹果附近的叶子的话，叶子通过光合作用所产生的糖分就会减少，对吧？所以，附近有叶子、被叶子挡住了日光的绿苹果反而更甜。"

"哦，原来如此啊。"雅人听了遥的解释说道。

他忽又作恍然大悟状，朗诵道：

"我想做一枚全身心地舒展自己、接受阳光的宽阔绿叶……人都是生活在这个机缘轮转的时代的泡沫。既然命运注定了我们将会默默无闻、转瞬即逝、不为人知，那么，我愿意为了生命中最重要的那个人而活……啊，原来如此啊！"

遥点点头，笑逐颜开：

"是的，我想成为那种能给予苹果充足营养的叶子，即使不能使那个苹果变红。"

雅人一副出神的表情，愣愣地站在厨房里。

"怎么了？"

被遥一问，雅人这才回过神儿来说道：

"啊，怎么说呢？遥好厉害啊！我深受感动。照现在这个样子发展下去的话，我确实是无法变红的。你就是站在背阴处的无名英雄啊。在老师们看来，遥是相当优秀的，我只是一个后进生。"

"不要那么说自己！那么说的话会变成真的啊！"

"但是,因为有遥,所以我也许会变成熟、变得很甜呢！"

遥笑道：

"你要成为一颗出色的贵重的果实啊！好啦,我的事就说这些了,已经全部说完了。下面轮到你了。"

"哎？轮到我？我可没有什么特别要讲的啊。"

"比如说,对幻肢开始怀有兴趣的契机是什么。"

"没有什么特别的理由。没有像你这样的一个正儿八经的故事啊。"雅人表情认真地说道。

10

翌日清晨,遥去了大学。上午所有的课结束后,她朝 TMS 楼走去。因为今天下午四点有会议,所以森川让遥下午早一点赶过来。在离治疗室很近的地方,她听到两个女生吵架。因为是在拐角的另外一边,所以只闻其声不见其人。虽然并不想去听,但是她离拐角越近,高亢的声音越往耳朵里钻。那略低的声音很像是彩的声音。遥不由自主地在拐角前面站住了。

"现在还不是时候啊,再稍微过一段时间,事情全部都……"彩的声音说道。

"什么是全部啊？要是没有恢复怎么办呢？"另一个女声咄咄逼人地问。

"恢复?恢复什么呢?"遥想。

"好的,明白,我明白啦。"彩安抚道。

"明白什么了?"

另一个女生那严厉的口气令人十分不快。遥拐过弯来现身了。她想通过自己的露面结束这场争论。

遥看到彩背对自己站在那里,她的对面是另一个女生。遥的视线越过彩的肩头和那个女生的视线撞在一起。那个女生不再说话,或许因为愤懑难平,她的表情并没有因为遥的出现而恢复平静。她忽然向前走了几步,狠狠地瞪了遥一眼,从她身边过去了。那是一个看起来似曾相识但叫不出名字的女生。

"彩!"遥道。

"啊,遥!"彩惊讶地应道。

"刚才那个人是谁?"遥一边靠近她一边问道。

"是小暮同学。"彩道。

遥听了她的名字,也还是想不起她是谁。

"你们正忙呢?"

彩露出苦笑:

"哎,算是吧。"

"是因为我吗?"遥问道。

彩一听,赶紧将视线从遥身上移开,显得十分窘迫。她吞吞吐吐地说:

"我不知道啊,她也许是那样想吧,但是……"

彩显然很为难,她的说法也让遥十分怀疑。怎么可能不知道呢? 遥问的是刚才她们是不是在谈论她,答案应该为"是的"或者"不是"。

"彩,'再稍微过一段时间'是什么意思?"

"啊? 那个啊,没什么啦!"

"怎么可能没什么呢? 不是没什么的样子啊!"

"嗯……"

"她很激动啊,是对我有什么不满吗?"

"嗯,哦,好像是那样吧。"

"'哦'是什么意思嘛。"遥想。

"她大概有点儿喜欢神原同学吧。"

"哎,是吗?"

遥可从未听说有这样的事。

"你现在还没有康复,所以我让她先不要刺激你。"

"哦……"

遥点点头,算是暂时接受这个说法了。

"啊,我今天还有社团活动呢。"

彩说罢,便急急忙忙地离开了。

彩的举动使遥又一次起了疑心,彩慌里慌张的样子有一种遮掩失败、不知所措的狼狈感。正因为这样,彩才不管三七二十一,溜之大吉。明明那样做会使事情变得更糟,可是彩已经被逼得走投无路,除了逃跑没有任何办法了。遥对彩的脾气和性格了如指

247

掌,她觉得自己这个推测是没错的。

进了 TMS 治疗室,森川把电磁线圈放在了遥额叶的左侧。照射一开始,那种不信任感又回来了,不信任感渐渐演变为不悦。这是由彩刚才的语气造成的。

那个叫小暮的女人一个劲儿地攻击彩,而彩则站在遥的立场上进行辩护。即便如此,遥还是觉得彩说出的话有些奇怪。"现在还不是时候啊,再稍微过一段时间吧。"彩如是说。这个说法的意思是彩同意小暮的说法,但是现在那样做的话会出问题,需要再等一等。

"如果是这样的话,彩就不是站在我这边的了,应该是站在小暮那一边的。"遥这么想着。

遥觉得受到了打击,开始搞不明白彩了。

机器转向照射外侧沟了,于是关于雅人的记忆洪流又向遥奔涌而来,占据了她的感观。但是,遥今天比昨天平静得多,开始享受这个过程了,也许是因为已经习惯刺激外侧沟了,遥让自己沉浸在这个世界里,暂时忘记了彩的事。

一段不错的时光。但是等森川把器具摘下来、要走出治疗室的时候,彩的话重返遥的脑海,令她感到不快。

今天宫泽教授不在,森川注意到遥的神情,便问道:

"丝永同学,身体不舒服吗?"

"啊,没什么,有一点儿头痛……"

条件反射地说出这句话之后,遥马上后悔了。如果森川说"那么暂时不要做 TMS 了",那可麻烦了。一停下来,她就没法见到雅人了。如果不能继续跟雅人说话,她会受不了的。

"不要紧的。只有一点点头痛,已经好了。"遥赶紧补充道。

"真的吗?"森川投来怀疑的目光。

实际上,遥的头不怎么痛,只是觉得不愉快,心情沉闷。

"是真的。"

"你要注意啊,因为这项治疗涉及大脑,一旦出了事,可不是闹着玩儿的。"

"没有问题的,谢谢您。"遥强装笑脸低头道谢,"那么,明天见。"

遥说完,逃也似的出了房间。

遥一到走廊上,见雅人站在那里,顿时喜上心头。

"在等我啊。"遥那样想着,跑了过去,牵起他的手,保持那个姿势笑着凝视他,雅人也微笑着凝视遥。遥左右看看,见走廊里没别人,便主动将脸靠过去,送上她的唇。

吻了一会儿,两人缓缓分开。遥睁开眼睛一看,雅人的笑脸还在眼前。好幸福!

两人就这样牵着手往前走,默默地走了一会儿,出了大学正门,在看到校门前的林荫道时,遥倾诉道:

"雅人,我好幸福啊。"

"我也是啊。"

遥得到了预期的回答。

"因为他是我的大脑创造出来的幻影,所以才会给我我所期待的答案吗?"这样的想法在遥的脑海中掠过,但是她马上又想,"即便是那样也没有关系,现在是幸福的,这就足够了。"

没有坐公交车,两人步行朝车站走去。遥太开心了,情不自禁地唱起了歌。那是从前雅人喜欢的美国老歌,叫《直到有你》。

歌词记不太清楚了,所以她便哼唱着。接着,她又唱起了《绿袖子》,这是一首英国的传统歌曲。雅人曾说过,他喜欢英国民谣和民间故事,而遥也喜欢这些,所以想起这些她就很开心。

经过PARCO百货,他们来到井之头公园。因为今天时间尚早,两人就坐上了小船。因为雅人不能摇船,遥便自己握住了船桨。划到水池中央,遥说道:

"今天的船有点儿少啊。"

"嗯。"雅人回应道。

"好像我们把这个水池包下来了一样,可以尽情地玩啦。"

他们先去了一趟水池中央,然后又来到了靠近岸边的地方,打算沿着池边转上一圈。

"这些树全都是樱花树啊。"雅人道,"它们都是朝向水池的方向生长着,都是倾斜着的,仿佛马上要翻进水池里去呢。"

"嗯,正因为这样,所有的树下才都有木棒支撑着啊。伸到水面上的树枝下面,也有木棒支撑着。"

遥嘴上说着,心中暗想:"雅人说的话和彩说的一样啊,是因为他是我创造出来的幻影吗?"她又暗暗疑虑起来。

"喂,遥,你以前在那附近的长椅上弹过吉他吧?"雅人问道。

"啊,嗯……那是大二的时候吧。因为我高中的时候曾经在吉他社团待过。"遥道。

"嗯,你的古典吉他曲弹得真好啊。"

"也不是啊。"

"因为是在水池边的长椅上弹的,所以弹完一曲之后,水池里的小船都聚集过来了,掌声四起,把遥吓了一跳呢。"

"嗯,很不好意思啊。"

"你匆匆鞠了一躬,慌忙把吉他收进盒子里,一溜烟儿地逃跑啦。那一幕太有意思啦。"

"嗯,我弹得忘乎所以,完全不知道小船都聚集过来,人们都在听我弹呢。"

"那种能在水上倾听演奏的演奏会也挺不错啊。虽然来到这座城市、来到这所大学才三年,却已经发生了好多事。"雅人感慨道。

他们下了小船,走进了近在眼前的井之头自然文化园的水生生物园。经过养着水鸟的笼子,两人走到了有天鹅的内池。

"啊,有黑天鹅呢。"遥指着黑色的水鸟说。

"没有黑天鹅吧?那是黑鹅吧?"

"哎?那是黑鹅吗?"遥问道。

"不是吗?"雅人也惊讶道,"不太了解呢。"

"但是,既然生为天鹅,我觉得还是做白天鹅比较好。"遥道。

"是吗?"雅人问道。

"嗯,你想啊,明明是天鹅,却是黑色的,那不就没有意思了吗?"

"是那样吗?"

遥被雅人问住了,沉默了好久。

他们走进了一座新建的建筑物,看了养有昆虫和蛙类的水池。

两人从后门走出来,经人行天桥过了从车站和PARCO百货方向通过来的车道,进入另外一个主园。这个公园比刚才那个规模更大,一张入场券可以进两个人。

这边有动物园,还有很大的猴山,但既不能看大象,也不能看巨大的兔子,天竺鼠的亲密接触时间也已经结束。

"都不能看了啊,无聊。"遥有些扫兴。

两人牵着手去了猴山,靠在混凝土的扶手上,登上混凝土造的山,过了吊桥,眺望着滚来滚去、互相抚摸身体的猴子们。

"哎?它们在非常认真地拨开彼此的毛呢。"遥用手指着它们说道,"它们在互帮互助呢。"

"那是在互帮互助吗?"雅人问道。

"是啊,挠痒痒嘛。"

"那是在寻找盐啊,从彼此的身体上找盐。"

"盐?不是在找跳蚤吗?"遥有些惊讶。

"不是呀,你没看见它们找到就吃了吗?一个个地放到口中。"

"我以为它们在吃跳蚤呢。"

雅人笑了:

"它们才不会吃跳蚤呢。那东西一点儿都不好吃。"

"是吗?"遥问道。

"嗯,虽然我也没有吃过,不知道那是什么滋味。"雅人道。

两人来到松鼠笼区。在金属网做成的小小森林中,有一条沿笼子间的缝隙筑成的水泥小路。前方的过道里,有几只松鼠在蹦蹦跳跳地穿行。

他们蹲下来观察周围的树木,发现在意想不到的地方,潜伏着几只小松鼠。

"啊,松鼠来了,好可爱啊!"

一只松鼠从小路上跳过来,沿着遥的腰跳上了她的肩膀,又钻进了她的挎包。

"啊,它钻进包里了!怎么办啊?"

遥说着,把包从肩上取了下来。她完全没有想到它会跑进包里。她刚想把手伸进去,雅人拦住了她:

"不行,你要是把手伸进去的话,它会咬你的。"

"那可怎么办呢?"

"把包放到地面上,等一会儿,它就自己出去了。"

于是遥把包放到水泥小路上,横着放倒,等了一会儿,松鼠果然自己出去了。

走出松鼠笼区,两人在林中继续前行,到了雕刻家北村西望的雕刻纪念馆门前。

馆内不见人影,这里也被他们包场了。在空荡荡的房间里,两人一边欣赏着西望的作品,一边慢慢走着。他们走到长崎和平祈念像的同比例仿制品前面,雕像全身散发着银色的光辉。

"好大啊!"遥道。

"听说,这座雕像是在这座建筑物内做成的呢。"雅人道,"因为是雕刻作品,所以需要很大的建筑物来制作啊。"

"是吗?"

"因为艺术家必须后退才能观看雕像的整体效果,也有必要从上面观看。下雨的时候,他在户外就没法制作,在自己家里和办公室里也没法制作。所以,市政府为艺术家准备了这个地方,当作其工作室。艺术家去世后,人们就把它建成了纪念馆。"

对着雕像,遥模仿着它向空中举起右手的动作。

"女人不适合做这个动作啊。"遥道。

雅人一听,满眼笑意地说:

"这座雕像的原型是位相扑手。"

"哎?是吗?"遥第一次听说。

"一个来自长崎的家伙以前说过,这座雕像是以从前一位叫柏户的相扑手的脸为原型创作的,不知是不是真的。"

"我可听说雕像的原型是一位叫力道山的专业摔跤手啊。"

"哦?真的吗?"

"不管原型是谁,这个动作果然更适合男人做啊。"遥道。

两人再次相吻,因为现在周围一个人也没有。

"好神奇啊,你很温暖呢。"遥惊异道,"能够这样实际接触你,真是不可思议。完全无法想象雅人是幻影啊。"

遥像是想确认一下似的,再次慢慢地吻了他一下。忽然,她的脸上露出惊讶的表情。

"怎么了?"雅人问道。

"雅人的气味我想不起来了……"她又一次使劲儿拉过雅人,紧紧拥抱着。

那样过了好久,遥用稍大的声音喊道:

"但是,很开心啊!"

于是雅人也笑着点了点头。

"真的很开心啊,谢谢你!"遥目不转睛地看着雅人说道。

那天晚上,遥还是一个人坐在公寓的厨房里,喝着自己泡的咖啡。那天晚上,雅人也是在遥的公寓门前消失的。

"我们的约会总是在门前结束啊。"遥自言自语道。

"简直就像高中生一样。不过,很开心啊……"她忍不住那样小声说道。

她伸手把笔记本拉到眼前打开。

那是一个为了日后要提交的报告所做的备忘录。和雅人的对话和约会的内容也尽可能详细地记录在内。但是,接吻的事儿不写也行吧。那是她的个人隐私。虽说她是研究者,但是这个程度的秘密还是应该保守的。

她奋笔疾书地记录着关于幻影雅人的相关信息:"不能饮食""不能划船""不能撑伞""不能拿苹果"。

"有和人一样的体温""别人看不见""没有气味,也许是因为我记不住了"等等,她将这些内容逐条手写下来。

"我所能看到的雅人是我所制造的幻象,是只有我自己能看到的幻影……"遥一边嘀嘀咕咕自言自语,一边翻着笔记本的纸张,自己开导自己,"我也知道有的患者是被幻影治愈的,明明也知道……"

她说着,眼泪夺眶而出。

泪水顺着脸颊潸潸而下,遥渐渐哭了起来。

"雅人……"

遥喃喃低语着,慢慢趴在了桌子上。

11

第二天,遥在康复训练室旁的走廊上,遇到了中泽医生。

"哎哟,能自己走了啊。"他一边走过来一边说道。

"是的。"遥笑着说,"已经能走了。"

"是吗?那么,康复训练也就不用做了吧?祝贺你啊!"他说道。

"谢谢您!"

"脸色也好了很多啊。"

"是的,一切都在慢慢变好。"

遥往窗外看了一眼。

雅人站在院子里,目不转睛地看着遥。两人目光相遇,他急忙离开了。

"啊,对……对不起了医生,我要先告辞了!"

遥朝着院子方向小跑起来。

"哎,不要跑啊。"后面传来中泽医生的声音。

遥跑到院子里,东张西望地四处找寻。一个人也没有。

"雅人、雅人!"

她喊着他的名字,寻找恋人的身影,却始终没有看到雅人。

她在校园里走着,突然被一个女人叫住了。

"喂!"女人用尖利的声音喊道。

遥回头一看,是昨天和彩争论的那个女生。

"啊。"遥愣了一下道,"小暮同学……是吧?"

遥很想问问她生气的原因,也许那样就能了解事情的前因后果,解开所有的谜团。

遥想让她说说她的想法,她却突然说了一句:

"还真能走到外面来啊。"

"哎?"

遥蒙了。对方的语气出乎意料地平静,遥一时不解其意,以为她是说遥明明受了伤还能走,但事实并非如此。

"你竟然还能若无其事地来学校啊!"

那是一种极度愤怒阴郁的低沉声音。她似乎因为过于愤怒,反而无法发出更大的声音了。

"啊……你说的是雅人……神原同学的事吗?"

"不要随便叫他的名字!"她终于喊了起来,"我才不相信呢!"

"啊,不信什么?"遥用极小的声音问道。与其说是在跟对方说,倒不如说是在对自己讲。

她本能地觉察到,如果让对方清楚地听到的话,反而会使事态恶化。

有人从远处跑过来,是个女生。难道是她的援兵到了吗?遥心里直嘀咕。如果是那样的话,可太糟了。她现在就是眼看要扑上来的架势,若是再有援兵,也许会乘势把遥打伤吧。

"我才不相信呢!你给我记好了!"

"不相信什么呢?"遥心里更纳闷了。

跑过来的女生从侧面抱住了小暮,然后说:

"不要啊,快走吧。"说着,她打算强行抱着小暮离开。

来的人正是彩。

"放开我!"

名叫小暮的女生叫了起来:

"好疼啊!"

"你来这边一下!"

彩说着,走入遥和小暮之间,强行推着小暮离开了遥。而小暮一边被强行推开,一边目不转睛地盯着遥,大声说道:

"你听好了,我才不相信呢!装什么失忆!别以为你演一下失忆,事情就可以不了了之!你那么想就大错特错了!"

遥茫然不知所措。这是怎么一回事呢?

"你听着!你可别忘了,我是什么都知道的。你自己实际上也都知道吧?你自己干了什么!干了多么过分的事!只有我看透了啊!清清楚楚地看透了你!你是故意的!什么嘛!还假装失忆!没有记忆了?开什么国际玩笑!什么颞叶呀,什么电磁刺激啊,明明什么都看不到,就不要再装模作样啦!"

"遥,再见啊。"彩说着,微微侧头瞅了遥一眼。

"啊,嗯,再见……"说着,遥摆了摆右手。

"什么嘛!肮脏的女人!你以为这样故意装傻,就能让大家都忘记吗?我是绝对不会让你得逞的!放开我!好疼啊!"

两人的身影消失后,遥茫然地站在原地。这个打击让她十分迷茫,眼泪反而流不出来了。

遥低着头,看了一会儿脚下的绿色草坪。过了很长时间,她抬起头来,发现雅人正站在远处的树荫下朝她招手。

"雅人!"

话一出口,她的眼泪就流了下来。

两人沿井之头公园的坡道并肩而行,前方是水池的水面。

"我明明能看到啊。明明能像这样清楚地看到雅人,为什么说我是装作能看到啊!"遥想。

担心她一直消沉下去,雅人对她说:

"小暮想报外科,所以对脑的超常功能之类的探究,既不感兴趣,也不相信。别在意她的话!"

遥听了依旧茫然,都忘记了点头。她还在思考那个叫小暮的女生所说的那些话,每一句都有其意义吗?对她来说,那些话是否能成为探究真相的钥匙呢?

"遥,你不要紧吧?"

被雅人这么一问,遥终于回过神儿来。

"啊……嗯。"

然后遥接着嘟哝道:

"如果记忆完全恢复了,我会怎么样呢?"

她想恢复记忆,又对恢复记忆有一种强烈的不安。

"什么怎么样?"雅人问道。

"就不能和雅人见面了吗?那我宁可不恢复。"

话是这样说,但是实际上,她心里的恐惧远远要比这件事大得多。

雅人点了点头,什么话也没说。他那柔和的侧脸仿佛在说:

"我也是呀。"

"你说,会变成什么样呢?我好怕呀。车祸发生的时候,就像刚才小暮同学说的那样,我和雅人之间……一定是发生了什么事情。"

这么一说,她的心情果然更低落了。

"我想恢复记忆,但是另一个自己又不愿意想起来,因为我现在真的很幸福啊。"

这是遥的真心话,总算能说出口了。她到底做了什么,事实上,这才是最令她恐惧的。

"我明白呀。"雅人说着看了看遥。

"但是,那种事谁也不知道啊。那是一个完全没有被揭开的未知领域啊。"

遥一瞬间有些迷惑,她心里琢磨:"雅人指的是我的记忆能恢复的话,雅人的幻影会消失,还是会继续存留呢?"

遥点了点头,说道:

"嗯,大概是那样吧。不过雅人的假说是怎么认为的呢?"

她决定跟着雅人的思路走。

"假说的话,我觉得作为幻肢进一步发展状态的幻影,它是会继续存在下去的。从外侧沟里跑出来的视觉和听觉记忆形象,与事件记忆、语义记忆是否消失没有关系。"

"是吗?那太好啦!"遥道。

"但是,如果记忆的回归是以记忆形象的意义消失这样的形式出现的话,就未必这样了。"

听雅人那样说,遥猛地抬起了头。

"啊？那是什么意思？"她恐惧不安地问，"以前雅人也说过，TMS 毕竟是为了治疗抑郁症而研发的仪器，并不是治疗记忆障碍的仪器，和那个有关系吗？"

遥采取了迂回问法。她实际上想问："如果我对雅人做过什么过分的事的话，比如在发生过什么事的情况下雅人会消失，是这个意思吗？"但是，这样的话她不敢说出口。

"哎？和那个没有关系。不过，我想先和遥说的是，电磁刺激可以用于很多领域，我觉得它能变成一个强有力的武器。孩提时代听过的音乐啦、人声啦、见过的人啦，这些都储存在哪里这一点，还没法精确地知道，只是可以推测出是在外侧沟周围的某个部位。毫无疑问，天使的身影、神的声音、那些神秘的体验，也是在这个沟的附近。但是，准确的位置在哪儿，为什么会这样，这些东西还不了解。"

"嗯。"遥点头。

"不过，也有的位置已经基本明确了。"

"什么？"

"二重身。"

"二重身？"

"嗯。"

"那是什么呢？"遥问道。

"doppelgänger，是双重出现的东西的德语说法。从前，人们会说是恶魔出现的证据，是死神或者是妖精的化身，而现在，人们已经明白了那是脑的错误认知。世界上已经有许多类似事例的报告。一个德国女子的报告显示：孩提时代，她躺在摇篮里被摇来摇去的时候，看到过躺在旁边的摇篮里摇来晃去的自己。

"林肯的传记里也清楚地记载着：1860年，林肯因选举而疲劳不堪、在房间里休息的时候，在镜子里，清楚地看到自己的身后站着另一个脸色铁青的自己。

"晚年的芥川龙之介也在他的《齿轮》和《两封信》等作品中，写过自己曾经多次见过坐在自己家里矮桌前的自己、在银座街头或店铺等地方的自己。他在采访中也说过，二重身可能是自己死亡的预兆。或许，那也成了他自杀的理由之一。"

"哦，发生过那样的事情啊，这竟是他自杀的理由……"

"如果是事实，那就是罪过啊。那只不过是脑的错误认知而已。水上勉晚年也说过他曾经看到过自己坐在书桌前，不停地往自己的稿子上泼墨，将其弄脏。"

"哦……自己看见自己啊，这就是二重身吗？"

"嗯，这些名人，芥川也好，水上也好，林肯也好，因为都是过去的人，没法研究他们脑的情况。但是，最近因为类似经历来医院的患者，几乎都有一个共同特征，这一点已经广为人知了。"

"什么共同特征？"

"外侧沟附近有肿瘤，或者是血流量降低……"

"啊！"

这时，遥突然尖叫起来。正在说话的雅人耳边，突然出现了一股黏稠的暗红色血流,它正在慢慢地滑落。

"哇!"遥大声尖叫着,双手捂住脸,上半身向前弯。

"怎么了?"雅人的声音传来。

"雅人!血!血!"遥哭喊着。

"在哪儿?"雅人问道。

遥抬起头,战战兢兢地看着雅人。血消失了,雅人的肌肤依旧白皙漂亮。

"哎?"

"遥,你不要紧吧?"雅人盯着遥的脸看。

遥恍惚了好久,说道:

"啊,对不起。"

遥完全愣住了,刚才到底是怎么回事呢?

她的心情恢复了平静,可是,脸颊上依然有泪水在流。

12

遥来到公寓门前,拿出钥匙打开锁,握住门把回头一看:奇迹出现了!雅人居然还站在那里。

"啊,雅人,你还在啊!"遥不禁叫起来。

雅人却只是笑。

"好开心啊!快进来,快进来!"

遥说着,催促雅人进门。雅人进了玄关。

遥领着雅人来到厨房,让他坐在餐桌旁。一落座,雅人便四处打量,看看天花板、墙壁、家具器物。

"是不是有点儿怀念?"遥笑着问道。

"嗯。"雅人说着点了点头。

"我给你泡茶。啊,对了,雅人不需要啊。那么,我也不要了。咱们一起坐坐吧。"

说着,遥在雅人对面落座了。她双手托腮,一直盯着雅人看。

"啊,好开心啊,雅人到我的公寓里来了。"

遥又说了一遍,接着说:

"那个二重身的事还没有讲完呢。这都怪我打断了啊,对不起,你继续说吧。"

雅人平和地笑着说:

"说到哪里了呢?"

"说到经历过二重身后来医院的人,大都有一个共同点。"

遥一说,雅人点头道:

"嗯,是那样的,他们有一个共同点。苏黎世大学的神经科医生彼得·布鲁格教授的研究十分有名。据说偏头痛的前兆之一,就是二重身现象。也就是说,看到二重身之后,他们一定会受到偏头痛的攻击。"

"偏头痛?"

"嗯,有头痛这个老毛病的人的症状,你听宫泽老师说过吧?血流量先是降低,接着突然猛增,血管膨胀,压迫周围细胞,引起头痛。"

"啊,听说过。那些人就会看到这个吗?"

"嗯,还有患脑肿瘤的人。"

"脑肿瘤……"

"嗯。"

"患有脑肿瘤的人都能看到二重身吗?"

"不是那样的,并不是所有的脑肿瘤患者都能经历二重身,要看脑肿瘤的位置在哪里。二重身经历者们的肿瘤位置都在外侧沟最里面的尽头处。"

"这样啊。"

"从尽头附近往上稍稍靠近脑部上方的区域,在那附近长有肿瘤的人很多都看到了二重身。顶叶和颞叶的交界区域是二重身的地带,其证据就是这些患者摘除肿瘤之后,二重身就再也没有出现。"

"哦……"

"所以,用电磁照射到这附近的时候要注意,也许照射之后就会看到自己的'幽灵'。"

"哦,那样就能体验二重身了……"

"嗯,那个可能性很大。"

"那是为什么呢?"

"著名医学博士彭菲尔德也做过一个实验。他的报告说:用电极一刺激这附近,患者就说感觉自己明明在这里,可是却有半个自己已经置身于肉体之外了,仿佛自己魂魄的一半离开了自己的肉体,去了外部空间。"

"啊……"

"人呀,生来就具备一种本能,能够主观而无意识地细致入微地把握自己身体的具体形状。比如,在黑暗中也能准确地抓住东西,即便是第一次走狭窄的过道,也能不让身体碰壁顺利地通过,就是这种能力在发挥作用。"

"啊,是吗?"

"这叫身体映像,是我们都具备的本能。平时实际的肉体感觉和这个本能正好吻合,我们就能安全地行动。但是,如果因为某种原因导致脑里面的神经传递出现异常,这两者就会分裂,人的眼睛就会看到自己的魂魄离开肉体的景象。"

"哎?那也是虚假信息吗?"

"是的,是幻影,脑又受骗了。"

"啊,二重身也和幻肢一样是幻影啊。"

"嗯。"

"脑这东西好有意思啊!"遥感慨道,"我还是想选择这个方向学习啊。"

"掌管能让人本能地感知自己身体的外围线、轮廓线等身体映像功能的区域,好像就在外侧沟的顶端附近。那里要是长了肿瘤的话,那种认知错误就会频繁出现。据说二重身的出现可能就是因为这个。"

"那是在有脑肿瘤的情况下。那么,偏头痛呢?"

"像血流量的急剧增减这些异常,会剧烈刺激这个附近的区域,所以我认为也可以通过电磁的刺激来使它出现。"

"二重身吗?"

"嗯。"

"我就会变成两个人……"

"是啊。"

"另外一个自己……虽然有点儿害怕,可还是很想看看啊。"

"是吗?"

"要不要做做看呢?反正我已经像这样看见雅人了,我亲身体会到幻影并不可怕啊。"遥道。

遥把雅人带进卧室,打开电脑,给他看两人旅行时的视频。

"啊,好怀念啊!"雅人说。

"是啊。"遥回应道。

遥看到正在开心地攀登山道的雅人。

"这里是秩父啊。这是为了庆祝我成功避免了留级而去的,是我们的第一次旅行。开车去的话,也没有那么远啊。"雅人道,"上大学以后,我没怎么开过车,所以有好几次差点儿遇上危险啊。"

"是吗?"

"嗯,所以遥就跟我换了位置,说'我来开'。"

"哎……是那样的啊?"

就在说话那一瞬间,遥猛然听到了尖利的金属音,"呜"的一声悲鸣,上身一下子弯了下来。

"怎么啦?你不要紧吧?"雅人道。

"嗯,最近偶尔会头疼。"遥用两只手按住头部两侧说道。

但是,她的头疼已经好久没有发作过了。和雅人的幻影在一起的时候,她从来没有听过这个声音。

雅人担心地看着遥。

"不要紧啦。"遥道。

金属音已经停了下来。她直起上身,为了显示自己很健康,她嬉闹般叫了起来:

"啊!看这个!"

视频中有一棵矗立着的大树。

"传说中的银杏树。"

"好怀念啊。"雅人也笑着说道。

"哎。"

在心里如此私语了一句的同时,遥有一种不好的预感。

传说中的银杏树!

一个已经遗忘的词语。什么是"传说中的银杏树"呢?对了,这个词语是从雅人那里听说的,她现在突然想了起来。

但是,直到刚才,她都未曾想起,这个树的形象也未曾在脑海中苏醒。就连她一个人看到这个视频的时候,视频中闪现过这棵树时,她也没有留意到它,也是因为在用手机拍摄的视频里,它只是一闪而过的缘故。在做TMS电磁治疗的时候,这棵树也没有特别引起她的注意。

然而,遥觉得这棵树是具有重大意义的。她听见雅人的声音时,有一种记忆要苏醒的感觉,可也只是感觉到那是十分重要的东西,对其原因却一无所知。那会是什么呢?是恐怖的东西吗?

也许是吧。如果不是的话,那个金属音的意义就无法解释了。那个声音只有在即将发生什么重大事情的时候,才会像警铃一样响起。

"对了,我们一起去秩父看到了这棵树啊。"遥喃喃自语道,"雅人说过,这棵树是一棵非常重要的树,对吧?"

"是的。"雅人点头。

"我渐渐想起来了。到底是什么事呢?那时候,我们为什么要去那里呢?"

"是为了庆祝我避免留级啊。"

"那个原因我是知道的啊。我们为什么去看这棵树呢?为什么要特意爬山去看它呢?"

"孩提时代,我曾经在这附近住过。虽然现在我父母已经搬到富山去了,但我是在这一带的深山里长大的,所以对这棵树的传说倒背如流啊。要我给你讲一下吗?"雅人问道。

"嗯……"遥犹豫了一下,抓住雅人的右手,很大声地说,"等一下,先别讲!"

"那个传说很可怕吗?"遥刚问完,不知为何,身体忽然震颤了一下,不祥的预感越来越强烈。

"这棵树的传说吗?没有什么可怕的啊。"雅人用满不在乎的口气说道。

"因为遥以前跟我说过红苹果和绿苹果的故事,所以我想:照这么说的话,我这边的'幻肢'理论和这棵树的传说是吻合的啊。当然,我是后来一琢磨才发现的。我孩提时代特别迷恋这棵树,怎么说呢?我好像是在无形中受到了一种启发,于是就跟你说了。你听了便说想一起来看看,所以就……"

听雅人这么一说,遥渐渐想起来了:是这样啊。看来树的传说本身并不是可怕的故事。那么,这个不好的预感难道不是来自这棵树吗?

但奇怪的是她竟然忘记了这棵树的传说。而如今,她仍然觉得这件事很可怕。这难道不是因逃避而遗忘吗?

如果是那样的话,那么问题的核心就在这里。这是一种非常可怕的东西,所以她的理性才会有意掩盖它、逃避它。

看来是猜中了,她的身体在发抖。那样的话,问题的核心就是与这棵树有关。若是如此,她现在就不想听这棵树的传说。如果是很可怕的东西,没有必要一定在今天晚上来面对吧?

沉默充满整个房间。

"怎么办呢?"遥犹豫不决。

但是,那么何时才行呢?

她正在逐渐接近问题的核心,这种预感不断涌上心头。它不断地煽动着她内心的恐惧,让她的身体颤抖不已。

"雅人。"遥出声叫道。

"雅人。"她再次叫道。

"哎?"

雅人已经消失了。

"怎么回事呢?"她低声嘟哝道。

"为什么呢?这里面有什么深意呢?"她问自己。

雅人消失了。这难道不是警告吗?前面有可怕的东西在等着她,所以不要再靠近了。难道雅人的消失是想传递这样的信息吗?

"雅人。"遥喊完恋人的名字,用双手遮脸,啜泣着低语道,"怎么办啊?"

泪水潸潸而下。

"能够这样和雅人的'幽灵'见面,每天一起在公园散步、聊天,她觉得自己越来越喜欢雅人了。这样下去,如果有一天雅人突然不见了……"

她又一次慢慢地趴到了桌子上。

13

第二天早上,在学校的走廊里,遥遇见了彩。遥看到她的背影,便从后面喊她:

"彩!"

"啊,遥!"彩回头应道。

彩没有什么慌乱的表情,遥觉得那是因为她昨天从小暮那里救出了自己,所以觉得有恩于自己,因此才这样镇定。

"气色好多了啊,遥。"彩道。

但是,彩的说话方式让遥感到有点儿不自然,似乎有些口是心非。

"嗯,身体好多了,托彩的福。"遥也言不由衷地说道。

"哎?为什么啊?"彩问道。

"因为是彩劝我做 TMS 治疗的啊。"

彩听了,微微一笑。遥没有笑,一直看着彩的脸。

"是呀,得感谢我呀。"彩道,"那么记忆完全恢复了吗?"

遥摇了摇头:

"没有,还没有完全恢复,不过已经开始恢复了。只有事故时的情景还没有……"

"哦……"彩点了点头。

"我说,彩……"

"什么事?"彩道。

"彩有什么事情瞒着我吗?"遥下定决心般问道。

"哎?"彩的表情瞬间僵住了。

"可不要说什么'不好,我还有社团活动要参加'之类的话来敷衍我啊。"遥继续平静地说道,"我觉得很害怕。昨天晚上和雅人聊天,感觉记忆渐渐恢复,马上就要接近事件的核心了。"

彩默默地听着。

"如果前面有可怕的事情在等着我的话,我现在一直在考虑怎样才能软着陆。不要那么突然以很可怕的形式回忆起来,可不可以向真相慢慢靠近……也许我这样只为自己打算太自私了,但是,如果你知道点儿什么的话,请先告诉我你知道的事。"

彩如同冻僵了一般面无表情地呆立着。过了好久,她的脸终于如冰块融化似的动了起来。她摇了摇头说:

"那可不行啊,遥。"彩也平静地说道,"我什么都不能做。你必须要自己来解决。"

她这样一说,这次换遥呆住了。彩接着道:

"因为这是你自己的事情啊。不过,当记忆全部回来的时候,也许你会受到打击。你要有这个思想准备呀。"

遥默默无语。

"怎么样?能做到吗?"

遥轻轻地摇了摇头:

"不知道,不过,估计做不到。"

遥说完,泪水又要溢出来了。

"我的性格太软弱,我不喜欢这样的自己。昨天晚上也是,一想到雅人有可能就要消失了,我就觉得自己要活不下去了。哪怕只是'幽灵',我也希望雅人能在我身边。"

彩点了点头。

"但是我自己也知道,抑郁症的症状在一天天减轻。到底发生了什么呢?我必须得自己回想起来。"

彩走过来,把手放到遥的肩上,然后说:

"加油啊!"

遥慢慢点了点头。

上完所有的课后,遥一个人去了 TMS 楼。今天也是助手森川一个人在那里。彩没有来。

照射额叶左侧的时候,什么也没有发生。可是,在开始照射颞叶的时候,遥整个人就像坐到了电影院大屏幕前面一样,鲜明的画面突然出现在眼前。

遥闭着眼睛,"啊"的一声喊了出来。

鲜艳的红叶铺满山麓,周围是满地落叶的树林,常绿树混杂其中。周围的田地里好像有什么东西在燃烧,到处弥漫着焦煳的味道。一阵巨响直钻耳朵,是雅人踏在草地上的脚步声,紧跟其后的是她自己轻微的脚步声。

她能看到走在前面的雅人。他穿着蓝色的毛衣,毛衣外面套着摄影师常穿的那种枯草色夹克。

"喂,还没到吗?"

遥自己的声音直冲鼻尖而来,听得她毛骨悚然。雅人在牵着她的手往前走。那是一条杂草丛生的小土路。她正在被强行拽着往前走。

"看！"雅人大声说道。

狭窄的小路旁，有一座古老的神社。神社极小，又被很多树木包围着，不走到近前都不知道这是一座神社。空地的入口处有牌坊，里面是古老的木制神社。

神社院内立着一棵银杏树，树干粗大且古老，形状有些不可思议。

"就是这个。"雅人说着，用右手示意遥，然后转过身去背对着她，先穿过了牌坊，进入院内。

遥也跟着进去了。院内被飘落的银杏树叶染成一片黄色，非常美丽。

"落叶了，秋天了啊。"雅人道。

渐渐靠近的粗大的树干上，缠着粗粗的绳子。树的外观奇特得让人讶异，越靠近它，这种感觉就越深刻。这种模样的银杏树，遥从来没有见过。

用绳子绑着的树干十分粗大，黑魆魆的，简直就像在院子里坐镇的镇山石一样，看起来不像是植物。那黑魆魆的物体向左右两边伸展出两根粗大的树枝。而那树干在三米左右的位置戛然断裂。

"这棵树好厉害啊！"遥一边靠近，一边惊叹，"它的形状好奇怪啊！"

这是因为从如同岩石一般黑魆魆的树干根部，又长出了新的树干。那新树干笔直向上生长，已经长得老高，整体看上去，这就是一棵遥从未见过的树干粗壮且姿态奇特的银杏树。稻草绳将这两部分绑在了一起。

而且,看上去如同母亲一样的那个老树干似乎已经成了空洞,在一米左右高度的位置上,有一个很大的洞口,像窗户一样开着。

遥将脸凑近一看,里面一片漆黑。

"里面好黑啊,难道说这是烧焦的?"她问雅人。

遥窥视发现,和她预想的一样,这好像不是普通的树洞,是燃烧后的空洞。树干是中空的,中心部分被烧掉了,周边部分还残留着,呈筒状。因此,这棵大树就像烟囱一样,或者说像个很高的石臼。"烟囱"两边伸出树枝,而且还都长着树叶。

雅人点点头。

"是的,是烧焦的。很久以前它被雷击中了。不仅如此,你看,这上面部分是裂开的吧?一道很大的雷将这棵树纵向劈成了两半,然后一下子燃烧了起来。"

遥大惊:

"真的?太厉害了啊!这与其说是树,倒不如说是石像或者纪念碑呢。"

"是那样啊。它确实是这一带的纪念碑啊,而且传说有神灵寄居其中。所以,这是所有村民信仰的图腾啊。"

"是因为它遭了雷击也依然活着吗?"

"也有这个原因。因为是神树,谁也不能碰,所以这些黑烟的痕迹，还保持着明治时期的样子，一直保留到现在。"

"但是树上的叶子还在。"遥指着上方说道。

"是啊。大家都以为这棵树已经死了，但是它虽然一半死去了，可另一半又这样起死回生了啊。"

"好强的生命力！"

"从它旁边长出了新树干，并且发出了芽。新树干与老树干就这样互相依靠，融合在一起，一直长到了这么大啊。"

"太了不起了，这是一棵不死之树呀！"遥敬佩地说道。

"这树枝也很厉害呢！"雅人用手指着说。那里也有遥从未见过的东西。

"嗯，这是什么？怎么树枝的下面往下垂着呢？"遥道。

"嗯，就像钟乳洞里的钟乳石一样吧？树变老了就会这样啊。这是从古老的树干上伸展出来的树枝，所以才会这样粗壮沧桑。因为这根树枝也很古老了。粗大到这种程度，植物也会像钟乳石一样'肌肉下垂'啊。"

"太厉害啦！"遥道。

那树枝的样子不知怎的有点儿瘆人，看上去像蛇或是某种软体动物。

"有好几个'钟乳石'呢。这根古老的树枝上也有些树叶呢。"

"是啊，它还没有死，还长着树叶呢。"

"新树干的枝条上，有好多树叶啊！虽然已经落了很多叶子，但依然很漂亮啊！"遥环视院内道。

"是从这根树枝上垂下来的,就像母亲的乳房一样。据说在战后贫困时期,有很多因没有东西吃而没有奶水的母亲,都来这里拜祭,祈祷能有奶水。"

"哎?是那样啊。这棵树有各种各样的传说啊。"

"不仅如此。"雅人道,"有时候我会想:正是这棵树将我引向幻肢研究啊。因为这里离我家很近,我小时候经常来这里玩。"

"这棵树还有其他什么更特别的地方吗?"

"嗯。"雅人点点头,用指尖轻轻碰了一下烧焦的老树干。

"传说。"

"传说?"

"这棵树有一个传说啊。"

"什么样的传说?"遥被激发起了兴趣。

雅人抬头看着银杏树说道:

"听说,在江户时代向明治时代变迁的时候,有一对年轻的猎人夫妇在这个村里幸福地生活着。可是有一天,丈夫出去打猎再也没有回来。"

"啊,那对妻子来说,可真是痛苦啊。"遥道。

"村民都说丈夫已经死了,但是妻子每天来这座神社,祈祷丈夫还活着。结果有一天,在一个大雨就要降临的傍晚,在正在祈祷的妻子面前,一道雷击中了这棵树。银杏树一下子被劈成了两半并且燃烧了起来。接着,妻子在那里看到了难以置信的景象。"

"难道是她丈夫吗?"

"是啊,雷的轰鸣声平息下来之后,妻子抬起头,看到在燃烧的树木前方,站着她失踪的丈夫。她和丈夫既能对话,也能拥抱。"

"哎……是吗?"

"但是,那只是暂时的,丈夫很快就消失了。从那以后,每个寂寞难耐的夜晚,妻子就来这里向这棵树祈祷,于是丈夫就会现身。就是这样一个传说。"

"哦……"

"这个传说一直存留在我的脑海中。也许正是这个传说,让我想到了'幻肢'的假说。"

"原来如此!"遥心悦诚服地感叹。

猛然间醒过神儿来。森川的白衣又突然出现在遥的眼前,他正从遥的头上摘下电磁线圈和纸贴带。时空又跳转了。

遥怀疑自己是在做梦,刚刚的经历太不可思议了。如果是一场梦的话,那真是一场清晰得如同电影一般的梦境。

遥茫然若失地跟森川道了谢,摇摇晃晃地走出治疗室。她看到雅人正站在走廊上等她。她靠近他,握住他的手,看着他的眼睛,双唇迎了上去。走廊里没有人。

两人并肩走在人行道上,漫无目的地闲聊着。

"我想看自己的二重身。"遥说。

"好啊,我也想看。"雅人也用轻松的口吻回应道。

走到井之头公园,遥将刚才自己的颞叶照射电磁时看到雅人身影,以及回忆起在秩父神社中的大银杏树传说都告诉了雅人。

"我也听了你的讲解,关于雷击传说的讲解。"遥道。

雅人毫不惊讶,脸上没有任何意外之色。他仿佛不是很感兴趣,温柔地笑着点了点头。

"正因为这样,事故当天,我们才一起去那里的吧?"下定决心的遥终于开口问道。

她觉得这正是核心所在。她的心脏"扑通扑通"地跳得厉害。

"雅人,我几乎全都想起来了啊。可是,事故当天的事,我还是想不起来。"

雅人听了,沉默不语。

"明明刚才还跟我轻松地闲聊,现在却沉默了,看来他还是不想说啊。"遥心想。

遥等了一会儿,期待雅人会说出点儿什么,但是他什么也没说。

"我说,雅人。"遥说着,拉住雅人的手,站住了。

不只是她,雅人也停住了。他们是在井之头泉水旁的小桥上。

"我呀……"

刚一开口,她的身体就颤抖起来了,攫住她的是强烈的恐惧,还有因此而来的剧烈心跳。

"怎么了?"雅人问道。

他看起来漫不经心,脸上既没有悲哀,也没有危机感,只是十分平静地注视着遥。他的样子让遥感到失望。

"雅人,我比以前更喜欢你了,所以我害怕想起来,怕完全想起来那天我们之间发生了什么,如果因此导致雅人消失的话……"

遥缓缓抱紧雅人,然后表白道:

"我就再也活不下去了啊。"

雅人用冷静的声音回应道:

"不要紧的,遥,我哪里都不会去。"

"真的吗?"

遥抬头看着雅人的眼睛。

"嗯,我保证。"雅人说道。

他眼神平静,用力抱紧了遥。

14

遥和雅人有说有笑地下山。右边是湍急的溪流,他们和溪流并行向前。

遥看着远山的红叶,大声喊道:

"喂,好美啊!外国也有这样的红叶吗?"

"哎?没有吗?"雅人问道。

"有吗?红叶这东西,在美国和欧洲也有吗?"

"美国也许没有吧。你知道吗?柏利黑船来日本的其中一个目的,就是为了寻找植物啊。"

"哎？是吗？不是来做贸易的吗？"

"当然有做贸易的成分,不过,当时的美国国土上,没有多少像样的植物。内华达州啦、西海岸啦,都是绵延无边的荒漠,到处尽是秃山,所以他要来亚洲寻找漂亮的花、好看的草,把它们带回去,这就是他来日本的原因。"

"啊,这么说,我读过的,听说原本欧洲也没有山茶,是从日本带过去的,和折扇一起。这两样东西,欧洲以前都没有呀。"遥道。

"啊,是吗?"

"所以这么漂亮的秋景,只有日本有吧。我总是这么觉得。"

"这么说的话,柿右卫门也是那样的啊。在雪白的瓷器上,表现柿子和红叶之类鲜红的事物或景物。那种瓷器以前在欧洲也是没有的,所以他们才模仿,制造出了德国的梅森瓷器等白瓷器。"雅人道。

"嗯。"

遥回应的时候,雅人递过来一个苹果,说道:

"但苹果还是青的好啊,这是今天早上买的。如果找不到餐馆、吃不上饭的话,可以作为救急餐先垫一垫。给!"

"谢谢!"

遥接过苹果。雅人拿出自己那份,咬了一口。

"日本的秋天可不只有红叶啊,还有黄叶、褐叶以及保持绿色不变的树叶,而绿色也包含明绿、暗绿等各种绿,这样的树木相互映衬,特别漂亮。自然的力量太伟大了!"遥道。

"嗯。平安歌人只歌颂一下这些，就创造出了华丽的和歌文化啊。日本的古董画全都是日本的自然创造的啊。如果没有这么丰富的日本自然美景，那些艺术也就不会诞生了。"

"听说《万叶集》也是被人追求的女子所咏诵的和歌呢。"遥补充道。

"啊，恋爱也是那样的啊。如果没有恋爱的能量，文化就不会产生，就不会发展。大自然还有一个奇迹，就是恋爱。"

"虽然以前和歌的修辞是古典风格，意思不容易懂，但是好好琢磨一下的话，和我们这个时代的是没有什么不同的。也许那个时代随便说点儿什么也都是那种风格的修辞吧，我觉得表现二重身的和歌大概也会有。"

"二重身？"

"嗯，雅人也想看另外一个自己的样子吧？"

"一般吧。"

"我想看啊，想看自己的背影和自己迎面走来的样子。"

"是吗？"

"我想看，想亲眼看到活生生的自己。这是自恋吗？也不是吧。一般人都想知道别人眼里的自己是什么样的吧？穿着这件衣服的时候是怎样的？穿着那条裙子的时候是怎样的？

"穿这双鞋的时候，自己是怎样走路的呢？从侧面看是什么样的呢？这些形象即使通过镜子也搞不明白吧？请人用手机拍摄视频也弄不明白的。谁都想看活生生的自己吧。人们不是常说嘛,日本女人即使穿着高跟鞋,走路也都是弯着膝盖的。"

沉默持续着,雅人不再随声附和,只是背对着她默默地走在前面。

"但是,我能理解那种心情。鞋子是不会从脚上脱下来的呀!虽然在形体课上教我们走姿时老师反复这么说,但女生们还是会这样弯着膝盖走路啊……雅人,怎么了?你怎么不说话啊?"遥问道。

接着,为了缩短两人之间的距离,她加快了脚步。

"喂,雅人!雅人!"遥喊着他的名字,在他的后面紧追着。

"叫你呢!雅人!"

"我说,遥。"雅人依然背对她,小声说道。

"嗯?什么?"遥道。

"为什么要杀我啊?"

"啊?"

雅人慢慢转过头来,那张脸鲜血淋漓。他浑身是血。

"啊!啊!"遥大声尖叫着,睁开了双眼。

她急忙坐起身来。原来她在自己的床上。

黑暗的房间里,她呆若木鸡,过了好久,才总算反应过来:

"是一场梦啊。"

她看了看表。凌晨三点五十五分。时值寒冬,窗外依然漆黑。

"为什么呢?"她想。

为什么会做那种梦呢?她的额头冒出冷汗。

突然有金属音响彻耳际,遥尖叫着,两只手使劲儿捂住耳朵,金属音却依然响个不停。遥蜷缩在被子上忍耐着。

突然,声音停止了,遥放松下来,吐了一口气,将两只手从耳朵上移开。

因为在金属音响起的时候,她感觉到了一种强烈的压迫感,所以即使解放出来了,她依旧喘着粗气。她努力地做着深呼吸。

但是她的头依然疼,她按住太阳穴。刚才她因为睡意、金属音和压迫感而没有注意到——她的头在疼。这可真是痛苦啊!

"哎?"

她的身体猛地痉挛了一下,她抬起头来,侧耳倾听。

黑暗中,潜藏着一个喘着粗气的声音。她刚才一直没有注意到。在沉寂的黑暗深处,有一个声音低声喘息个不停。

"那是什么呢?"她想。恐惧令她的心跳加快了。急促的呼吸声没完没了地响着。

那声音听起来越来越像人声了,甚至开始呻吟了。那是垂死之人的呻吟——临终前的喘息?

那声音持续响个不停,遥也一直竖着耳朵听着。她自己也难以相信,自己会一直在黑暗中这样一动不动。

刚才的声音忽然停止了,接着声音又变成了类似煤气泄漏的声音。遥一直听着,除此之外,什么也做不了。狭窄的房间内,她无处可逃。

她开始担心了:厨房的煤气阀关好了吗?

她从床上爬下来,穿上拖鞋,缓缓地站起身来。她的脚还没有完全康复,再加上她现在还被睡魔和头疼侵袭着。"必须要小心,不要摔倒。"她这样告诫自己。这个时候,如果一个人摔倒了,可不是闹着玩的。

她走近关得紧紧的玻璃门,伸手握住把手,缓缓往旁边一拉。玻璃门"嘎啦嘎啦"地低响着打开了。

"啊!"她大叫起来。

黑暗中有什么东西站在那里。

"雅人?"

一个大大的影子在黑暗中慢慢地转过身来。

"啊!啊!"遥不禁大声尖叫起来。

是雅人。满身是血的雅人正瞪着她。

遥双手掩面,倒了下去,身体慢慢地在地板上摊开,昏了过去。

她醒过来时,已是清晨。房间里很明亮,她环顾四周,没有任何人,没有任何异样的东西,恐惧也消失了,阳光已经把它们赶了出去。

遥坐起身,环视厨房的地板和卧室的地毯,她在寻找血迹。可是,哪里都没有血,一滴血都没有。

还有点儿头痛,遥使劲儿敲打头部。她决定上午在床上躺着休息。

到了中午,头痛差不多好了,她起身泡了杯日本茶喝。因为觉得有点儿反胃,她不想喝咖啡。

她穿上衣服去了外面,清新的空气拯救了她。走在路上,她的情绪渐渐平复。

遥到了学校,上完下午的课,去了 TMS 楼。她轻轻敲了敲门,宫泽教授在里面应了一声"请进"。

"太好了,这下放心了,今天老师在啊。"她想。

她打开门,行了个礼,走进房间。只见教授坐在他常坐的椅子上,微笑着迎接遥。但是,他的笑容很快黯淡了:

"怎么了?丝永同学看上去有点儿憔悴啊。"

教授这么一说,遥受到了一点儿打击。她也曾对着镜子确认了一下,不佳的精神状态果然还是表现在了皮肤上啊。

"是的,昨天晚上有点儿失眠。"她像辩解似的说道。

"为什么?头疼吗?"

"是的,也有头疼的原因。不过,凌晨时看到了可怕的东西。"

"可怕的东西?"

教授眉头紧皱,表情有些严肃。

"还是男人好啊。"她想,"可以毫不犹豫地做出这样的表情。"

"是的,所以今天我想请教老师几个问题。"

"嗯。"教授点点头,然后摆好了迎接提问的坐姿,"是什么问题呢?"

被宫泽教授催促着,遥讲起了今天早上四点前看到的浑身是血的雅人。从头至尾将能想到的所有内容都准确地说完后,她问道:"这意味着什么呢?"

宫泽教授默默地听完遥的陈述,开口说道:

"那是不可能的呀,丝永同学。"

"是……"遥一时语塞。

"不可能的"是什么意思呢?他难道是想说她把现实和梦境混为一谈了吗?

宫泽教授道:

"你刚才说看到了作为幻肢的恋人的幻影,是浑身鲜血的样子。但是,幻肢应该是从那个人本身所拥有的视觉记忆中出现的。本人未经历的视觉体验是无法成为记忆的,所以不可能出现。如果你看到了那样的东西,那也许应该说是真正的'亡灵'吧。"

听完教授的话,遥沉默了。果真是那样吗?她满心疑惑。她并没有撒谎,已经看到那景象两次了。实际上是三次,但是其中一次是在梦里,除掉那次也有两次,在井之头公园里和自己的房间里各一次。

遥想了又想,说道:

"那么老师,如果那样的视觉经历之后消失了……不,如果是被埋没了呢?"

"怎么讲?"

"也就是说,由于记忆障碍,本人已经忘记了,以为自己没有看到过,但是……"

"这个嘛……"

宫泽教授抱起了胳膊。

"实际上看到了,但是那个视觉记忆在脑内深眠,那是不以本人意志为转移的。但如果在潜意识深处深眠的视觉记忆以'亡灵'的形式出现了呢?"

教授沉默许久,然后说道:

"实际上看到了?那样就有些复杂了。不过还是难以理解啊。至少我还没有碰到过这种病例。"

遥听后也沉默了一会儿,然后道谢:

"是吗?谢谢您。"

她低头行礼。

15

遥和雅人一起走在大学校园内。

"雅人,今天早上为什么让我看到你那副样子?"遥问道,"你是想让我说点儿什么吗?"

雅人默默地走在她身旁。

"你想让我想起来点儿什么,是吗?"

雅人无言。

"你一直盯着我,是想让我想起来,让我做梦吗?"

望着遥的雅人面无表情。

"那一定是义务吧,我的义务。你想让我尽那个义务。"

今天有点儿阴天,但风并不太冷。

"我……我也想回忆起来啊。所以,请你清楚地说出来,好吗?我会努力的。不要用沉默给我施压。我做了什么吗?我对你做了什么吗?"

雅人依旧无言。

"为什么不说话呢?"遥歇斯底里起来,"为什么?为什么你什么都不说?"

"我没法说什么啊!因为那是遥的事啊。遥自己想不起来,我帮不了你啊。"雅人道。

"什么嘛!别像彩那样说话!"遥喊道,"说什么那是我的事啊!那不也是你的事嘛!"遥大声喊着,泪如泉涌。

"那个叫小暮的女人算什么嘛!她因为你而生我的气呢!到底是为什么?她有什么权利呢?为什么那个女人会生我的气呢?为什么呀?跟她没有关系吧!"

她大叫着,目不转睛地盯着雅人的脸。

"你和那个女人有什么关系吗?"

话一出口,她突然心生疑惑。遥盯着雅人的眼睛,但是雅人的目光十分平静,他一句话也不说。

"你回答我啊!喂,回答我!你们有过什么关系吗?是一起吃过饭、喝过酒,还是她跟你告白了?"

雅人的脸稍稍偏向另一边,一直盯着前方,根本不看遥的脸。

"有过吗?有过是吧?发展到什么程度了?牵手了?拥抱了?做过更出格的事情了?"

雅人的表情没有任何变化。

"回答我!"

遥想捶雅人的胸口,两手抡向空中。

"你有义务回答我!回答我!"

她激动起来,不知不觉右手来回抡着。雅人上半身向后仰着,躲避着。

"大家都什么也不跟我说,都瞒着我。大家都商量好了。这样的话,我不可能想起来啊。你回答我啊!"

"遥!遥!"雅人叫她。

"什么!什么嘛!"

"你冷静一下!那是你的问题呀,是你自己内心的问题!"

"为什么是我的问题?"遥大声喊道。

"你今天早上以那样的姿态现身给我看,哪里是我的问题?那不是你的问题吗?我对你做过什么,是吧?所以我才这么痛苦,对吧?你告诉我,你要告诉我呀!快点儿!"

"遥,你不要推卸责任!我什么也没做啊!无论你看到了什么,那都不是我的意志。"

"撒谎!"遥喊道。

"不是撒谎。即使周围的人说了什么,如果你自己意识不到,也就没有意义了,因为别人的话很快就会消失的。"

"不要像医生一样说话！你是我的男朋友，又不是我的私人医生！跟我一起想想啊！"

"你也和彩一样啊，把我当成患者，只把我当成患者，冷静地观察着我。你们两个穿着白衣，并排而立，俯视着我。'这个女人的脑故障现在恢复到什么阶段了呢？恢复到这一步了没有？不不不，还没有到这个阶段啊，还差得远，想法还相当奇怪呢！'你们这样想着。你们就是这样居高临下地观察着我。"

"遥。"

"什么嘛！你和彩也说过什么吗？你们好像啊！完全一样的想法啊……"

遥久久伫立，金属音再次响起。

"你和彩之间发生过什么，对吧？"

遥注意到了，天空开裂一般的感觉正在袭来。对，这里就是问题的核心所在，之前一直被埋没着，现在她开始想起来了。

"你隐瞒了什么，是吧？你一直隐瞒着，对不对？是彩，对吧？你和彩，和那个女人，你们之间发生过什么，是吧？我明白了。是彩，对吧？"

雅人看着遥，用一种同情的表情看着遥。

"遥……"

"你和彩的关系已经很密切了，所以才想和我分手。你们瞒着我保持着关系，反正我已经变成了头脑混乱的女人，所以你想找个理由和我切断关系，对吧？所以，你在等待时机，对吧？"遥叫道。

"遥!"

雅人又怜悯地说道:

"那是你自身的问题呀,是病态呀。你有时候会突然被妄想冲昏头脑,胡思乱想得太多,被嫉妒心操纵了。受到情感的控制,你会瞬间变得很奇怪。强烈的嫉妒心使你不管对谁都狂轰滥炸一番。"

"回答我,雅人!"

遥不听,激动地挥着右手,想要击打雅人。不打他的话,他是一定不会回答的,一定不会开口的。

"你回答我!回答我!回答我呀!"

遥用力挥舞着双手,气势汹汹地向雅人冲去。雅人一边后退,一边躲闪。

"回答我!你回答我啊!雅人!"遥哭喊着,拼命大声喊出一句,"不要逃避!"

遥站住哭了一会儿,又大声哭喊道:

"你和彩发生了什么?你们怎么了?我算什么?对你来说,我算什么?你告诉我啊,雅人!"

她深深吸了一口气,大声说道:

"你和彩睡过了!"

她又吸了一口气,声嘶力竭地喊道:

"卑鄙无耻!"

"你不要紧吧?喂!"

不知是谁的声音突然在耳边响起。

金属音在继续,声音逐渐大了起来,变得令遥难以忍受。遥心里清楚,她无法忍耐,按住两只耳朵蹲在地上。

但是她已经无法阻止了,空想肆意地往前冲。遥呆立在原地,对周边的事不管不顾,大声哭了起来。

"雅人,你回答我!你和彩之间到底发生了什么?"

遥的双肩被人从后面扶住了。

"同学,振作点儿!"一个男人的声音响起。

"什么事?怎么了?"另一个男人的声音响起。

似有聚集而来的脚步声,有几个人的声音混杂在一起。

"不要紧吧?同学,你冷静点儿!"

"不要动我,放开我!"遥哭喊道。

被猛地往后一拉,遥的双脚一时不听使唤。

"啊!"

遥感到脚底传来剧烈的疼痛,身体突然往后方仰去,失去了平衡。

"你们干什么!为什么要管我!别管我!"

遥边叫边被往后拽着,身体完全失去了平衡,倒在地上。

"喂!是不是该叫医生来?"有人大声喊道。

遥乱挥的双手被人从左右两边抓住,按在地上。

"放开我!"遥双目依然紧闭,大声喊着。

"究竟是怎么回事?你们有什么权利对我做这样的事!"

有忙乱的脚步声逼近。因为一只耳朵就落在石子铺的路面上,所以遥听得很清楚。那是跑向这边的脚步声。

"什么事?怎么了?"有人在叫。

那声音有些耳熟,是谁来着?

"色狼!是色狼啊!救救我!"

遥想到了个坏主意,胡乱大叫起来。

"不知道怎么回事,这个人突然狂躁起来。"有人解释道。

"会不会是精神分裂症啊?"另一个声音窃窃私语。

"从刚才开始,一直在一个人哭喊,还挥着手臂发狂。"

"我不是一个人!"遥在地上大喊。

如果是站着的话,她真想跺脚。

"雅人,雅人,你说点儿什么!快啊!你跟这些人解释一下。"她大声喊着。

"是不是应该送到精神科去?"刚才的声音说道。

遥的视线变暗了,有人蹲在她的旁边。

"啊——"遥大声叫道。

金属音更响亮了。它压倒了遥大脑的内部世界,也压倒了周围的外部世界。周围男人们的声音遥全都听不见了。

"啊——"遥连续叫着,那声音难以忍受。

"不要啊!头好疼!"

遥双手捂着头,哭泣着,尖叫着。剧烈的头痛!痛苦令她无法忍受,眼泪簌簌直流。

"丝永同学!丝永同学!"

金属音中夹杂着极其细微、仿佛在呼唤她的声音。

"喂,她的脚在痉挛啊。"

不知是谁的说话声,也远远地传过来。

遥的身体瞬间浮到了半空,她被人抱了起来。

她在痛苦中拼命地睁开眼睛看了一眼,是负责她康复训练的中泽医生。穿着一身白衣的他,将她抱了起来。

16

醒过来时,遥发现自己在病房。这里是一个单间。她往右边一看,中泽医生站在那里,他的旁边站着彩。

"啊,你醒啦。怎么样?头痛吗?"彩问道。

遥没有回答,头痛意外地不见踪影。

有开门的声音,遥往那个方向一看,只见宫泽教授神情严肃地走进病房。

"丝永同学,听说你倒下了?"教授问道。

"是的,在第二校舍的前面。"彩给教授做了说明。

彩重新转向遥,俯身问道:

"遥,你不要紧吧?"

她伸出右手,想触摸一下遥的额头。

"不要。"遥小声说着,把脸转向一边,让彩的手扑了个空。

"遥……"彩受到了打击。

"不是倒下了!"遥跟宫泽教授说道。

"不是倒下了?"

"是的。"

"那么,说给我听听。"教授道。

遥开始解释。一开始说话,她发现自己声音嘶哑,吃了一惊,头脑也不是很清醒,但是随着进一步解释,她的声音和头脑都渐渐恢复了状态。

"我在外面和雅人,不,和神原同学的幻影说话,发生了口角。我激动起来,开始大哭大喊,因为周围的人都看不见神原同学,所以大家都怀疑我有精神分裂症……"

"嗯。"

了解了事情经过的宫泽教授点点头表示理解,中泽医生却一脸狐疑。

"发生了什么样的口角?"

"这个嘛……"被这么一问,遥一时语塞,"解释起来有点儿复杂。不过,很快所有的事情都能明白了。"

遥接着用坚定的语气说道:

"再稍稍等一下,我就会全部想起来,只剩下事故发生那天的事了。那天的事也已经想起一大半了,从清晨到晚上的事都想起来了。"

她拼命解释着，希望能得到理解。

"我们去了秩父那个雅人小时候生活过的村子，那里神社的院子里有一棵大银杏树。我们在院子里聊天，他给我讲了神社的由来、银杏树的传说……后来我们离开神社，在回去的路上，在沿着河边的山道下行时，雅人给了我一个苹果，他咬了一口他的苹果，那之后，就在那之后，有什么事情发生了。"

宫泽教授点了点头，但是中泽医生和彩都没有点头。遥看见彩的头一动没动。

"所以，还差一点儿。再有一两个小时大概就能想起来。如果能想起来的话，那就什么都明白了。"遥泪眼汪汪地倾诉道。

"嗯。"宫泽教授又点了点头。

"老师，拜托了，请让我接受TMS治疗吧。这样我就可以全部想起来了。一定能全部想起来的，我知道的。电磁对准颞叶照射的一瞬间，记忆就像电影画面一样复苏了。那天的风景和那天的经历都想起来了。"

宫泽教授这次没有点头，他想了一会儿：

"但是……"

他刚一说话，就被遥打断了。她更起劲儿地说道：

"老师，我明白，只照射外侧沟就行了。现在一定能想起来。怎么说呢？记忆之门已经打开，我马上就要回忆起那些事了。"

宫泽教授默默地站着，听着她的话。

"或者说，原本关得紧紧的箱子忽然被打开，能看见里面的东西了。今天做最后一次也可以。电磁刺激的治疗,错过了今天,说不定就不行了。不,也许不会不行,但是我觉得会再花费很多时间。现在做的话,很快就能想起来。现在我已经站在门口了。那天晚上的事,大概是事故的事已经近在咫尺了。我已经站在门口,就差最后一步了,只要踏出一步就行了。"

宫泽教授咬了咬嘴唇:

"不过,你刚才不是倒下了吗?"教授问道。

"没有倒下。"遥断然否定道。

"没有倒下?我听说你都痉挛了。"

"不是的!不是那样的!那是因为震惊而哭泣。只是稍有点儿厉害而已。那是因为不甘心,和痉挛是两码事。那不是不自觉的反射。拜托了老师,就差一点点了。这样下去的话,会前功尽弃的,那样我就太不甘心了,明明马上就能想起来!"

遥几乎声泪俱下了。

沉默了一会儿后,宫泽教授问道:

"头痛怎么样了?"

"没事儿了。"遥当即道。

"你可不能撒谎啊。"宫泽教授定睛看着遥说道。

"说实话……脑袋确实有点儿发沉,不过真的不疼了。真正疼起来的时候,可不是这样轻松的。所以,没问题的,我能忍受得了。如果就这样放弃的话,我太不甘心了。那天的事情已经近在眼前了,明明马上就可以想起来的。"

"嗯……"宫泽教授应了一声。

"至今为止所做的对颞叶的电磁照射也都没用了,明明都是为了这一天的到来而做的。就差一点点了。拜托您了!"

宫泽教授咂了咂嘴,抱起胳膊。

中泽医生走到他旁边,碰了碰宫泽教授的右臂,低声说道:

"宫泽教授……"

中泽医生把他拉到后面去。

"教授,您不会打算让她照射 TMS 吧?"中泽医生道。

"正在犹豫呢。"

"开什么玩笑!那可不行呀!太离谱了!"

"是吗?"

中泽医生道:

"那孩子刚才已经不正常了啊,我也看到了。是我把她抱到这里来的。她精神错乱,哭喊不止,声音大得几乎全校都能听到。不知是不是 TMS 治疗做得太多了。如果在这种情况下继续做那个的话,有可能出现无法挽回的结果啊。"

中泽医生转过头来,看着遥问道:

"你如果还差一点儿就能想起来的话,不用机器就想不起来了吗?"

"那个……医生,想不起来啊。"遥答道,"记忆被锁住了啊……"

"医生,不是那样的,丝永同学现在正在康复啊。"

彩走到近前,跟中泽医生说道:

"遥并不只有健康问题,她还被卷入了一场复杂的纠葛当中。如果找不回事故当天的记忆,问题就无法解决。反之,只要找回了记忆,一切都能迎刃而解。现在正是一个很大的机会,所以……"

中泽医生摇了摇头:

"不,我确实不是精神科专家,但是她身心极度消耗这一点是显而易见的。你所说的我无法理解。我不认为有什么理由可以勉强她去那样做。身体上的病还好说,那可是大脑的疾病啊。宫泽教授,您能理解吗?"

一直在沉思的宫泽教授深深点了点头,然后说道:

"能理解啊。"

"宫泽老师,拜托您了。"遥的声音传来。

宫泽教授回头一看,她已经起身,坐在床上了。

"我要做啊,老师,这是我的责任。我一定是做过什么很可怕的事情。我要想起来,负起自己的责任。我必须得做啊,拜托您了!请让我照射电磁吧!"

"好吧,就五分钟。"宫泽教授下决心道。

"教授!"中泽医生惊讶地喊道。

"时间不能再长了。"宫泽教授说着,回到了遥的床前。

遥点了点头:

"嗯,五分钟也好。"

"从明天开始,TMS 治疗暂停,可以吧?"

"可以。"

"如果就像你说的,治疗就差最后一步的话,这段时间也足够了吧。"

遥又点了点头。

"是,是那样的。我想这样就能了解真相了。拜托您了!"

遥低头致谢。

中泽医生一脸担心地陪着遥,四个人离开了病房,往 TMS 楼走去。遥在中泽医生和宫泽教授的搀扶下,在走廊里走着。彩跟在他们后面。

遥的这次颞叶电磁照射治疗,中泽医生也在场。他们四个人,再加上森川,一行五人都进了 TMS 治疗室。

森川将电磁线圈对准遥的外侧沟位置,跟站在后方的宫泽教授使了个眼色,然后快速走向隔壁房间的操作盘。

"好了,你没问题吗?丝永同学,这边就要开始了啊。"宫泽教授问遥。

他的声音有点儿紧张,与平时不太一样。因为他知道现在这样做是有风险的。

"是的,没问题。"遥坚定地回答道。

于是宫泽教授朝着隔壁房间的窗户举手示意,森川插上了电源。敲击声响起,遥缓缓地闭上了眼睛。

遥身旁的中泽医生和彩,在宫泽教授催促下,回到隔壁房间。

17

突然,大学的走廊出现在遥的眼前。周围来来往往的学生们的谈话声和脚步声,敲打着她的耳朵。那些声音的背后,有两个男人正在用低沉的声音交谈着。

她看到站在走廊尽头谈话的是川端教授和雅人。阳光照在走廊尽头的窗户上,十分刺眼。因为是逆光,她看不见两个人的表情。川端教授浑厚的声音使走廊的空气都在震颤,声音传到遥的耳朵里。

遥站住了,从远处望着两人,右肩似触非触地贴在墙壁上,听着师徒二人的对话。

"神原,你将来打算干什么啊?"川端教授问道。

雅人低头想了一会儿回答道:

"我希望能进研究生院继续做研究。"

教授一听当即说道:

"就凭你这个成绩,哪个学科肯要你啊!"

"是。"

"特别是放射学,成绩似乎很不理想。"

"是。"

"就凭这个成绩,你真的很难考上研究生啊。你还是认真考虑一下将来吧。"

"是,我知道了。"

"喂,你真的知道了吗?你可知道,国家为了培养医生,一个月要在你们身上花多少钱吗?"

"不知道。"

"每年都会出现一些成绩不好、不能留在院里也不能通过国家考试的掉队学生,你知道他们都过着怎样凄惨的生活吗?"

"不知道。"

雅人抬头,瞥见了遥。追随着他的视线,川端教授的视线也捕捉到了遥,遥感到十分尴尬。

"丝永可是很担心你啊。丝永也好,佐佐木也好,人家的成绩都没得说,你会被她们甩得远远的啊。"

他知道这样说会刺激雅人的自尊心。

"虽然你在幻肢课上崭露头角了,但是在医生的世界里不能偏科呀!这关乎人命呢!医生要对患者的苦痛进行全方位准确的判断啊。"

"是。"

"只懂外科不行,只懂内科不行,只懂精神科也不行。要是女患者的话,还有妊娠方面的因素也要考虑到。只有一样精通的傻瓜是当不了好医生的。"

"知道了老师,我不要紧的。"雅人打断川端教授的话。

"什么不要紧?"

"今后我会努力的。失礼了。"

雅人向川端教授行了个礼,朝这边走来。川端教授站着没动,目光一直追随着雅人的背影,过了一会儿转身离开了。

遥迈步向前,对正要从自己眼前走过去的雅人说道:

"没事的,雅人!从今天开始努力学习就行了。"

但是雅人不悦地加快了脚步,把遥丢在身后,没好气地留下一句狠话:

"你不要跟我说话!"

雅人跑起来,下了楼梯,丢下遥一个人。

下一个瞬间,像爆炸声一样的噪音响起。各种场面如同浊流涌入遥的视野。

教室里面,正在整理书包的雅人身旁聚集着好几个女生。雅人将教科书和参考书排列整齐,放进包里。旁边的女生们不知在说些什么,交口不绝地向他提出各种问题。她们高亢的声音此起彼伏。雅人笑着,对她们的问题一一予以回答。他忽然站起来,向走廊走去,女生们也追了过去,关系很好似的拍着他的肩膀和后背。

震耳欲聋的噪音再次从餐厅里溢出来,一群学生迎面而来。跑着的、与遥擦肩而过的、朝朋友大声叫嚷的,各种声音如同洪水涌向遥的耳朵。遥闭着眼睛,略略蹙眉,等待这些过去。

一进学校食堂,她就听到椅子碰撞发出的声响,厨房里传出了塑料托盘和各种餐具碰撞的嘈杂声。后厨的阿姨们动作粗鲁得令人吃惊。她扫视一排排餐桌,突然发现雅人和彩在同一个桌子上相邻而坐。遥大惊,原地站住不动,细细观察。两个人脸靠得很近,好像正盯着手机上的什么内容在笑。他们究竟在看什么呢?

两人突然间笑翻了,彩使劲儿按了一下雅人的头。明明距离很远,遥却感觉彩的笑声如箭一般飞了过来,射向她的耳朵。接着,彩猛地挽起雅人的右臂,身体使劲儿撞向雅人。雅人任她摆布,两人一起笑着。

瞬间,站立不动的遥浑身冰冷,脑袋一片空白。那是因为她想起了一件事。自从在雅人滨田山的公寓里,第一次和他发生亲密关系以来,她就不再排斥与雅人的肢体接触。她一直记得当时的感受,觉得很不可思议,男女之间就是这样的吗?在那之前,她对此一直很抗拒。她虽然有过接吻的经验,但是仅此而已,她连主动拥抱都做不到。

雅人也完全没有抗拒,任由彩处置。"这是怎么回事呢?"遥想。雅人也和遥一样顽固,在没有越过那条线之前,被触及身体时,是会有所抗拒的。她难以置信,不愿相信!不会吧?怎么可能!这两个人……遥讨厌这样想的自己,急忙离开了那里。

遥摇摇晃晃地走着,走进了文艺部的活动室。虽然她最近没怎么在这里露面,也没有什么特别的事情需要到这里来,但是遥知道一般情况下这里都没人,所以,她想一个人待着的时候,这里是最好的处所。大学这个地方,不管是图书馆、食堂,还是户外的休息区,到处都是人,几乎没有可以独处的地方。

她在活动室的椅子上坐了很久,并非在想什么问题,只是觉得需要这样的真空时间。

她就那样待了一个小时,头脑也冷静了下来。她走出房间,寻找雅人去了。她只是忽然想找他,所以就那样去做了。遥意识到没有必要烦恼忧伤。雅人是自己的男朋友,找到了他们,就三个人一起待着,只要自己一直跟他在一起就行了,仅此而已。跟彩没有关系,没有必要考虑得太复杂。她不能独占雅人所有的一切。

但是,遥返回食堂一看,雅人已经不在那里了,彩也不在。她又在校园里转悠了三十分钟左右,四处寻找雅人。因为没有找到,她便从包里掏出手机,给他打了个电话,长长的待机音响了一会儿,电话便接到了语音留言。遥挂断了电话。

遥出了校门,走在林荫道上。沿公交车道往左边一拐,到了公交车站。等了一会儿,公交车还是没来,她便干脆步行。遥离开车站,刚走了五分钟,公交车就从她身边过去了,她便生起气来。她也没想到自己会突然生气,便琢磨了一下原因。经常会有这种事,明明没有什么值得生气的事情,她却无端生起气来。这都怪彩和雅人。

遥经过东急百货店,穿过公园,钻进中央线的铁架桥,径直走到公园的坡道上。路过 MIZU 咖啡,她漫不经心地往店里一看,突然停下脚步。她再次看到了和彩并肩而坐的雅人。两人摊开一本专业书,脑袋凑在一起盯着看,样子很亲密。遇到他们两人一次那样亲密倒还好,遭遇两次同样的场面,遥感到一种说不出的难受。

一起来过多次了,遥觉得这家店是自己和雅人两人专用的约会场所。她觉得这么神圣的地方仿佛被别的女人玷污了。不知不觉中,遥已经把这里当成只属于自己和雅人两个人的地方了。她一直觉得雅人也是这样想的。

"为什么呢?"她想,"难道雅人不是那样想的吗?这么重要的地方,没有任何犹豫地带着彩来,雅人为什么要做这样的事呢?"如果想见面喝茶的话,可以选别的店啊。如果只是和普通朋友见面的话,遥不希望他去常和自己一起约会的重要的地方。

时空忽然跳转。尖锐的汽车喇叭声震耳欲聋,遥叫出了声。仿佛摘掉了消音器一样的刺耳的引擎声响起。飙车族的车,一辆,两辆,三辆,从右边超车而过,留下让人暴躁的噪音。

红色的车灯一闪一闪的,将黑魆魆的空间照得红通通的。雅人的侧脸浮现在那个红色的世界里。鼻子、嘴唇、下颚的轮廓线都变成了红色。他透过前窗玻璃看着窗外,苦笑着。

飙车党的车驶过去之后,世界刚安静下来,震耳欲聋的激烈的摇滚乐响了起来。

黑乎乎的窗外是向后飞奔而去的昏暗树丛,因为没有灯光的照耀,所以它们的轮廓并不清晰。飙车党消失之后,树木便沉寂下来,淹没于黑暗之中。

"这是哪里?"遥想。忽然,雅人伸出手,把摇滚乐的音量拧小了,关上了。她这才注意到那是收音机,自己在汽车里。汽车正行驶在山路上,周围是漆黑的暗夜。

"这种深山老林里也有飙车党啊。"雅人的声音飘过来,"那些家伙无处不在啊,城市里也有,山里也有。"

遥纤细的手指正放在方向盘上,原来她正在专心地开车,没有说话。

"病理学的考试,彩也考了第一啊。那家伙什么时候在学习呢?她明明又是喝酒,又是吸烟,性格也很粗暴,真不像是一个认真学习的医学院学生啊。"

"放射学也是第一吧?"遥的声音冷冰冰的,能听出来,她的语气里带着嘲讽。

"哎?是吗?"雅人并没有注意到那一点,显得有些惊讶。

"反正就是那样吧。"遥的声音毫无感情。

"什么意思?"

"你为什么会知道彩喜欢喝酒?"遥的声音带着攻击性。

"哎?为什么?"

"你们一起去喝酒了吗?去HAMONIKA街了?"

"哎?没去啊。彩爱喝酒这件事,大家都知道嘛!聚会的时候,喝得最多的总是彩嘛!彩呀……"

"不要彩啊彩的!"遥冷冷地打断了他的话。

"哎？"

雅人惊讶的神情变成了一个大特写。他看着这边,目瞪口呆。遥不能自控,接二连三地想起了很多事情。

"她又不是你的女朋友吧？"遥说。

雅人听了,重新转向前方说道:

"可是你总是在说啊,你总是说彩啊彩的,而且……"

"我说和你说是两码事吧！"

"那我应该怎么说啊？"

"佐佐木同学！"

"哎,叫得好生硬啊。"雅人笑着说道。

但是遥并没有笑,她的情绪已经在暴发边缘了。

"你总是在说彩的事！"她的声音冰冷。

"可是,咱们都认识的人,也只有彩了吧。"

"你看你又在说了吧。"遥焦躁不满。

"我如果说龟井的话,说我的朋友,遥不是不太熟嘛。我说一些你不认识的人的事,你不愿意听吧？"

"为什么你叫男人的时候称呼姓,叫女人的时候却称呼名呢？"

"那没什么吧。"雅人道。

"那么我问你。"遥道。

"嗯,问吧。"

"上次你们两个在 MIZU 咖啡见面了吧？"

"哎?"雅人像是在回忆,"啊,我让她教我放射学的内容啊。"

"在那之前,两个人单独一起在食堂聊天了吧?彩还抱着你的胳膊,靠在你身上吧?"

"啊,是吗?我不记得了。"雅人语气轻浮,像是在装糊涂。

"你和彩之间发生过什么吗?"实际上,这才是她最想问的问题。

"不要瞎说啦!"雅人不耐烦地说道。

"回答我呀!"

对遥来说,这是人生最重大的事件。

"怎么可能会发生什么,简直太荒谬了!"

"真的吗?"

"当然啦!"

遥叹了口气:

"真不敢相信,你居然是那种随随便便的人。"

"啊?为什么突然这么说?"

雅人大吃一惊,张开双手,举到胸前。

"你生气了?"

"没有生气!"遥硬邦邦地说道。

"怎么看你都是在生气嘛!"雅人道。

"哦,是吗?"遥冷冷地说,"眼睛也不好使啊。"

雅人听了,沉默了好一会儿,他似乎也受到了伤害。

"眼睛?你这话是什么意思?"他的笑容消失了。

"谁知道呢。"遥故作糊涂,默默地开着车。

"你是想说我脑子不好使,是吧?说我脑子笨,是吧?"

遥沉默着,不回答他。雅人也一声不吭,车内的气氛陷入沉默。

"唉,也是,你也不能就承认说是啊。"雅人说完,默默凝视着昏暗的窗外。

"我是遥的负担吗?"雅人依然盯着窗外,像小声嘀咕似的问道。

"我成绩不好,差一点儿不及格。不用说考上研究生、当医生了,就连在大学里都很难混下去。和这样的男人交往,会给你医学院时代的精英历史抹黑吧。"

听了这话,遥稍稍冷静了一些:

"不要那么说啊!正因为我希望你好起来,才陪你一起学习的。就连你选的科目,我都先学了,再教你。"

"免费家教呢。"雅人道。

"什么嘛!你这是什么意思嘛!"

"你那些时间都白浪费了啊,本应该用到别的事情上的。"

"哎?"

"所以我才去问彩的,因为我不想打扰你学习啊。"

"借口!"遥说完又沉默了。

"不管我怎么说,你都往不好的方向想。"

"我在开车呢!太吵了,你先闭一会儿嘴吧!"遥怒气未消地道。

沉默又一次笼罩了车内的两个人,只能听见引擎的声音,连音乐都没有了。这样的沉默绝对不是遥所希望的,但是她又不知道该怎么办才好。

过了好久,雅人突然开口:

"我说,遥。"

遥没有回答。

"我们暂时先分开一段时间吧。"

猛烈的刹车声响起,雅人的上半身不禁向前倾,是遥踩了急刹车。

车紧急停了下来,一脸惊讶的雅人转向遥。

遥问道:

"你是认真的吗?"

因为紧张,遥的呼吸急促起来。雅人的表情却正相反,慢慢缓和下来。他不耐烦地说道:

"遥应该也注意到了吧。两个人的心已经去了不同的地方。这样的话,就有必要先暂时拉开距离,重新考虑一下。你不这样觉得吗?"

这时,后方车辆突然闪灯示意,接着传来汽车喇叭声。

"什么啊,那只是你的想法。"遥强迫自己冷静地说道。

"什么意思?要重新考虑什么?"她边喘息边说,眼角开始涌出泪水。

"遥和我在一起是不是感觉很压抑？我知道的。为了我们能够回到最初相识时的状态,还是那样处理比较好啊！这样对我们俩都好。"

但是,遥大口喘着粗气,说不出话来。她一边抖动着肩膀喘着粗气,一边被不知是愤怒还是绝望的情绪搞得心乱如麻。

雅人转身向后看了看,然后对遥说:

"开车吧,后面有车跟着呢。"

但是遥没有听到,她陷入了什么也听不进去的状态。

"这里的道路太窄了,无法超车过去啊。"

"什么对我们俩都好？"伴随着急促的呼吸,遥问道。

愤怒和恐惧使她无法自拔。对彩的愤怒也刺激着遥的自尊心。

"那样只是对你好吧？反正像我这样歇斯底里、只会嫉妒的女人,你早就厌烦了,是吧？"

"也只是对彩好吧。"她想,但她并不想这么说。

"不要说了,遥！"雅人道。

"让人压抑的是谁呀？你早就已经厌倦我了,是吧？和彩聊天更开心,是吧？她还能喝酒,也能说一些低俗的、男人都喜欢的话。"

"什么？什么意思？你在说什么啊！"雅人吃惊道。

"她那是算计,你不懂吗？"极度愤怒、混乱和嫉妒,使遥说出了这样的话。

"什么算计呀?你都说到哪去了?"

"他在护着彩。"遥想着,越发生气了。

"因为想要男人吧!"她大叫。

"像我这样的差生,是成不了被算计的对象的呀!"雅人道。

"那种没自信的样子,真让人受不了。"遥想,"这已经不是什么谦虚了。"

"你会成大器的。现在的问题不只是成绩。"遥道。

"对医学院的学生来说,成绩很重要吧?如果不能成为医生,就没有做医学院学生的价值了,只是一只吸钱虫。"雅人喃喃地说道。

他们的背后,汽车的喇叭声多了起来。那声音让雅人的声音低了下来,小得几乎很难听到。

"堵车了啊。遥,我们走吧,把车开出去。"雅人一边向后看,一边哀求道。

"多丢人呀,"遥想,"就没有点儿自尊心吗?"

"换我来开车吧。"雅人说道。

有的车开始一直按着喇叭响个不停了。

"好吵!"遥声音沙哑地喊道。

"好吧,我来开。"

雅人终于下定了决心,用左手去拉车门的把手。"咔嚓"一声响,门被打开了一条缝。就在那一瞬间,怒火中烧的遥将油门踩到底。

引擎的声音骤起,雅人的身体被惯性推到了椅背上。

"遥!遥!"雅人喊道。那声音也被怒吼的引擎声淹没了。

"冷静!"

"你那是什么意思!和彩已经谈好了?"遥的音量不输给引擎声。

"哎?"雅人的声音小得几乎听不到。

"和我分手,你好跟彩交往,是吧?"遥叫道。

"你说什么啊,冷静!"

"那是彩说的吧?让你趁我发脾气的时候,提出分手,是她教给你的战术吧!"

"喂,你说什么呢!我不会和她交往的。冷静!车速太快了!先把速度慢下来咱们再说话,好吗?让我解释一下呀!"

"什么嘛!你不是想跑吗?说吧,往哪边跑?"

"这样跑法不行啊!"雅人也大声喊道。

"我不想分手!"遥喊道。

她终于说出了想说的话,但为时已晚。

"遥,对不起,是误会啦。你先停下车,我给你好好解释。"雅人哀求道,声音听上去像是快要哭出来了。

但是车猛烈地向前直冲着,速度已经超过时速一百公里了。

"我,我,没有雅人的话不行!"

遥一喊叫,眼泪就涌出来了,前方的道路模糊了。

"知道了,知道了!我错了。我道歉。你先停一下车!"雅人喊道。

"你说我们刚刚认识时的我好？可把我变成这样的,是你呀！"遥叫道。

"所以我道歉。误会啦！对不起！你先刹车！"雅人的声音极度恐惧。

"活该！"遥心底略过一丝这样的想法。

"我会不行的,没有雅人活不下去的！"

遥尖声哭叫着,声音不输猛烈的引擎声。

"遥！会死的！我们会死的！"雅人也大喊着。

他的双手乱舞,慌忙向下看了看,确认了一下安全带。

"前面,前面,遥,看前面！"

但是遥没有听,边哭边扑向了方向盘。她已经无法理解自己在做什么了。她只有一个想法：自己将性命都赌在了这场恋爱上,所以,不能失去他！

木制栅栏猛然间逼近,不是金属护栏。雅人的眼中看到了这瞬间的意外。

猛烈的撞击使木片四处飞散,一块碎片猛地打在前挡风玻璃上。

与此同时,汽车仿佛轻飘飘地飞到了空中。

车轮轰隆响着在空中滚落,引擎声越来越大,接着是尖叫声。

两个尖叫声响起。过去的遥的声音和现在的遥的声音。

宫泽教授从辅助治疗室里飞奔过来,将装在遥头部的治疗用线圈向后方一拉,摘了下来。

接着,中泽医生和彩也冲了过来。

遥不管不顾地大声哭喊着,然后昏厥过去。

18

遥缓缓睁开眼睛,看见雅人正站在床边,担心地俯身看着遥。

"啊,雅人。"遥说着,想要起身。

雅人一直在等着自己啊。但是今天确实不比寻常,遥实在没脸见他。

"不用起来呀,那样待着就好。"雅人道。

"不,要起来的,你等一下。"

说着,遥在毛巾被下将身体翻转过来,变成俯卧姿势,然后慢慢弯曲膝盖,将膝盖贴到腹部。

她对着雅人,弯折身体,做出道歉的姿势。她是想这样做的。她一做出这个姿势,眼泪就扑簌簌地流下来,身体不停地颤抖。

"雅人!"遥边哭边说,"雅人,我全都想起来了啊。我做了多么过分的事情啊!"

她哭着,全身发抖地道歉:

"对不起,雅人!对不起!虽然这不是道歉就能补偿的事,但是真的对不起!我是一个非常过分的人。"

她将额头抵到床单上。

"遥。"

但是雅人的幻影一直十分冷静,似乎没有那么高涨的情绪。他叫着遥的名字,伸出了手。

遥看到了伸到自己眼前的雅人的手指,但是没有触碰。她拿起旁边的纸巾,擦了擦眼睛,擤了擤鼻子,然后说道:

"我知道现在说什么也没有用了,但是我真的很爱雅人,很深很深地爱着,胜过爱自己的生命。我早就决定了:为了雅人,我什么都可以做。我从心底发过誓的。明明是那样的,可是我居然做了最过分的事情,做了无法挽回的事情。"

"爱情……"雅人说道,"有时候会使人的心灵扭曲啊。越是强烈的感情越容易失控。"

遥一边哭一边想,对雅人这么体谅的说法,自己至少要有不轻易点头的诚意和力量啊。

"对不起!对不起!"遥一边用鼻音嘟哝着,一边继续哭着。

"无论我做什么都无法补偿了。如果我死就能补偿的话,我想现在马上就去死。"

"没有那个必要。"雅人道。

"我轻薄、肤浅、愚蠢、任性、爱嫉妒、占有欲强……真是一个无可救药的人。我还想当医生呢,应该被判死刑啊!应该被判死刑的女人!如果法院判处我死刑……"

"不要说傻话啦!"

"那样我会开心的,真的会开心的。像我这样的女人,活着也没有意义啊！还是不要活在世上为好，那样才对社会有利。我已经不知道该怎么办了。我全想起来了，你已经不在了，我已经没有办法补偿了。"

像是不知道该如何安慰她一样，雅人的幻影无言地呆立在床边。他的眼前，遥蜷缩着后背颤抖着，嘴里发出尖细的呜咽声。

过了好久，遥开始说话了：

"我对雅人周围聚集的越来越多的人渐渐感到害怕。我一开始是高兴的，但是渐渐变得不能忍受了。"

沉默了一会儿，遥才注意到这个病房里，除了自己和雅人之外没有任何人。她停止哭泣，叹了口气，然后又哭了。

"我明白，我们的心在一点点分离，但是我没有想到雅人会提出分手。因为雅人是很温柔的，而且雅人是需要我的。我就是那样自恋着。我在算计着：毕竟我也一直在做你学习上的助手嘛，我真是一个体贴的女人呀。"

说着，她的泪水又涌了出来。

"本来以为不会被你抛弃，没想到在车里，你清楚地跟我提出来了，一想到就要被抛弃了，我就垮掉了。"

"我也考虑不周啊。"雅人的幻影道。

"不，不是的。"

遥当即摇头。

"但是，当看到雅人和彩两个人单独在一起的时候，我真的受不了。我知道嫉妒让自己的理性崩塌了，我已经不是自己了，我那时才第一次理解了割腕、跳进地铁轨道的那些人的心情。我可是一个连杀人都能办到的女人啊。"

"是吗?"

遥缓缓点头。

"所以我才害怕啊。因为我是那样的人,不知道会做出些什么事,别人说的话我也没法相信了。真的很对不起!"

她将双拳放在额头下支撑着,脸稍稍抬起一点儿,接着眼泪又簌簌地流出来。

"那时候,我为什么就不能相信你呢?对不起,真的对不起!这么任性、愚蠢、一无是处的我,居然可以和雅人交往,而我对此却没有感恩之心。真对不起、对不起、对不起……"

遥一边重复着"对不起",一边泪流不止。

"我也说了违心的话,伤害了你。"

遥使劲儿地摇了摇头,泪水飞溅到床单上。

"是我害死了雅人!"

"遥。"雅人的声音响起,"遥,抬起头来。"

被雅人的声音催促着,遥慢慢地抬起了被眼泪鼻涕浸湿的脸。她睁大了两只眼睛:

"哎?"

遥两眼睁得圆圆的,惊愕不已,呼吸仿佛都停止了。

"怎么回事呢?"

眼前是令人难以置信的景象。

"二重身……"她用沙哑的声音嘟哝道。

"这是二重身？"

镜像现象出现了，两个神原雅人并排站在遥的眼前。

"我看见了，雅人变成了两个。"遥嘟哝道，"这就是那个现象，对吧？"

"不是的。"右边的雅人说罢，露出了羞愧的表情。

"不是二重身啊，遥！"

"没死啊，遥！雅人同学没死啊！"

遥听到了彩的声音。她顺着声音看去，门开了，彩走进了病房。

"啊？"遥再次睁大了眼睛。

"我没死啊，我也和遥一样，一直在接受治疗啊。"右侧的雅人说道。

"对不起呀，遥。"

彩道了歉，然后又说道：

"神原同学还活着啊。"她看了看右侧的雅人，继续说道，"我们也都能清楚地看到他。"

遥精神恍惚了。

"那场事故中，你的伤比神原同学的伤还要严重啊。"宫泽教授的声音响起。

遥看向门口，这次是宫泽教授缓缓地走了进来，中泽医生也跟在后面。

"老师。"遥看着宫泽教授。

教授说：

"有必要让你回想起所有的事情，所以我们才这样一步步引导你。"

"引导……"遥盯着半空，茫然地重复着，一时理解不了其中的意思。

"如果不进行这种治疗的话，你就无法完整地想起事故发生时自己具体做了什么危险的事。你虽然不会毕生想不起来，但是至少在大学这段时间，想不起来的可能性非常高。"

遥失神了，但她理解地点了点头。

"那样的话，神原同学就不会在脑海中浮现了吧？如果你不能全部想起来，就不能趁着对方还在身边的时候好好地道歉，他也许会一辈子怨恨你。即使神原同学能忍耐，他的父母和兄弟姐妹也不会那么简单地想开。事情就是这样的。那对于你来说，丝永同学，也不是件好事。难道不是吗？那绝不是我们所希望的。"

茫然的遥缓缓点了点头。她的内心极度混乱，最终什么都没有说。

"你要想起所有的事情，而且必须要在大学读书期间想起来。这本来是一件很难的事，是非常困难的事。"彩说道。

"是啊，极其困难。但是我们知道有一个很好的办法，那就是神原同学的假说。如果利用这个的话，就会在很短的时间内唤起你的记忆。这就是撬开被牢牢锁上的记忆之箱的盖子的方法。

使用这种方法最为重要的,是你自己的这个意念特别强烈,这样的话,成功的概率几乎是百分之百。"

宫泽教授一说,彩连连点头。两个雅人也都默默点头。

宫泽教授继续说道:

"我把到此为止的经过给你讲解一下吧?丝永同学,你所不知道的幕后,究竟发生了些什么,你也很想知道吧?没错吧?"

众人沉默良久。

过了很长时间,遥总算点了点头,开口说道:

"是的,我想知道……"

19

宫泽教授的讲解是从遥入院那天开始的,将这些事件按时间的顺序来整理的话,内容如下:

> 同一个医院的另外一个病房里,雅人已经恢复了意识,在病床上躺着。他因为疼痛和体力消耗,神情呆滞,简直像虚脱了一样。这时,彩跑了进来。
>
> "喂,神原同学,遥的意识恢复了啊。"
>
> 但是雅人没有回应彩的话。
>
> "喂,神原同学,你能听到我的声音吗?"
>
> 沉默。他目光呆滞地望着天花板。

"遥的意识恢复了啊。她平安地活着。"

然后又是沉默。过了好久,他才点了点头,说:

"是吗?"

然后他又用微弱的声音道:

"太好了。"

"你没法原谅她吗?"

雅人轻轻摇了摇头。

"可是,遥好像并不认识我呀。"

雅人面无表情。

"她现在好像只是记得神原同学的名字,但是你是什么样的人,和你有过什么样的交往,好像都不记得了。"

也许是觉得雅人可怜吧,彩的声音越来越小,后半句话的声音小得几乎听不见了。雅人没有反应,只是面无表情。

后来有一次,雅人和遥在医院的院子里相遇了。

遥坐在轮椅上,独自仰望着天空。负责帮她推轮椅的护士返回了病房,彩坐在旁边的长椅上。

雅人因为双臂没有骨折,所以体力一恢复就能自己转着轮椅来回移动了。

"你好!"雅人招呼道。

"你好!"遥有气无力地回应了一下,眼睛一直盯着天上看,没有转头看雅人。

又过了几天,在院内休息区发生了这样一件事。彩推着雅人的轮椅来到这里,在这里扣上固定器,停了下来,然后她自己在旁边的长椅上坐了下来。雅人对彩说:

"佐佐木同学!"

"什么事?"

"我有事想拜托你。"

说完,雅人稍微有些犹豫。阳光从窗外照进来,令人感到舒服,所以彩没有催促,等着他说出下文。

"希望你能跟遥说我死了。"

听了雅人的话,彩大惊失色:

"啊?神原同学,你说什么呢?"

雅人接着说道:

"上次你也看到了吧?我看到坐在轮椅上的遥,从她旁边经过,跟她打招呼了。我说'你好',但是遥并没有认出我来。"

"啊……"彩神情凝重。

"如果她已经没有了记忆的话,那就干脆那样算了……"

"等等,有朝一日她会恢复的啊。"彩道。

可是雅人摇了摇头:

"有朝一日啊。在这所大学上学期间她是恢复不了的啊。"

彩听后,陷入沉思。她想雅人说的可能是对的。在接下来的三年时间里,让遥恢复记忆恐怕是不可能的。

"如果没有我,遥就不会变得那么奇怪了。遭遇事故的事,她没有记忆,也就不必痛苦了。"

"神原同学,稍等一下。"

彩抬起右手想制止他说下去,但是雅人并没有停下来:

"佐佐木同学,我一直在考虑,已经考虑了很长时间了啊。这不是随随便便的想法或者是一时冲动。事故发生的那个晚上,遥已经不正常了,已经不是平时那个温柔的遥了。说真的,那……简直就是个魔鬼啊。那么恐怖的遥,我是第一次看到,内心非常受打击。"

彩不知道该说什么,沉默不语。

"现在回想起来,遥那种狂乱的样子,比起这场事故,比起被抬到这家医院,比剧烈的伤口疼痛,更让我震撼和痛苦。"

"哦。"彩轻轻应声道。

她感觉这里应该接上点儿什么话,就这样说道:

"但是,女人是会有那种时候的啊。为了爱情,女人都会发狂的呀。"

"遥很温柔,对我来说,比母亲还重要。无论什么时候,无论多么麻烦,她都一直照顾我,接纳我,她是一个人格特别高尚、特别出色的人。我经常深有感触:'啊,原来当医生的人天生就具有这种品格啊。'而这样天使一样的遥,却被我破坏了。她那时也这样说过。"

"说什么?"

"她说:'把我变成这样的,是雅人呀。'"

"哦……"

"她那句话,我想过无数遍,无数遍,无数遍。反反复复地在病床上想,一边接受治疗一边想。我把她的能力跟自己的能力做了比对。我所受到的痛苦算是什么惩罚呢?我的罪过是什么呢?想来想去终于明白了。我把那么出色的她的人格破坏成这样了啊,我这样的人还是不要在她身边比较好啊。"

"等一下!这有点儿不太对呀。虽然我也支持神原同学这么去想问题……"

雅人摇了摇头,然后说道:

"没事的,佐佐木同学,不过,谢谢啦。"

"女人能够遇上一个能让自己变成那样的男人,那是莫大的幸福呀。我都快要嫉妒了。"

雅人又摇了摇头。

"你说的我当然也想过了。不过不管我怎么想,客观冷静地来看,我都不是那么优秀的人。我只是一个医学院的差生,就连国家考试都很难通过。遥变成那样,并不是因为我很优秀,只是因为女性之间的竞争心理在作怪而已……"

"确实也有那样的一面,但是神原同学,遥这一生只找到了一个男人呀。这并不是每个人都能遇到的事情啊。"

"那个简单,如果她再遇到另外一个男人的话,比如一个医生,她又会想把他变成那个唯一的男人了。那样的想法只是她自己认定的罢了。是否那么想,是否能那么想,都取决于她自己。"

"不知是怎么回事,好像被你戳到痛处了啊。"彩苦笑着说。

"而且,如果遥不想当医生而只想当一个家庭主妇的话,我也不会说这些。但是她应该保持冷静,那个样子可不行。遇事不冷静,是不能胜任医生工作的啊。我不希望她未来会变成那个样子。我要是还在她身边的话,她肯定还会变成那个样子,说不定还会屡次三番那样,所以还是忘记我比较好。我打算跟学生处商量,做个葬礼通知寄给她。"

"神原同学,难道你看到她那种狂乱的状态害怕了吗?因为身受重伤,所以你想逃走了,是吗?"

雅人听她这么一说,陷入沉思。

"你的脚是复杂性骨折吧?在那场车祸里,稍有偏差,你现在已经不在人世了。而且,如果不是因为你年轻容易恢复,你的脚会留下后遗症的。我是想进外科的人,所以我明白的……"

雅人打断了她的话:

"你说得不对呀,佐佐木同学,我并没有那么想。我还是很尊敬遥的,或者可以说是很崇拜她。我实在无法像她那样勤奋学习,并非是你说的那样。当时的遥一个劲儿地责备我,责备个不停,完全看不出对我有什么爱情。"

"不是那样的,是你理解得不对啊,神原同学。"

"佐佐木同学想说的话我虽然能够理解,但至少她是没有什么敬意的。她很生气,彻底地蔑视我,说我是个很差的男人,而且很笨。"

"她说过那样的话?"彩睁大了眼睛。

"她清楚地说了啊!所以,我不想再让她更痛苦了,就让她忘掉我吧。"

彩久久无语,叹了口气,然后说道:

"神原同学,那样好吗?"

雅人刚想点头,却听到了这样的声音:

"那可不行啊。"那是宫泽教授的声音。

原来教授全都听到了。他慢慢走过来,继续说道:

"不需要丝永同学道歉吗?"

彩也看着雅人说道:

"是呀,神原同学。"

"难道不需要让她想起所有的事情,好好地向你道歉吗?"

"是呀,被她害得受了这么严重的伤,差点儿活不成了

331

啊。遥虽然是我的好朋友,但是这事和那事是两码事,总得道理上说得通。"

数日后。彩来到雅人的病房,对坐在床上、心不在焉地看着窗外的雅人说:

"神原同学,遥是真的很想记起你来啊。"

雅人无言。

"自从认定你死了之后,遥的精神状态一天比一天差,昨天还差点自杀了。"

"啊?"

雅人脸色大变,他看着彩,支撑起上半身。

彩赶紧说道:

"不要紧的,你不要担心,她没有性命之忧,幸亏发现及时,伤口也浅。"

"割手腕吗?"

"是的。抑郁症会有自残冲动,但幸好只是小伤。"

"可是,如果再让她一个人待着的话……"

"是呀,现在护士们轮流在她的病床边盯着她。"

雅人点点头,松了口气。

"我会让遥接受 TMS 治疗的。"彩道。

"TMS 治疗?"

"嗯,这个你比我更清楚,对吧?刺激额叶的 DLPFC,使它活化,防止杏仁体失控。"

"嗯。"

"是宫泽老师的主意,而且……"

"嗯。"

"也是你的想法——计划接着转移刺激外侧沟。"

"遥会同意吗?"

"会的,她会自己主动要求的,毫无疑问。她一定会自己说出来的。宫泽老师这边还在犹豫呢。"

又过了几天,彩跑来跟雅人这样汇报道:

"遥的抑郁症康复得很快啊,托 TMS 治疗的福。"

"是吗?太好了。"雅人高兴地说着,又看向窗外。

"因为刺激外侧沟,遥看到了幻象。正像你的理论所说的那样,太厉害了啊!你的幻肢的假说是正确的呀!"

彩凝视雅人说道:

"遥的幻肢,是神原同学你呀。"

"哎?"

"遥看到了你的幻影。"

雅人无言。

"她见到了幻影的你,恢复了内心的平静,她现在正和幻影的你相恋呢。"

雅人凝视着半空,思考着:

"我的幻影……"

"是的,神原同学。对遥来说,失去你就如同失去自己的手脚一样痛呀。你对她来说,就是那么重要呀。但是,遥也知道那是幻影。"

"她看到了我的幻影吗?"

"是的,所以有朝一日,你一定要出现在她的面前呀。"

宫泽教授和彩的讲解结束了。蹲在两个雅人面前的遥泪水已经流尽,茫然地坐在病床上。

"下了轮椅之后,我还见过你一次啊。"两个雅人中的一个说道。

"哎?什么时候?"遥惊讶地问道。

"你在康复中心的时候啊。我从窗外看到了你,你也看到我了。你就跟中泽医生打了个招呼后,急急忙忙地来到院子里找我。我赶紧躲到背阴处藏了起来。"

"跟我打个招呼就好了嘛。"遥道。

"因为你还在治疗的过程中啊,不能打扰你。"雅人道,"但是,感觉有点儿奇怪啊,我好像在嫉妒自己似的。"

"啊。"遥的脸上浮现出一丝笑意,同时眼泪也涌了出来。

"欢迎你回来,遥。"说着,雅人靠过来,握住了遥的手。

"喂,你看,我不是幻影呀。"

"对不起,坏蛋,谢谢你!"遥哭着答道。

"啊,是雅人的气味,是真的。"说着她又低下头,将唇靠近雅人的手,"谢谢你,雅人,跟这样的我说这么温暖的话。"

宫泽教授轻轻抬起右手,然后转身出去了,他觉得自己的任务已经完成了。彩也跟着出去了。中泽医生跟在他们后面。

雅人也转过身去,跟在他们后面,送他们到门口。就在那一瞬间,遥震惊地看到了一个事实。

"雅人!你的脚!"遥嘶哑地喊道,"你的脚在拖着走!"

雅人微微一笑,关上门,拖着右脚走了回来:

"啊,还有点儿不敢用力啊。不过,我会努力做康复训练的。我还年轻,走路一定能恢复正常的。"

遥伏在床单上大哭,一次又一次地说着"对不起"。

但是,这样还是无法尽意,她摇摇晃晃地下了床,在亚麻油毡的地板上跪坐,将上身前曲,额头触地:

"雅人,对不起。我真的做了很过分的事情,真的对不起!"

她的泪水"啪嗒啪嗒"地落在地板上。

"好了,不要再道歉啦,遥,抬起头来吧,额头都弄脏了啊。"

但是,遥没有抬头。

"已经太晚了啊,我总是这样笨啊!你嘲笑我吧。"

雅人没有嘲笑。

"我不求你原谅,我做了让人无法原谅的事。我会用一生来反省,会在你的背后支持你,竭尽我的一生。"

"不要说什么在背后啦。"雅人道。

"哎？"遥惊讶地发出了只有自己能听到的低语,她抬起头。

"我原谅你呀,遥。"雅人坚定地说道。

遥惊讶地叫了出来:

"你不必那么说,雅人,不要啦,我是不应该被原谅的。"

谁知雅人缓缓地摇了摇头,继续说道:

"我原谅你,遥。"

遥哑然无语,久久地发呆,过了好久才低语道:

"为什么,雅人？为什么呢？我明明做了那么过分的事情。"

雅人慢慢将手插进口袋里。遥又脸朝下,额头擦到地板上,泪流不止。

"遥。"

听到呼唤自己的声音,她抬起了头。只见雅人的右手手掌上放着一个东西。那是一个绿色的苹果。

"啊……"

遥轻叹一声,眼泪又接连不断地涌了出来,青苹果在视线中模糊了。

"我是靠它支撑过来的。今后也一定要靠它支撑。"雅人道。

于是,一直站在旁边的另一个雅人慢慢消失了。雅人变成了一个人。

尾声

阶梯教室里,雅人正在使用投影仪汇报自己的假说,以及他至今为止取得的其他几个成果。

听汇报的基本上是打算研究神经学的学生,但也有不少对此感兴趣的内科和外科的讲师、副教授。教室里座无虚席,大家都听得很认真。当然,宫泽教授、森川、彩和遥也都在其中。

雅人将自己花费多日准备好的稿子进行了解读,基本形式虽是这样,但他也会不时地脱稿,走到讲台的一边,将自己的经历进行详细汇报,滔滔不绝地讲了一阵子之后,又回到稿子上进行收尾。

"我刚才已经讲过了,在治疗抑郁症的过程当中,对背外侧前额叶皮层的 DLPFC 部分进行电磁刺激,使血流量增加,用这个的活化来抑制杏仁体失控的这个 TMS 治疗。最近这种疗法正在相关疾病的治疗中发挥更大的作用。

"这种方法无须依赖药物,所以它与近来成为问题的药物副作用,也就是药物的过度依赖问题,以及因此带来的戒断综合征、自残及自杀冲动等严重危害无关,减轻患者痛苦的成功率很高,可以认为是一种令人较为满意的治疗方法。

"再加上,通过电磁对大脑皮层各部位的刺激已经显示了其强大的可能性,它完全可以与过去加拿大彭菲尔德医生所进行的电极刺激相匹敌。可以预料,日后可以将其应用到包含抑郁症在内的更多相关疾病的治疗中。

"就像刚才我说过的那样,我最关心的是通过电磁刺激颞叶的外侧沟,将患有记忆障碍的患者遗忘的记忆信息比较容易地唤醒这一点。我沿着这条主线不断地进行了很多实验。

"这是我受到过去有过报告的、包含所谓灵异体验在内的诸多病症刺激想到的。我的实感是通过电磁照射这个强有力的手段,就可以对这些报告的病例进行俯瞰式的把握和总结。

"更为重要的,是这个假说跟神经学领域目前广为人知的'幻肢'现象原理相同,通过研究,我对这一点更加自信了。

"在一些记忆障碍并发症的病例中,抑郁症常会成为治疗的障碍。在这样的病例中,将记忆称为'幻肢'来召回,这个方法有时候是很有效的。

"幸运的是,我最近近距离地接触了这样的病例。目前正在以自身的实际经历为基础,进行考察和实验,以便进一步深化研究。

"我的目标是二〇二〇年左右能在全国医疗机构普及这个方

法。至此为止,我的论文发表之后,已有很多响应,收到了为数众多的来自全国研究机构的有效病例报告。所以,我们乐观地估计,目标达成的可能性极高。

"以此为目标,我本人将全力以赴地进行研究,所以,希望各位多多指教。我的报告到此结束。"

雅人低头行礼,全场掌声雷动。雅人的研究汇报获得了成功。

宫泽教授也笑眯眯地跟他握手祝贺。当然,遥和彩也都拼命鼓掌,加入赞赏的人群。看来,雅人正稳步迈向研究员之路。

当天傍晚,遥和雅人牵着手在井之头公园散步。在经过沿水池的道路时,遥低声说道:

"我的目标是二〇二〇年前后在全国医疗机构中普及这种方法。"

"什么嘛。"雅人道。

"所以,希望各位多多指教。"

"不要嘲笑我啦!"雅人道。

"哎呀,帅呆啦!"遥道。

"你没那么想吧?"雅人道。

雅人的脚还是有点儿拖着走路的感觉,但是走路比以前顺利多了。

"是那么想的啦。真的是那么想的。你很有点儿研究生的味道了,彩也非常开心地鼓掌了啊。"

雅人一听,心里咯噔一下,一时语塞,小心地看着遥。

"哎?怎么了?"遥吃惊地问道。

雅人有些狼狈:

"没什么,因为突然听你说到彩,吃了一惊。"

"不要啦!我不会再做疯狂的事啦!对不起呀,让你害怕啦!我太凶暴了呀!"

遥像撞过来一样抱住了雅人的左臂,将身体靠过来。

"啊,我太幸福了啊!"遥道。

"本来以为这样的事情永远不可能了,没想到又可以这样了啊。这真像做梦一样呢。"

这时,遥似乎听到有人在叫自己的名字,她回头看了看。

"遥……"

像是雅人的声音,声音乘风而入,仿佛在那样呼唤着自己。

遥回头一看,一个人也没有,听错了。起风了,树林沙沙地摇摆。

"怎么了?"雅人问。

"嗯,没事啦,是风声。"遥笑着答道。

那声音近似幻影雅人的声音。幻影的他偶尔会那样呼唤遥。

"想来和他也已神交好久了,而且越来越喜欢他了。和幻影也可以恋爱啊,这就是我的研究成果。"遥想。她也曾受到过威胁,也曾得到过帮助,如果再也不能见到那个幻影的他了,她心里还有点儿舍不得。

她将视线转回前方,公园内的那条路一直通向井之头公园车站的站前广场的台阶。

"走吧。"遥凝视着前方的台阶说道。

拄着拐杖的时候,她曾经那么害怕走那台阶。

"我说,雅人,今天去我的公寓里坐坐,吃完海鲜饭和螃蟹奶油可乐饼再走吧。我对这顿饭挺有信心的。"

"嗯。"雅人应道。

"好开心啊!"遥笑起来。

"我们喝葡萄酒庆祝吧,祝贺你今天汇报成功了。"

"嗯。"雅人赞同地回应她。

"很快就到圣诞节了。再过几天,做蛋糕和布丁吧。"遥想。